INK

文學叢書

096

日本四季

張燕淳◎著

這本書，寫給——

我的母親

我的先生孩子

茅野

夏

秋

冬

序一

黃天才

這是一本可以輕鬆閱讀，卻會帶給你許多新知與驚喜的好書。

作者張燕淳世姪女，生長在台灣，留學美國，專攻服飾設計，曾獲美國首飾設計比賽首獎，並長期服務於國際知名的首飾公司。十多年前，我偶然發現她在所專業的設計之外，文筆非常清新秀麗，因此，我力邀她爲我所主持的一家報紙副刊寫稿；起初，她很「守份」，祇寫與服飾設計有關的文章，極獲好評，不久，她逐漸擴大寫作領域，所寫的一些散文，也爲讀者所喜愛。

九〇年代初期，燕淳因爲她先生的工作調動，夫婦倆帶了兩個小男孩，從美國搬到日本長野縣諏訪湖附近茅野市住了三年。長野縣位於日本本州大島的中心地帶，對一般外國人所熟知的東京來說，長野就算是「内陸腹地」了。長野地區居民的風俗習慣以至日常生活細節等等，比東京、大阪等現代都市要保守得多；因此，移居長野，對於生長在台灣又長年久居美國的燕淳而言，眞是無一事不新，無一物不奇，三年下來，酸甜苦辣的生活體驗，對這位富於文學藝術涵養的年輕家庭主婦來說，感受特別深切。遷回美國以後，重新生活在她素來習慣的現代物質文明環境之中，日本長野三年的辛苦與酸澀都已過去，餘下來的祇有那「往事尚未如煙」的甜蜜回憶與淡淡的惆悵不捨。於是，按捺不住泉湧的文思，提筆把她三度經歷的長野小鎮上的春夏秋冬點點滴滴寫了下來，幾十篇情文並茂的散文，彙集而成本書。

本書完稿之前，燕淳就和我約定，要我在書出版時寫一篇序，我毫未推辭就答應了。我答應得這般爽快，是因爲我在六〇年代初期到八〇年代之間，曾以新聞記者身分長駐日本東京二十四年，燕淳認爲我是「日本通」，希望我爲她這本「有關日本的書」背書作序，我爲了換得先睹爲快之樂，所以未矯情推辭。

燕淳以清新的筆調，深入淺出地寫成本書，讀起來輕鬆有趣，毫不費力，但她卻是花了大力氣才成事的。坊間「有關日本的書」不少，卻很少見到以描述日本「內陸腹地」——這是我創造的日本地理名詞，指本州大島中間，東不靠太平洋，西不臨日本海的「內陸」山岳地帶——偏僻城鄉的風土人情爲主的書，原因是外國人不願意在那一帶地方長住，在那兒住過的外國人也不敢去深探日本鄉土文化的根源。西洋人碰到這些東西，固然會被擾得暈頭轉向，即使是號稱「同文同種」的中國人，有時也難免爲之目瞪口呆。試以日本向中國借用的漢字爲例，日本「通用漢字」和我國康熙字典上所載的意思，相同或相似者當然有，但是，要想憑聯想力或想像力去猜測日本的漢字文化，那會鬧大笑話的，誰會想到「大根」是蘿蔔，「燒鳥」是烤雞呢？更不要說「急須」是茶壺，「德利」是酒壺了。

燕淳一家在長野鄉鎮住了三年，和當地日本人住一樣的房子，吃一樣的東西，過一樣的日子，完全融入當地人情社會，燕淳事事樂意入境隨俗，所以能贏得當地人打開心防歡迎她，接納她，邀她參加各種地方活動。她興高采烈地熱情參與，不怕生，不怕被人笑爲外行，她爲自己取了一個日本綽號：「凡事問子」，不懂就問，左鄰右舍的主婦們盡量爲她解說，幫她搜資料，幫她找答案，這才讓她敢於以春、夏、秋、冬四季爲經，以她親身參與或親自體會的每一季中的重要行事爲緯，自成系統的寫出這本細說日本全年習俗行事的好書。

在這一方面，她比來自西洋的小泉八雲強多了，小泉「剖心掏肺的想與日本人事親近，仍處處受防被拒」，哪能像她這樣無往不利呢！

燕淳畢業於台北國立師範大學美術系，繪畫有基礎，她特地爲本書畫了幾十幅有如和風版畫一般的插圖，增加了一些日本韻味，爲書生色不少。

這樣一本好書，我自然樂爲之序。

（本文作者為資深媒體人，曾任中央社社長、中央日報社社長）

序二

張大為

我眼裡的小妹，是在竹林路果園攀樹摘芭樂，在淡水河岸光腳躍卵石，在福隆浴場掉進海裡，害我跳水搶救，最後雙雙被救生員拖上岸來的一名野丫頭。她從小活潑愛鬧，總有參加不完的活動和隨時冒出來的新招。

沒想到她也能靜下，默默執著地寫出這本書來。

我替她鼓掌，爲她高興，還要提醒她，莫忘是誰在永和家中的小樓上，用注音符號一字一句，辛苦爲她改這輩子的第一篇作文！

天下文章數吾鄉，吾鄉文采在我家，
我家文章屬舍妹，我替舍妹修文章。

（本文作者為中華徵信所總經理）

自序

一九九二到一九九五年間，我住在日本。

年輕時懷著闖天下的大夢，只想去巴黎和紐約學藝術，所以勤快地學法文、英文，對偶爾能露幾句時髦語言也頗覺得意。夢中，沒有日本，更未料到自己後來會住在那兒，masu、mashida、desu、deshida地學講毫無洋味的日本話。

離開日本的時候，我的日語已相當pera pera（流利），連續劇都能看得滾滾淚下。但現在，很多話記不得了，或怯在口邊不肯出來。

人生像河道，流過的河水光陰，不知去了哪裡？

我癡想用筆攔截，留住那段在日本的日子，但它們終究已去，筆能留的太有限。

由日本回美國後，又搬家數次。在日本記錄我一切難忘與好奇的幾札散亂筆記，經常換住在不同的搬家紙箱中，總等其他萬事萬物就緒後，我才有機會面對它們被壓迫的已衰老的容顏。

一九九九年某日，我在中文報上讀到一句「有眞感情，就有好文章」，不知爲什麼深深觸動了我，面對報紙良久，我決定把筆記整理出來，一個題目一個題目地寫我的日本。

翻讀注滿自己感情的舊紙，其中還有發憤用日文寫了一段時間的日記……數年旅居，比普通觀光客要看得多些，但是新奇又還未變成習慣甚至麻木不覺，所以字字都帶著初生犢的無畏與溫熱。我像讀別人的故事一樣讀下去，幾不能相信自己曾經用陌生的語言，在陌生的環境裡，努力描述陌生的感覺……

然而，當我忙在亞洲、美洲間搬來搬去，與那些舊紙新字纏綿難分時，世界，也在快速地改變：日本話不再土氣。國片中不再有穿皇軍衣帽，蓄小鬍，怪腔怪調說「大——大——地好！」的殘暴鈴木大佐。台北街頭的日式漢字招牌愈來愈多。中文裡冒出一個「哈日」新詞。

哈，據說是「迷戀」的意思。

不，我不「哈日」。

我不哈日，人高馬大的我很不日本，甚至還「遺傳」有深深的抗日情結。

生長在東北，講一口好日語的母親回想：那時候敢怒不敢言。

生長在西北，既怒又言更起而行的父親，成了戰時在太原車站照顧傷兵的少年醫護。

而我，他們的女兒，一甲子後，在日本，在白髮皤皤歐几桑、歐巴桑家中的榻榻米上，被慇勤地勸茶佈菜，還聽著老先生特別爲我們表演一長串中國話——年輕時候學的。

我點頭誇好，卻不能不起疑：哪兒學的呢？打仗的時候吧？殺了中國人嗎？

但他正像疼自己孫子般慈祥地招呼我兒，我幾次到口邊的質問都被熱茶送下肚，想爲上一代伸出的拳頭，似乎全打在面前陶碗中安靜的豆腐上……

在那純樸小鎮的太陽底下，對我而言，天天可都有新事。面對這些事，幫我教我陪伴我的朋友，臉上沒有國籍，只滿堆善意。一個常飄泊遷徙的人，懂得也珍惜這種超越各種疆域的情感，因爲，基本上，不論在世界哪裡，我們都是相同的，人而已。

良子的憨厚，森太太的熱情，田中老夫婦的眞摯……甚至還有些小奸小壞的小反派，在我的記憶中全有聲有影，我無由隱瞞生命中的美好，故不能不誠實寫出和他們一起過柴米生活的趣味。

也有朋友說，知道你是客才待你好，若你表明了要根扎日本，情形就不同了。這一點，我的確無法印證，只能用句時髦的「曾經擁有，天長地久」來紀念一切吧。

關於中日歷史文化政治的糾纏，風俗習慣的重疊與分歧等事，細寫起來都是龐大的研究，也各有專門資料可查，文中只就我經歷過、印象深刻的部分，簡單分享，並無任何特別目的。

另外，爲配合文章的感覺，我試著模仿木刻版畫來畫插圖，我賣力地畫，在寫文章的同時就不斷思尋那感動自己的刹那畫面，爲求風格筆觸統一，在書桌對面的牆上，釘滿各樣草稿和已完成的作品，經常夜裡坐地「面壁」審圖。一牆黑白花固然予我如母親般的驕傲，但筆究竟不同於刀，「做」出來的效果究竟比不上富有生命力的刻痕。在此，我特別要向所有木刻版畫家及他們流血起繭的雙手致敬，或許有一天，當我生活得更沉靜時，也能加入他們的行列。

我的個性向來精明不足，固執有餘，寫這些文章丟三忘四拖拖拉拉，卻從未放棄。知道我在寫畫的朋友，常開玩笑問：你的花繡完了嗎？

老母親與兄姊弟也經常表示關切。

我有些著急，還有那麼多可寫，還有那麼多想寫，何時我的慢筆才能到達寫盡的終點？達不到的，故事是寫不盡的，不完美也得有個結束。

幾年來坐在桌前慢慢寫，已成了生活的一部分。我曾因所學及工作，寫過服飾設計方面的報導，但敞開心來作抒情文章的經驗卻是零。對「字」這個媒介，原來是極畏懼的，一篇一篇磨了這麼久後，他們竟個個變得與我親愛起來。筆，不再重如鐵杵，抒情的心也學著敞開了大半。我要回說：花沒繡吶，粗針倒是磨了一支。

還眞希望以後能用這針，繡出幾朵好花來。

台北時間，在我動筆的此刻，是二〇〇四年除夕，日本寺廟的除夜鐘就要響起，寫日本多年，也近尾聲。這些文章，織有家人的愛和包容，謝不清。這些文章，爲我交了許多文友：陳柔縉、蘇斐玫、田新彬、宇文正、江一鯉、施淑清。另有作家李黎、學長王庭玫、芝加哥眾友及與我在日本鄉下和舊金山兩度爲鄰的安立早輝子，不斷的鼓勵及友誼，我長記在心。

蒙黃天才伯伯——這位曾旅日二十餘年，在外交、新聞、文學、藝術等等各領域都是專家，我萬分敬愛的長輩——賜序，讓這本書有模有樣，像個興高采烈、整裝待發的孩子，等著這頂好冠冕戴，就要出門。

啊！就要出門，我望窗外的天，祂把我帶東帶西，扶我助我，讓我多看人生四季——最後，我感謝祂。

（我的兒子說：也感謝地。）

二〇〇四、十二、三十一於舊金山

桃花女兒節

寺澤太太打電話來，邀我去她家參加一年一度的「雛祭り」（hinamatsuri）聚會。三月三日，是日本的「女兒節」，有女孩兒的人家都歡喜慶祝。我沒有女兒，這個熱鬧倒是愛去湊的。

上午太陽剛暖，我的車已順著田間小路迂迴，看四下春光流動，心情輕鬆，只覺得輪胎都轉得帶韻律感。路旁小佈告欄和電線桿上，貼了許多賣「雛人形」（hina-ningyo）的紅色廣告，一小塊一小塊的豔紅，快速跳躍又消逝在新綠背景中。

「雛」和「人形」在日文裡，都指玩偶和娃娃。它們的故事，可追溯到千年前的平安時代，據說是來自中國的習俗：三月初，天地間有邪氣侵襲，人們紛紛用紙紮的人偶，代替自己受災，將它們放入河海之中，讓厄運隨水流逝。

到了十七世紀江戶年間，日本皇宮的宮女閒來無事，競用華麗布料、精巧手工，縫製出可愛的布偶來代替紙娃娃，漸漸裝飾祈福的功用，高過了辟邪去災。

後來布偶人數增多，陣容愈來愈浩大。完整的一套布偶包括：天皇、皇后、宮女三人、囃子（宮廷樂師）五人、隨臣兩人、仕丁（侍從）三人，一層層排列在襯了紅絨布的階梯式大檯子——「雛壇」（hina-dan）上。

家裡添了女嬰，做父母的會準備好「雛壇」，在女嬰產後的第一個三月三日以前陳列出來，目的在爲女兒祝禱，盼她長大後美麗幸福、無災長壽。最好還能像布偶皇后一樣，嫁個好丈夫，高高在上，坐享榮華。

過了三月三日，媽媽們又得馬上將整檯布偶收存妥當、耽擱不得，因爲據說如果收晚了，女兒就嫁得遲，甚至一輩子嫁不掉。如此年年近三月，就看有女兒的人家，架高檯、排布偶，搬進搬出忙，一直忙到女兒出嫁，布偶成了嫁妝一起過門，老媽媽才能鬆一口氣。而這些經過細心保存的布偶，常因代代承襲，成爲傳家寶物，身價非凡。

寺澤家的庭院中，到處是修剪整齊、含苞待放的春花。新掃的石徑引客入玄關，隔著紙門，聽內屋裡嘻嘻哈哈正熱鬧。拉開門，赫然見一座鮮紅的雛壇，巨無霸似地占著客廳中央的牆面。一群太太們聚在檯前，七嘴八舌稱讚著這檯子的排場大。講到高興處，有人得意揚揚地宣告，她家的布偶也不差，是江戶時代傳下來的古董，一時豔羨的讚歎聲不絕。

我好奇地點算，上下共七層十五個布偶，個個臉部描繪細緻，穿著七彩綢緞的古式和服，手裡各拿著不同的東西，好玩得很。身旁的日本太太們看我有興趣，便熱心地爲我解說起來。

最上層是個金色大屏風，左右各立一盞白紗燈籠，前面端坐著執笏的天皇、捧扇的皇后。天皇戴著高聳黑冠，佩了把亮晃晃寶刀，一臉嚴肅，即使是布做的，也要擺個君臨天下的譜兒。皇后頭髮上頂著一座花樣繁複、和她上身等高的珠翠金飾，白面團團，很是尊貴富泰。

往下看，第六層是三名宮女，捧著大大小小的酒壺杯盤。第五層有五名宮廷樂師，有的擊太鼓，有的拍大鼓、小鼓，還有人吹笛、唱歌謠，手上的樂器甚是精緻，該有的鼓棒、鼓架，連笛孔都一個兒不少。

第四層兩名隨臣一老一少，老的白鬍子蓋胸，很像京戲裡的老忠臣。兩個都一手執弓，一手持箭，背上背負著插滿羽箭的箭囊，腰際掛刀，全副武裝，隨時待命。

第三層是三名侍從，拿著出巡時用的傘蓋等物。同一層上，還有兩桌御膳，桌上小碗小盤，裡頭裝著看來漂亮好吃的紅綠飯菜。

第二層和第一層上沒有布偶，全是生活所需之物，具體而微：衣櫃、鏡台、針箱、火鋏、茶具、煙草盆、硯箱、棋盤……每件迷你用具都可開闔轉動，一如眞物。煙草盆裡有煙管、棋盤上有棋子，鏡台抽屜裡放了梳子、粉盒，硯箱中有硯墨毛筆。

最底的那層，左栽一棵櫻花，右種一株橘樹，庭園中間停著頂轎子，還有輛帶著馬的馬車！一張布偶檯就是一座小皇宮，天皇與皇后的食、衣、住、行、育、樂全打點齊了，這個日本家家酒確實好玩。

每年三月三，日本媽媽們為女兒擺「雛壇」，祝禱她長大嫁個好丈夫，像布偶皇后一樣，高高在上。

在解說的過程中，眾日本太太也有不甚明白或意見不合的時候，寺澤太太聞聲前來，拿出一本講雛壇的專書爲準。原來這些小布偶身上的穿戴、衣冠綁飾，何手執何物，何人置何處等等細節，都有定規，每年擺檯前還得念念書才不會出錯，眞難爲這些日本媽媽。

過女兒節，費周章的不只是布偶檯子，在我們研究小人兒的時候，寺澤太太不斷進出廚房，張羅出來滿桌「雛祭り」的應景美食。三月桃花盛開，所以這個節日也被稱爲「桃花節」。寺澤太太做事向來講究，在桌上優雅地插了一盆帶花的桃枝。花底下，剛好如中國酒釀般的「白酒」（shirozake），和菱形紅、白、綠三層的甜點「菱餅」（hishi-mochi）。還有用春季時菜做成酸溜溜、香噴噴的五目壽司飯——朱紅漆盤裡，散織著粉紅、嫩黃、翠綠……看著叫人直嘛口水，卻不敢亂下筷子，怕壞了圖畫。

就在我起身拿照相機的時候，席間又一陣騷動，寺澤太太端出一盤「人偶菜」——秀色可觀，更可餐。

他們本是平凡的粽形飯糰，披上薄薄黃蛋餅做的罩袍，男的穿綠黃瓜衣，女的著紅蘿蔔裙，加上鵪鶉蛋爲頭，海苔絲做髮，黑芝麻點了眼睛，紅辣椒尖兒鑲個嘴唇……就變得如此人模人樣。我的盤子裡被派了一對男女，親愛地併排坐著。寺澤太太鞠躬請大家開動，我滿心可惜，但也得隨著大夥兒，摘下小人頭，戛巴戛巴吃起來。

寺澤太太在桌對面坐下，隔著桃花看她，酡紅的臉上難掩興奮得意。諸事按部就班，中規中矩，她仍忙碌地這裡添菜，那兒加茶，無暇注意身後，她那讀幼稚園的小女兒，毫無布偶皇后的嫻靜模樣，正跨騎在沙發背上擲鏢鬥劍，把一群小男客打得抱頭鼠竄。

陽光透窗灑在桌上，亮晃晃，暖洋洋。空氣裡溢著新剝的蛋香，笑談聲和諧愉快。我一邊嚼著人偶的衫裙，一邊想——好一個日本媽媽的女兒節。

二〇〇〇、三、十五於芝加哥

上學

上學

教室裡，圍成圓圈的二三十個孩子，全扯著喉嚨，伸長脖子，像叫陣似地使勁唱「綺麗八ヶ岳，八ヶ岳，八ヶ岳……」活潑得意的聲音，蓋過年輕保姆的風琴，湧出屋頂，一波波盪漾過附近房舍阡陌。那本地人稱做日本阿爾卑斯山——終年峰頂積雪的「八ヶ岳」（Yatsugatake），因天氣晴朗而藍白分明、神清氣爽。它靜靜地從遠方綿延而來，坐在小鎮外，彷彿正用整個巨大的身軀，溫柔聽著孩子們的歌。

這兒是社區裡的「保育園」，讓學齡前的兒童從玩耍中學習，是主要保育內容。我的兩個孩子忙著盪鞦韆、溜滑梯、沙坑裡仆仆跌跌玩沙土……一旁，園長比手畫腳，用最簡單的日文對我反覆解釋：不能收我的孩子。

「媽媽，我喜歡這個地方，明天來上學嗎？」孩子一路問回家，我多麼希望能就近把他們送到這兒，天天交遊玩耍，對著大山唱歌，但是這個保育園屬社會福利，爲減輕務農或在工廠做半工的媽媽們一些負擔而設，托兒爲主，教學其次，由政府補助，收費低廉。非日本國民，卻是無法註冊。

小鎮裡還有一所私立幼稚園，是天主教辦的學校，教導基礎日文、算術及許多其他規矩，學費昂貴，卻總是有長長的候補名單。接待我們的老修女園長，慈祥親切，並能說些英語，溝通比較容易。她一邊領我們參觀潔淨的木造教室，看孩子們分組唱遊、畫畫、用有趣的教具學算術……一邊說，現在學生額滿，若有人退學，會通知我們補位。

兒子羨慕的眼光穿過窗玻璃，釘在教室裡移不開。

「媽媽，媽媽，這個地方也很好啊，明天來上學嗎？」

眼看著秋去冬來。

在搬到日本後第五個月的一天早上，田中壽子來按我家的門鈴。她個兒小，站在門外台階下仰頭對我笑，撲了白粉的前額上泛著微汗，右手牽孩子，左手提了一個沉重的大布袋，還沒說話，先向我鞠兩個躬，可是我不認識她啊。

那時我還是個日文盲，壽子的英語也不靈光，兩人卻啊啊啊唱雙簧似地比來比去，終把整件事給比清楚了：壽子的丈夫在附近一家照相機廠做事，年初被外調新加坡，如今她要帶著獨生子去團聚，幼稚園處已辦好退學，這空缺，她打聽出將由我們來填——我聽得高興，拉著陌生的壽子又笑又跳，她居然也笑著跟我跳上跳下半天，兩顆媽媽心，霎時沒了距離。

特別為「外人」我所畫的圖說——小孩上學該準備什麼，清楚明白。

壽子打開布袋，把洗淨、整理過的小孩書包、制服、運動裝、課本、文具等一樣樣取出，還有許多特別為我這不識字的「外人」（gaijin，外國人）所畫的圖說，介紹幼稚園裡各種活動……

我跪坐著看東看西，壽子卻從攤了滿榻榻米的東西中站起來，指指牆上日曆，又指指手錶，彷彿急忙就要離開。說話解釋對我倆費時又不管用，她索性抬起雙臂，鼻子哼哼有聲，滑稽地左傾右斜翱翔起來。

她比的是飛機，她要搭的、次日的飛機——

兵馬倥傯間，仍為不相識的我們趕來……

時間那麼倉促、語言那麼有限，壽子，能否讀懂我眼裡的感謝？

那被布袋勒出紅印的「翅膀」，就將飛往遙遠的陌生新地——

壽子，願你如我，遇好人，受同樣美好的照顧，一家平安，

孩子順利上學。

不同

在上百個孩子中，我一眼就找到了他，個兒特大，身上來自別人的衣服特小，由於聽不懂老師說什麼，行動總慢人一拍，這會兒大家解散了，他還站在操場中間，直到看見我，那

一臉的委曲才再也忍不下去——

「媽媽，sensei（老師）說我不叫Peter了，她說我要叫——」嘴癟著、眼睛也紅了「叫『屁大』！」

我倒吸一口氣，勉強吞回忍不住的笑，抿抿嘴說：「不是不是，不是這樣——」暗裡緊動腦筋，想安慰這個正受著文化差異苦的五歲孩子。「你看，你說『媽媽』，日本人說『哈哈』對不對？他們不懂中國話的。我們以前住在美國，說美國話，你就叫Peter，日本人也不懂美國話的，他們只會說，說那個那個——『P大』。還有你——坐校車，那車掌婆婆告訴司機要退後，就是back嘛，可是她一直說『巴苦——巴苦巴苦巴苦』，好好笑對不對？」講得是顛三倒四，但他相信媽媽，糊里糊塗連點頭：「對！對！」眉眼也舒展了。

想不到，我教給孩子的第一個世界大同課，竟是「世界大不同」。

日本人不是不懂「美國話」，其實他們不但懂，還大量吸收、應用英語及其他各國語言。所謂「外來語」占了常用日語的五分之一強，並且仍在急速增加中。而眞正用英語的人，卻聽不懂日式英語，原因很多：日本人愛自行組合、發明新字，尤其是與新時代、科技有關的字眼，我常聽人說辦公室裡的「wa-pu-ro」如何如何，後來驚訝地發現那是指文字處理機，word processor。

fa-mi-kon是family computer，pa-so-kon是personal computer，re-mo-kon是remote control，孩子們熟悉這些新字眼，天天使用，還一廂情願地認爲它們仍是英文。

新創還有 sarariman（Salaryman）——男性上班族
OL 或 ofisu redi（office lady）——女性上班族
wetto（wet）——情緒化的
dorai（dry）——穩定、實際的

也有把原字截頭去尾，意思照舊：te-re-bi（television，電視），de-pa-to（department store，百貨公司），su-pa（supermarket，超市），Seku-hara（sexual harassment，性騷擾）等等，首次聽眞是一頭霧水。

不過，我認爲日式英語難懂，日本人學標準英語辛苦的眞正癥結，在於他們不採英式或美式音標，完全用原有的日本音發聲，一般日本字的字尾，除了n音外，幾乎全是母音a、i、u、e、o，積習難改，日本人就在外來語的尾巴上，都加上一個母音，譬如jogging唸成jogingu，hotel爲hoteru，chocolate爲chocorato，baseball爲basuboru。

在日語裡找不到相同的音，就選個近似音代替，比如——

沒有th音，以s代替，thank you 唸成3Q。
沒有r音，以l代替，rice唸成lice。
沒有v音，以b代替，video唸成bideo。
日語裡最近似f的音ふ，事實上唸起來似「乎」而非「夫」。故f音，以h代替，coffee

唸成cohee。就連用來罵人的英文四字經，日本人也只能惡狠狠說：Huck! Huck you! 沒有or、ar或er等捲舌音，慣以a代替，center是centa，door是doa，依此類推，我的小Peter就變成屁大（peta）了。

老園長告訴我，P大被編進中級的bara班，老師是「橫尾」先生，我心裡有點兒嘀咕……這，怎麼叫——芭樂呢？再回頭想想，欸！管它是芭樂蕃茄地瓜，有學可上就謝天謝地。後來弄清楚日本幼稚園喜歡以花爲班級名，什麼鬱金香、蒲公英、菊花、百合都常用。bara，就是玫瑰。

「橫尾」先生既不橫也不尾，是位身材高䠷的漂亮小姐，但我們每回見面，她都穿著灰色圍裙跪在地板上。孩子們矮，她降低自己來教他們東西、和他們玩耍、爲他們戴帽子、繫鞋帶……她的溫婉和耐心，使我和兒子在摸索新環境時，常得安慰。但是橫尾先生從不對我們說英語，碰到我不會講的日本字，試用英語溝通時，像大多數的日本人，她總是掩著嘴羞赧笑著。她多次帶著歉意向我表示，P大在幼稚園裡遇挫折，會急著拚命用英語解釋，她想幫他卻力不從心。她說：「我的英語差！」

放學時，橫尾先生照例一一與孩子們玩「剪刀、石頭、布」，玩一個送走一個，兒子什麼都得跟隨模仿別人，連玩這個道別的小把戲時，也排在隊伍最後頭。

終於輪到他，他微彎一下腰做個準備動作，然後把早就背在身後的手，快速甩向前：

「rock, paper, scissor!」衝口而出的，竟不是日語「jan, ken, pon.」

我在不遠處等待，注意到橫尾先生完全楞住了，她側頭看著P大半晌，兒子以爲自己又做錯了什麼，原本得意的笑容，只剩下一半，僵在臉上——忽然，忽然，橫尾先生好像下了個極大的決定，一邊拉起P大的手比劃，一邊認眞、賣力地說：

「ra — ku ——」P大卯勁兒幫忙「rock!」

「raku, pepa ——」P大有些著急「paper, scissor!」

「siza, siza, siza —— raku! pepa! siza!」P大笑逐顏開。

「raku, pepa, siza!」後來成了芭樂班的專利遊戲。

風之子

茅野的冬天長，暖氣從十月開到翌年四、五月，但是幼稚園男孩的小短褲（女孩是短褶裙）、白色長筒襪，卻是經年的制服，只在最冰寒的幾個禮拜裡換穿長褲。

清晨帶孩子在車站等校車，天上厚雲陰沉，就要飄雪。我注意到大人們全身上下都裹得密密實實，又厚又暖，小孩子卻凍得嘴歪眼斜，呼嚕呼嚕吸著清鼻涕，光著的大腿和膝蓋，紅裡透出青紫，兩隻穿了長筒襪的小細腿哆嗦個不停。

忍不住問其他的媽媽們，這究竟是什麼道理？大約沒人提過這種問題，她們你推我，我推你半天，終於由細川太太開口：「日本人稱小孩子爲『風の子』（kazenoko），應該是不怕風也不怕冷的，需要經常鍛鍊，他們長大才會強壯。」

我看站在旁邊，沒加入談話的一位爸爸，帽子圍巾太空衣底下是暖和的棉長褲，還縮頭縮腦，不停搓手哈氣。很想指著他說：就鍛鍊成那樣？話沒說，校車已到，孩子群哆嗦著一上車，大人們就都逃回自家的暖氣房去了。鍛鍊（tanren），是日本人愛用的漢字，但說起來容易，做起來難。

或許是春光明媚，也或許是想到兒子可以少受風寒，氣候一變暖，我就特別愉快，像枝頭新綠，急著探看外面世界。小小幼稚園活動多，每天總要發出數張通知給家長，那些密密麻麻的規定提醒，是我學日文的啓蒙課本。日本人記日子採用五行，日月火水木金土，相當於我們的星期日到星期六。起初我常得扳手指算這些金木水火土，才能確定哪天有哪個活動。等日子記牢，人頭也熟了，又跟著媽媽夥兒去開「母の会」，爲著依季節變化，頻繁的校園節目忙碌。我以爲兒子和我一樣，胡裡胡塗就上了日本軌道，卻在他的一張畫裡，看到不同光景。

先生出的畫題是：我的好朋友。兒子畫的是：校園邊上的老鞦韆。

園長與橫尾先生都十分擔心，約我去商量兒子的「心理問題」。

對「P大」君（kun），小朋友們先是好奇，圍著他打轉兒，後來發現他除了能說些英語

大人們全身上下裹得密密實實，小孩子卻凍得嘴歪眼斜，呼嚕呼嚕吸著清鼻涕。

之外，也是黃膚黑髮，吃麵條米飯，沒啥稀罕。加上他既不能說日本話，又不會玩日本遊戲，來自「米國」和紐約的新鮮感逐漸消失後，有耐心陪他玩的人不多，就常見他獨自在角落裡邋鞦韆。

有一陣子，他說他最愛踢saka（soccer），和一群壯碩的孩子們玩在一起。沒多久他又喜歡上了「野球」（棒球），換一批小朋友鬧鬧嚷嚷，但也不持久。後來我才明白，其實幼小的他，愛的既不是足球，也不是棒球，只是害怕落單。

許多時候他苦著臉要求：我們回到以前的家吧，媽媽！對面的Tom會跟我玩，學校裡的小朋友也都懂我講的話啊！

我說不行，暗地憂愁。

但P大的韌性和學習能力比我想的強許多。雖然碰得鼻青臉腫，他也別無選擇，一天一天，在新環境中力求生存——過了幼稚園的春季野餐、夏夜煙火，他的日語已進步到能與人好好吵上一架。秋天運動會、新年年糕宴之後，他差不多成了半個日本孩子。同伴們漸漸與他溝通無礙，也發現他的優缺點，接受他的存在。鄉間小孩純樸，一旦交了朋友就死心塌地不分開。

三月中，送別日。兒子站在幼稚園的講台中央，深深向大家一鞠躬：「我的名字叫P大，一年半前，我們從美國紐約搬來日本茅野。那時候，我不會說日本話，也聽不懂日本話，園長先生、橫尾先生和同學常常幫助我。現在，我要畢業了，要去『米沢小學校』讀一年級。我不會忘記這裡的生活，謝謝先生，謝謝大家。」

這個幼稚園第一次有外國學生用日語致辭，不僅正確流利，甚至帶著一點兒長野縣土腔，引得席間家長交頭接耳的驚讚，講台後的先生席上，老園長、橫尾先生都悄悄擦著眼睛。

兒子又一鞠躬，志得意滿，闊步下台，沒入那些為他拍著手、穿小短褲的哥兒們中間。

二〇〇三、二、十七於舊金山

三月的眼淚

學期的最後一天，我興沖沖到聖母幼稚園，參加母親茶會。

搬到小鎮來不過數月，加上日本姓名忒長，別人屢介紹我屢忘，所以認識的人不多。倒是好像大家都認識我——新從美國來的「外人」。從停車場走到禮堂，一路有人對我指指點點，或害羞地欠身爲禮。

幸好會場內有幾張熟面孔，看見我來，她們老遠就此起彼落不停鞠躬，又推派最熱心的「五味」太太來照顧我。五味太太滿臉雀斑，嘴角一顆金牙，笑容可掬。她神通廣大地在擁擠人群中，尋得兩張空位，一邊拉我入座，一邊忙著前後打招呼。此時幼稚園園長「牧野」老修女正步上講台，四周安靜下來。

五味太太坐定，取出紙筆字典，打算逐字爲我翻譯園長的演講。不過講題是「神與人的關係」，太多深奧辭彙，五味太太看來很是頭大。她先側身與另一邊的女士掩著嘴商量了半天，這位女士搖搖頭後，幫忙探問前排的一位媽媽，那一位也搖搖頭，又轉問她隔壁……她們雖然壓低了聲音，仍是窸窸窣窣聲不斷。不一會兒，一張紙條經過四五個人傳到我手中，上面工整寫著：Relation。我趕緊點頭稱謝。

演講很長，到園長下台鞠躬時，我手裡塞滿了各式各樣的紙條，估計至少有半數觀眾加入了龐大的翻譯行列。五味太太鬆了一口氣，打個大哈欠。

接著介紹欲離職的老師。兩位在禮堂門外已守候多時的女士，輕手輕腳，極謙卑地低頭進來。年長的一位先上台，垂著眉撇著嘴，站在麥克風前良久，一言不發。我不解地轉頭看五味太太，卻聽到台上人嚶嚶哭了起來。同時，在我們前面坐著的媽媽們，紛紛低頭拭淚，四方都有吸鼻子的聲音。

麥克風中傳出斷續哽咽的日語。五味太太一面在紙條上寫著「Move → Tokyo」，一面從皮包裡掏出一條小小的白色手絹兒，擦著眼睛。

這種突來的狀況讓我很緊張，全身僵著，只有眼珠子敢轉動。但見周圍的媽媽們，不知何時手上都多了條白手絹兒。她們優雅小心地擤鼻涕、擦眼淚，一時只見滿場小白影上下晃動，甚是壯觀。至於我，本來已身形高大，現在正襟危坐，天下皆哭，唯我不動，似乎不大對勁，但我既沒眼淚，也沒準備手帕，我，實在是來喝茶的啊！

輪到第二位老師上台，她也苦著臉，說了幾句就抽抽答答哭起來。五味太太又在紙條上寫「marry, stay home」，我懂大家離情依依，但是結婚是件喜事，是值得高興的事——台上顫抖的語音漸漸激動高亢，台下的反應也跟著熱烈起來，霎時，全場都嗚嗚咽咽，不勝悲

霎時全場都嗚嗚咽咽，不勝悲戚，我緩緩將身子壓低，著實為哭不出來懊惱著。

戚。我緩緩地將身子壓低，著實爲哭不出來懊惱著。驚奇、尷尬、不知所措的心情交替：眞沒料到，大和民族的團體感情竟如此脆弱，又——如此強烈。

禮堂的會議結束，媽媽們分別往自己兒女的教室，繼續開班級茶會。那兒的課桌椅已被排成了大圓圈，空氣裡盡是新焙蛋糕和日本綠茶的芳香，還有送別曲〈螢の光〉（Hotaru no Hikari）的樂聲。五味太太仍安排我坐在她旁邊，再三確定我可以照顧自己之後，她就高興地去切蛋糕，爲大家倒茶了。

坐在我對面的媽媽，忽然間變魔術似地，從手提袋中取出一個像「大嬸婆」拿的那種、上頭打個花結的布包來。陸陸續續，每位媽媽桌上都有了布包。有人開始解結，我急著要看個究竟——包裡是：精緻的茶杯、小碟和叉子調羹，包布則充當餐巾。從來還沒有參加過這般自助的茶會，我雖然傻了眼，卻也有點兒佩服，本來每回開會都要自備拖鞋，所以自備茶具也沒什麼好大驚小怪。盡責的五味太太，硬是爲我張羅了一套孩子們用的塑膠杯盤來。

茶會終於開始，大家忙著傳遞各色日式蛋糕點心。五味太太頗以她做的蛋糕自豪，爲我切了特大一塊：「eat! eat!」

我吃口蛋糕，啜啜茶，有點兒高興起來。

這所幼稚園，是採用「蒙特梭利」（montissori）教學法，大中小班三個年齡的學生被編在同一間教室上課。每學年末，三月上旬，大班的小朋友升小學，就是送別時刻。

於是與會的媽媽們被分爲「離」與「留」兩組，各坐圓圈的一半。年輕漂亮的女老師坐在中間。她深深一鞠躬，然後柔聲柔氣地致歡迎辭，只不過，笑容漸稀，哀怨代之，眼裡甚至出現閃閃淚光。

五味太太仍殷勤爲我添茶，我則謹慎戒懼，眼觀八方。呀——情形不妙，坐在老師旁邊的那個媽媽，居然又掏出白手絹兒來，似乎該她開口，她卻悲切切說不出話，下一位乾脆接腔——我這才明白，每個人都得說上幾句話。正在說的這位，大約是對老師的辛勞不勝感激，即使坐著也頻頻鞠躬，或許太過激動，或許因淚眼婆娑、視線不清，她還一頭撞在桌上。

接下來的媽媽們全在淚中發言，「離」組講完了換「留」組。我一面在心裡拼湊著才學的幾句日語，一面天眞地安慰自己：我們是留下來的，大概不用哭吧。沒想到排在前面的幾位，還沒開講就已低低飲泣。任我心跳得怦怦響也留不住時間、換不了空間，眼看就輪到身旁的五味太太了，我偷偷瞧她一眼，幸好她手上沒有那白手絹兒。

五味太太正了正身，嘴巴開開闔闔幾次卻沒有聲音，陡然間，她抓起桌上的餐巾，蒙著臉號啕大哭起來。她幾分鐘前還說「eat! eat!」幾秒鐘前還直往我杯裡添茶——我「咕嘟」一聲，硬是把嚼到一半的蛋糕吞了下去。這可怎麼辦才好？這可怎麼辦才好？

五味太太嗚嗚嗚地隔著餐巾說了一連串含混的日語，她似乎再也說不下去，這下貞輪到我了。

只覺得一片寂靜，包括五味太太的四十幾隻紅眼睛全望著我，誰也不知道下一秒鐘會有什麼怪事發生。方才琢磨了半天的日語竟然煙消雲散，我被逼急了，想到自己離開繁華紐約，流落在這日本山野小鎮，言語不通，沒有朋友，開車老是開錯邊，買菜還得帶字典，今天特別打扮了來喝茶的，怎曉得要帶杯子盤子，還有那白手絹兒……一切可眞夠委曲，夠淒苦。

剎那間，我瞧見一滴水珠落在面前塑膠盤上，然後，千眞萬確又好幾滴，我感到頰上有股熱流緩緩下滑。

喔——感謝主！上帝，謝謝祢謝謝祢謝謝祢謝謝祢。

一九九九、三、一於芝加哥

後記：日本的三月，不只是學年末，也是各種工作、預算、計畫年度的結束時間。升學、轉業、搬家大都在這個時候。日本人，尤其是鄉間質樸的一群，說再見的方式令人難忘。

米沢小學校

走路

每天早上七點鐘左右，「橫田」桑，會來到我家門前，若門沒鎖，他就自動踏入玄關，坐在高起的地板上等候。偶爾他也會靦靦腆腆隨我進廚房，喝杯牛奶，或吃點兒簡單早餐，但大半時候，他只是斜趴在玄關地板上，打哈欠。

橫田桑時年七歲，是兒子的同班同學，也是一起上下學的路隊夥伴。

日本許多鄉下的國民學校規定：學童自己走路上下學，父母親不能接送。

其實小孩多走路是好事，我自己從前不也是走竹林路，走中正橋，一路走到台北去念書的嗎？孩子們成群結隊，唱著歌穿過田野去上學，實在是一幅美麗圖畫，但我們住的小城分劃成好幾個學區，兒子被派到的小學極遠，單程要走上一個小時。

長冬中，一年級的幼童，在刺骨寒風、濕滑雪地裡走遠路，實在令人擔心。某些家長，會偷偷地在學校附近接送小孩，來回路上做賊似地不敢見人。我既不願孩子日日長征，又不想自己躲躲藏藏，各處請益的結果，遇到善心的井上太太，讓我們母子遷戶口去她家，以便就讀最近的「米沢小學校」——只半小時就可走到。

井上太太教我填寫申請表格，我看自己的名字旁，赫然有「同居人」一欄，欄內並已填妥在東京上班、我素未謀面的井上先生大名。雖知日文與中文漢字的解釋有出入，這三個字入眼仍每每心驚。就這樣驚到搬離日本前，爲了「走路」問題，我所有的證件上，除配偶外，都還有位合法的「同居人」。

與台灣或美國的秋季開學不同，日本學年度始於春四月。我曾問朋友原因，有人說，學生們背著書包，在盛開櫻花下步入校園的景象，朝氣蓬勃，一（學）年之計在於春吧。也有人表示，這畫面，加上零星飄落的櫻花瓣，正符合日本武士精神裡，難以言喻的憂鬱美，太令人感動。

四月初的一個上午，鄰居、朋友們紛紛送來纏著金線花飾的「祝　入學」祝儀，咱家父子倆依學校規定——西裝畢挺、領帶光鮮地去小學參加「入學式」。這「入學式」乃日本人生大事之一，連平常不問學校事務的爸爸們，都鄭重赴會。經過這關，一個個被媽媽驕縱的跋扈幼童，就正式走上了日本「輕個人重團體」的迢迢長路。

當兒子滿身新氣象，拎著大包小包課本文具回家時，他得意宣布的第一件事是——現在他叫P大「桑」（Peter san），不是幼稚園的P大「君」了。導師「丸山先生」說這個改變是爲尊敬他們已經長大。另外，他交了新朋友，家住附近的「橫田」桑，先生要他們結伴上下學，互相照顧。

兒子煞有介事地報告：路隊隊長告訴大家，路隊是兩人一組，一共六組，這條路上有三個爸爸，每天清早，大家要在門前有電線桿的爸爸家集合，一起上路。我沒好氣地問：你只有一個爸爸，誰有三個？

「眞的有三個！眞的眞的，我數過了，爸爸 Yajima，爸爸 Yoshida，還有那個老的爸爸，你說好凶不要理他的那個！」喔——喔——原來他說的是理髮店啊，我忘了日本人不會發 er 的音，把 baber 都唸成 baba，這條路上，確實有三個爸爸。

清晨在電線桿爸爸家前集合的路隊，一行十來個孩子，穿過社區中幾條彎曲小巷，步下一陡峻斜坡，坡旁有家高爾夫球練習場，罩著漫天大網，大家鬨鬧數著網中水池裡飄浮的小白球，兩腳不知不覺踏上了「米沢橋」。

橋下是潺潺「米沢」，還有成群野鴨，在春水中興奮游轉。

空氣載著朝陽，到處可呼吸到細微金光。遠看，橋上的小人大步走，橋下的鴨子使勁游，清晨石橋，托送著上學的孩子，好像也有了自己活潑的生命力，滾滾延伸，直到路盡頭。盡頭橫亙的，是往山裡去的一條觀光要道，交通繁忙、車輛不斷。路隊到此，縮擠成一團，嘰嘰喳喳看來往車景、等綠燈。

日本鄉下孩子們成群結隊，唱著歌穿過田野去上學。

橫越大道後，路隊又拉成一條長線，曲行在四周都是稻田、菜圃的狹窄農道上。田裡歐几桑在耕作，道旁是放學後可捉魚的清水溝。不遠處，立著米沢地區老舊的廣播塔，上面的擴音喇叭偶爾嗡嗡報告著社區大掃除什麼的事。經過幾戶農家帶穀味兒的糧倉，孩子們加緊腳步，跟上隊伍，在米沢郵便局前一轉彎，就看到學校了。

相似

初抵日本小鎮，我驚訝地發現，大凡公家機構、派出所、火車站、醫院、學校等地，外面景觀、內在制度，都與過去的台灣那麼相像……其實，是台灣承襲殖民宗主——日本的結果。

這似曾相識的感覺，並未帶給我任何安慰，反而像在一個陌生婦人的身上，聽聞到只屬於自己母親的親密氣息，記憶中能誇耀的許多唯一與獨特，原來盡是翻版……以前不覺得自己曾在東洋環境中成長，搬到日本，生活著，才感歎地明白，太陽旗飄在我們的天空五十年，留下的，真不只是歷史課本上的文句。

在美國生長的兒子進了日本國民小學，每天回家急急張揚的學校新鮮事，竟全是伴我成長的老經驗：早自習、朝會升旗唱國歌、收音機播放口令音樂做體操、學校午餐、課後掃除等只是大項，還有許多細節：各個活動的場地、規矩、道具、服裝……就像滾開水裡的水泡，一個個熱烈冒出來，緊催我思前想後，兩相印證。

三、四十年前的台灣，在我念過的兩個小學裡，都有幾位這樣的同學：功課好，打扮整潔，女孩的百褶裙和男孩的小短褲下，常是白色及膝長襪，和我們身上「孔雀行」（台北童裝店名）的土產很不一樣。他們的書包，是當時少見的背包式樣，黑色皮製，硬硬地背在背上，似乎比別人都神氣幾分。學校的遊藝會裡，他們得意地表演小提琴或鋼琴，上美術課，他們又有超大盒顏色齊全的櫻花牌粉蠟筆，畫出來的色彩鮮豔討喜。純眞的小朋友們不懂崇洋媚外，也還沒有歷史政治的愛恨區分，只對他們各方面的優越，尤其是擁有坊間買不到的日式文具簿本，好奇又羨慕。

有一次，我到這些同學中一位名叫「秀玲」的圓臉女孩兒家玩，聽她的家人都大聲小聲地喊她「令狗」，我傻傻地問她爲什麼叫這個名字，她理所當然地說：因爲大家都說我的臉像「令狗」嘛。

三十多年後，在日本，我站在菜市中央，恍然大悟又歎息地解開了這個塵封的謎——日文中的「蘋果」，發音如 lingo，正是我記憶中的「令狗」啊。

幼時不曾聯想推論，後來拼湊著記起「秀玲」他們，多半有留學日本，習醫或音樂藝術的祖叔父兄，家中吃的、用的，甚至口裡說的，都特別日化。他們選擇日化，自有他們的理由，但他們之外，那時台灣大部分人，或說大部分的孩子，都是從國民學校裡，一點一滴、不知不覺、潛移默化地，接受了日本的許多制度習慣。

歷史

「米沢小學校」爲家長們辦了個「參觀日」。

淺野太太在校門口等我，她屬於某個國際事務協會，常爲鎮上外國人辦些文化交流的活動。自從知道彼此的孩子同校後，她對我又特別友好。

我倆徐徐走過校園，淺野太太指點著各個教室所在。我發現，就連校舍的形式規劃，都與兒時台灣的印象相符。

進了一年二組的教室，家長們也在小椅子上坐定。能再坐在兒時的低矮位置上看世界眞好，世界永遠不老。我四下張望，前後左右牆上，貼著勵志標語，五十張桌椅排列整齊，黑板正中寫了「國語」兩字，右下角記著値日生的學號……

上課鐘響——一個小男孩揚聲高喊：「ki-ri-tsu!」（起立）

孩子們轟地全彈起來。

「Rei——」（禮）

大家恭敬地向先生鞠躬、坐下、兩手平擺膝頭……動作整齊劃一，必經過辛苦練習，如今呈獻成果，學生、老師，甚至來驗收的家長，都有掩不住的得意漾在嘴角。而靜坐旁觀的「外人」我，心裡卻是激動的。淺野太太，低聲絮絮解釋日本教室規矩，不知眼前一切，正默默梳理著我的童年回憶。

「丸山先生」是位和氣的中年女士，她翻開名冊開始點名。孩子們一個個起身應答「哈伊！」「哈伊！」「哈伊！」向大家深深鞠躬後坐下。

「日本古時候就是最有禮儀文化的國家……」淺野太太眨著眼低聲說話，面對她的友善，和她啓闔不停的唇，我的感覺很複雜，有一件事，在我心裡擊著不平大鼓，咚咚、咚咚咚咚……一聲急過一聲。

西元五七年，日本地方一名叫「奴」的小國到中國朝貢，後漢光武帝，賜以「漢委奴國王」金印。此前的日本，可說是一列沒有歷史的荒島。

二三九年，日本「邪馬台國」女王「卑彌呼」合併日本眾小國後，遣使赴中國，其時三國的魏國以一方「親魏倭王」金印賜來使。日本從此緊隨中國，逐漸開化。

丸山先生將課本裡的「平假名」生字抄在黑板上。我才自修過這些日文骨幹——平假名（hiragana）、片假名（katakana）——演變自中國漢字草書的符號。

六〇七年，日本聖德太子派一位名叫「小野妹子」的使臣赴中國呈國書給隋煬帝，同行數人，專去學習中國文化，爲留學生之始。

六三〇至八九四年間，日本遣唐使、留學生及「學問僧」到中國共十五回，每回人數由一兩百至五百不等，他們陸續將唐朝一切典章制度、律令文物帶回日本，模仿施行。同時，日本成立學校，教導武士的子嗣欣賞中國文化藝術。

丸山先生帶大家唸書，她指著黑板唸一句，學生們就複誦一句，教室裡迴蕩著我幼時熟悉的朗朗書聲。

接下來幾百年中，天皇在宮內專爲官員設學校，教導中國文化和宮廷管理。後來藩鎮武士奪了天皇大權，宮廷學校沒落，由習禪學的僧侶開課，傳授孔子學說、禮儀與齊家治國的方法。

淺野太太忽想起什麼，在大提袋裡沙沙摸索，找出一張「春季文化教室」傳單給我，小聲說「上回插花，這次是茶道。別忘了。」

僧侶往返中日兩地，除將中國千百部經書、佛像、佛具帶回，使日本佛教恢宏發展外，還引進中國建築、美術、工藝……深深影響日本往後的藝術和審美觀。

一六〇三至一八五三年，日本進入兩百多年鎖國時代，教育卻仍宗孔學。後來商業興盛、都市人口膨脹，學校除收武士後裔外，也接納商人庶民子弟，孔學禮教因此廣入民間。

淺野太太耳語：「月末還有consato（concert）和dansu（dance），你也來！」

一八六八年，明治天皇恢復王權，派人去歐美學習新知，在全國廣設學校，教西學代替中國孔學。

一八九五年，「中日戰爭」清廷戰敗，訂「下關條約」，台灣被割讓給日本。

教室極安靜，學生們小心翼翼地在習字簿上寫新字，丸山先生巡視行間，要求字的筆劃整齊，並每個人的坐姿、持筆姿勢都要相同。

一九〇〇年，日本各方面建設成熟，開始提供國民義務教育，教學生崇天皇如奉神明，愛國家勝愛自己。除讀寫算基本課程外，學生還須接受嚴格的軍事訓練，軍國主義於是萌芽茁壯。

一九三七年，日本國力強穩，信心十足，遂向其一貫推崇、長期模仿的中國及西方國家宣戰。

日本有很多年輕人，已不知什麼是「大東亞共榮圈」，不知日本曾武力侵略中國，不知台灣與中國間的關係，割地或殖民政策切斷不斷。他們只從課本上學到日本是最優秀的民族、好禮信佛、文化藝術財產豐富。

日本也有很多老人，組團到台灣「思古回味」旅遊，他們感歎：現在只有在台灣，還找得到「皇民」遺物、「皇軍」精神，日本的禮失求諸野啊！

步出教室，爲感謝淺野太太一再幫忙，我拿出備好的禮物送她，是在台北買的圍巾，上有飄灑的古人書法。

淺野太太很歡喜，撫著圍巾，零星認出一些漢字，她興味極高：「偶那機（onaji）……偶那機……日本字台灣字偶那機！偶那機……日本人中國人也偶那機哎。」

發「偶那機」音的這個日本字，就是「相同」的意思。

不能相同，歷史上寫得明明白白不相同啊。

我望著操場上空的日本國旗，著急地想，再不搞清楚，我們就要跟他們「偶那機」了，怎麼辦？

我教兒子把配料拌在溫熱飯中，再捏出三角形的日本飯糰。

團體

小學的春季遠足日。

一早兒子喜洋洋，在廚房中忙碌——校方規定，學生必須帶自己做的「飯糰」（onigiri）去野餐。

壞在我忘了米桶裡剩米不多，時間太早，商店都還沒開門，情急下想起櫃裡有一小包自美國帶來的米，剛好湊和著用。

一碗日本米，一碗美國米。兩種飯煮好，我教兒子把配料拌在溫熱飯中，再捏出三角形的日本飯糰，娘兒倆忙和半天，發現從美國超市買來的米跟美國人一樣，愛好獨立，吃到嘴邊，還可以一顆顆鬆硬地蹦出來。而日本米可眞軟糯，好像每一粒都巴不得快跟別的米抱在一起，變成緊緊飯糰，大又好吃，正合日本人「團體至上」的習性！

兒子背好裝了飯糰和水壺的小背包，脖上掛著白毛巾，和「橫田桑」像照鏡子般地互相檢查，嗯，都合學校規定！跑吧，路隊在街口等著呢。

橫田桑和P大桑已建立出堅實的友誼，除了路隊裡走一起，午飯和課後掃除，也被編在同一組，橫田桑個性溫厚，對常得跨越文化鴻溝的P大桑，總是自然地伸出援手。

學期初，每天中午的下課鈴一響，橫田桑就忙爲自己、並幫P大穿戴起白袍、白帽、白口罩，活像剛從手術房裡出來的醫生，跟其他也是一身白的同學們，集在走廊，東一隊、西

午餐時，小學生們東一隊、西一隊奔向廚房，把食具飯菜「嘿—咻—」「嘿—咻—」地抬回教室。

一隊，小跑步奔向廚房，把食具飯菜「嘿─咻─，嘿─咻─」地抬回教室，分工合作發盤子、添飯打菜、派牛奶麵包、水果甜點……等每個桌上盤裡的東西都全了，四十多人同把口罩摘下，齊聲大喊：「itadakima──su!」（飯前敬語）。開動！在各小組長的督促下，整個「學校給食」過程快捷有力，給人印象似看速轉的默片。

課後掃除的調子，比午飯緩慢些，但全班也人手一塊抹布，努力幹活兒。

在教室裡拭窗掃地，對台灣生長的我不稀奇，跪著擦地板和洗廁所，倒確實沒做過。然這一切，對我的兒子就太新鮮了──橫田桑教他兩手按著濕抹布在地，全力向前衝！一群向前衝的孩子，有的半蹲半跪，有的屁股朝天，有的把頭倒在張大的兩腿間，探看後面的人。如此戲耍中，竟還眞有嚴肅競賽，每天，先生都要選出最會擦地的人，賞他一塊黃布！這略帶菜油墨漬、桌布大小的鵝黃色「榮譽布」，鋪在誰桌上，誰屬的小組就可以神氣一天。

兒子虔誠接受了新環境裡的價値觀，並一意求上進。在往返學校的路上，不斷和橫田桑切磋擦地方法。哪天得了黃布，眉開眼笑如中狀元，光宗耀「組」的結果，鞏固了他在團體中小份子的地位。

吃飯、擦地之外，繁多的課內外活動，也賴全員合作。音樂會，都站在台上大合唱或大合奏。運動會，重頭戲是全體出動的大會操和疊羅漢。水泳會，整班人馬從左到右游來又游去。課業上，個人好不好沒關係，班級、學校的榮譽、利益永遠最重要。面對問題，孩子們多退縮羞怯，不願出頭，不擅作主，事事和其他「組員」商量，誰不贊成團體決定，大家就

橫田桑教我的兒子擦地：兩手按著濕抹布在地，全力向前衝！

勸他gamman（忍耐）。誰的外表裝束、行爲舉止與眾不同，大家就說：需要shitsuke（管教）！他們像一株株被精心剪理的小盆栽，要長出全日本國都滿意的姿態。

重團體輕個人，在東方社會裡原不稀奇，我想自己有足夠的「日本式台灣」背景，更應該沒什麼「文化衝擊」。不料眞處在日本，才感覺到這「團體」力量之大，非中國中庸的我可以想像。由小學一年級的路隊意識和黃布精神開始，它深深掌握著個人的思維生活，進而影響家庭社會。日本人認眞拚命、甚至偏激極端地維護「團體」的態度，教我歎爲觀止、望塵莫及。心中常想：是什麼樣的國家，什麼樣的人民，才能生出如此強烈的團體意識？

有人說日本先天地形狹隘、資源稀少，以農立國，農事的耕耘收藏，都需要也習慣於團體合作。又歷史上，這四圍環海的島國，從未受其他民族壓迫統治，故能維持一個民族、一種語言、一樣的文化風俗……但也因缺乏與島外世界的互動交流，日本人不接受不同，只接受相同，對外來的人、相異的事都特別敏感，甚至排斥。他們害怕勢單力薄，行事總要聚眾組團才安心。

一九四一年，日本頒布學校法，禁建新的私校，學生都得向居處所屬學區的公立學校報到。公立學校的課程全國相同，衣服、髮型一致，坐立起行的姿勢皆有定規，團體至上，否定個人的獨特性與創造力。教育的目的，是爲國家培養好管理的公民。

一九四五年，美軍接管戰敗的日本，決定改變學生因長期被洗腦而獨信的「皇民」論，輸入美式教育體系及觀念，教「民主」和「個人自由」，代替「愛國主義」、「團體生命」。但日本人仍用自己的方式，慢慢改變這些世界潮流。

戰後日本成功發展，成爲一個精於量產「標準化產品」的工業大國。世界各地的人們對日本的印象，都不脫 Toyota、Honda、Sony 等長串品牌，卻說不上幾個日本人名——日本國的國民，多因「量產」和「標準化」，失去了他們本來各個不同的面貌。

領會

到日本之前，日本，是魚池石燈榻榻米，是壽司麻糬長崎糕。但它——也是使書頁淌血的「南京大屠殺」，是父親口裡炮火逼身，令他十三歲棄一切於河灘，渡黃河永遠離家的元凶。

住在日本，許多日本人喜歡把我和他們感興趣的「阿美利加」連在一起，常忽略這個由紐約搬去的人，還有個中國、台灣背景，所以當著我面，並不特別掩飾自己對中、台兩地眞正的感覺。他們多知道中國地大物博文化深，與自己的源頭有些關係，提到了都帶著點兒尊敬，甚至還隱隱存著防禦「睡獅」的敵意。而說起曾爲日本殖民地的「台灣」時，卻是客氣裡，仍流露出由上看下，主子的表情。

他們因中國而壯大，卻侵略中國，統治台灣。

我，夾在一個微妙關係間，中國是母親，台灣是家，負有上一輩的抗日情結，又有對自己所學竟全是日本那一套心有不甘……怎麼想，怎麼說，我都覺得日本，對不起我。

禮貌的日常生活中，我吸收、學習，但在看日本事物的眼鏡上，我常先寫下「不平」。

然而，當和日本朋友們吃同樣的烏龍麵，喝同樣的綠茶，談同一齣連續劇，入同一個車站避大風雪，坐同一間急診室等小兒科醫生，看螢幕上同一名孤女跪在阪神地震摧毀的屋子前，對埋在裡面的父親哀號……時，我又常記不清還有個不共戴天的什麼存在。陷在尋常生活中，人，常常沒有國族，只是人。

心裡的兩種想法不時爭戰……

兒子和橫田桑彼此扶持，跑跳著去遠足的小背影，因爲打扮完全一樣，分不大出哪個是哪個，我立在門邊目送他們良久，才回到屋裡收拾桌上的飯糰零碎。我輾轉地想，中國人美國人日本人，日本人美國人中國人，作爲一個「人」，彼此間確實還有些別的東西——像橫田桑急急爲P大穿袍戴帽的表情，或跪在地上教導擦地的耐心……

歷史恩仇、國情異同是一個我背不動的大包袱，就算背起了，住在日本的這段時間裡，我也不知如何帶它前行。日本的教育制度沒有把我變成日本人，日本，無法侵略我心裡的中國，也統治不了我腦子裡的台灣；父親，和千萬個父親的傷痛回憶——我不會忘記，但辛苦想背的包袱，父親啊，你也會恕我放下吧。

因著兒子的上學，這一段外在和內裡的經歷，教我思考，教我走出自囿的圈圈，教我重新用客觀謙和的眼，觀察異地，以純淨的心，接納友誼。

從某個角度來看，米沢小學校，也曾是我的學校。

二〇〇三、五、七於舊金山

花宴

加油站的人送我一本新月曆。

你看過從四月起，印到下一年三月的月曆嗎？我從前沒見過，在日本可開了眼界。

季節，融在日本人的生活、文化裡，無法分割。

春，爲季節之首，四月，又是春天的菁華，所以它的地位重要。

學校升新學年、公司招收新人或調動職位、各種會計預算年度等等，全在這個時候開始。

日本人，不分男女老幼，呼吸了充滿新機會、新希望的四月空氣，彷彿都忍不住要邁大步向前走，活潑亢奮、昨死今生。

而苦寒之後，誰有本事把冬眠的日本列島喚醒？又是誰，到處忙碌，散發一年生機？

櫻花！是櫻花，這粉紅春雷轟隆轟隆，由南到北，傾力迸裂，熊熊燃燒，打得全日本每扇窗子都開了。

日文裡，單用「花」一個字，通常指的就是櫻花。

賞櫻，稱做「花見」（hanami）。自古逢春，日本王室總在佳山勝水、櫻花繁處祭天祈豐年。後來民間小老百姓紛紛模仿，「花見」同樂，逐漸成爲舉國迎春大事。

浮世繪名家葛飾北齋（Katatsushika Hokusai），在「富嶽三十六景」版畫中，曾記錄江戶時代的春天，家家戶戶攜老扶幼，往郊外櫻樹下席地野餐的盛況。

然而，現代日本「花見」的熱鬧，不身歷其境，是很難描畫得出的。一月，櫻花足跡輕點日本最南端的沖繩，然後往北一處接一處綻放。將正要開花的各地連成一線，叫「桜前線」（sakura zensen），它在人們的歡呼聲中默默上移，到北海道的山顚時，已近初夏。

四月間，櫻花此起彼落，開在島國中央地帶。花的含苞、初放、盛開、凋零，被畫成符號，天天在媒體的地圖上跳換，是人人密切注意的遊樂指標。

這時，除了自家團圓賞花外，各個機關團體學校、鄰里街坊，全辦起花見大會，東一群，西一組，人人忙著打理餐飲、準備餘興……賞花波濤洶洶而來，我婉拒了共五處邀約，但仍在一天中，連趕了兩個「花見會」。

＊

聚會前日的傍晚，門聲砰砰響。

拉開門，是紅著臉跑得喘氣的良子。她環抱多捲草蓆，因爲要騰出手敲門，蓆捲橫七豎八亂指著不同方向，乍看像京劇裡的武將正要開打。

為了搶占賞櫻的一蓆之地，我們穿巷弄、越橋坡，起義似地奔向小學操場。

「走啊！一起去搶……快點快點！要拚命……太遲——都占滿，來不及了！」連珠炮日本話，我並不全懂，但是信得過良子，二話不說，拎著兩孩子，趿上鞋緊追良子強勁腳步。穿巷弄、越橋坡，我們起義似地奔向小學操場。

良子家住附近，每天爲了接送小孩，我倆都在校車車站碰面。起初她羞赧客氣，淺笑低語，後來看著從美國搬來的我們，並不怎麼稀奇，因語言、習俗不通所鬧的笑話，倒是特多，她紅撲撲的圓臉上，才現出了社區女排球隊隊長的強悍英姿。高大的我，成爲矮小的她，行俠扶弱的對象——總搶著替我解決各種日本問題，帶我們參加許多日本活動。

因爲放假，好一陣子沒到學校來，遠遠瞧見那兩排老櫻樹，竟花枝招展得難以辨認，映著晚霞，發出團團粉色金光。

跑近了看，令我驚奇的還不只這樹，我們是來遲了，櫻樹底下，已鋪滿各式各樣的蓆子，一張接一張像塊拼布大被，緊緊圍蓋著操場周邊。每張蓆上，都擺有主人名牌，蓆子四角，端正壓著防風的石頭磚塊。

良子經驗老到，囑咐我撿些石頭壓蓆後，就自己去尋漏網寶地。夕陽將落，四野寂靜。

我一手拉一個孩子，在偌大的黃土操場中找石頭。金粉櫻花，第二天的主角，兀自站在漸暗的舞台上，我們沒空看她，只見腳下三人的影子愈來愈模糊。

那晚回家的路上，良子得意地述說舊事：婚前在東京上班，大公司的「花見會」可比小鎮的風光。有名的櫻花公園裡，搶地盤更費工夫，占了蓆位就不能離開，甚至要露宿一夜才能保住。

這種差事，常落在剛入公司的年輕小夥子頭上，一來新人遣得動，二來上司正好乘機觀察，他是否精明能幹，搶到最美櫻樹下最好的位置。若次日公司同仁都坐享首「蓆」，睥睨賞花群眾，這小夥子就會踏上升遷坦途，公司裡的女同事們，更對他另眼看待……

小巷弄中漫著酸甜的壽司醋味，家家廚房都亮著燈，聽得裡頭鍋鏟忙碌。東京的話題還未聊盡興，良子家門已在望，匆匆道別，她說得趕回去準備「花見便當」！

*

次晨一睜眼，是個有鳥聲的好藍天。

大家興沖沖赴會，前夜空曠的蓆地，變得人來人往、衣色繽紛——我幾乎沒看到遠處，良子在辛苦覓來的蓆位前，跳上跳下，使勁招手。

我們小心跨越蓆上的手、腳、背、肩，繞過冒著煙的烤肉架、清酒瓶堆、卡拉OK機和嗚嗚作響的喇叭箱……好不容易在自己的蓆上安頓妥當，睜大了外國眼，看熱鬧。

附近山區是滑雪勝地，寒天中節慶繁多，但它們好像廟裡的香燭佛龕——溫暖，卻太豔太重，不如面前春景，一切明亮，教人打心底舒暢，僵直的手腿忽都輕快起來，自有主張地想歌想舞想解放。

孩子們追逐嬉戲，炊煙並樂聲嬝嬝，大家都忙，連櫻花也不閒，她們結實擠坐在黑枝子上，像粉紅色的雞毛撢，一根一根快活地撢向青空。

良子家親戚多，蓆散四周，準備了兩台卡拉OK對陣，左邊唱美空雲雀，右邊唱歐陽菲菲。

緊鄰櫻樹下，靜立著好幾個漂亮的包袱，都是用印了櫻花圖案的粉色綢布紮成。歐巴桑們解開包袱頂的花結，露出講究的一層層漆器便當。

良子的婆婆，笑咪咪揭著盒蓋說：「hana yori dango, hana yori dango（花より団子）。」

yori（より）有「比不上」的意思，整句話是：櫻花雖美，光看不能吃，比不上不好看卻能飽人的麻糬糰子。旨在勸人務實。

可是——不好看？不好看？我眼睛睜得老大，這些辛苦做出來的花見便當，眞是好看得要命哪！

一啓盒，流出翠的翠、粉的粉，嫩黃嬌紅，不都是好看顏色？

頂層是配酒小菜，下來是魚肉主食、各式壽司、糕餅甜點。仔細瞧，每樣吃食都一口大小，切得勻整、排得細緻，或形或色，總跟櫻花沾些關係：染成粉色的蘿蔔用刀細切成櫻花瓣，灑落各式菜面。採來新鮮的櫻枝上紮滿小個兒粉紅壽司，排出花見風景。用木模壓出的櫻形糕餅，夾在眞櫻花間，造成花海，眞假難分……主人迎春巧思處處看得見，盒盒都是畫，怎麼捨得吃？

*

我坐在櫻花蔭下的歐巴桑群裡。

我對日本事感興趣，她們對外國人好奇，大家比手畫腳，交流得起勁。良子的阿姨，要我嚐她做的「五目寿司飯」，裡頭加了醃過的櫻花，一朵朵半透明的嫣紅，不僅是好裝飾，入嘴像清淡的醬菜，也好吃。

櫻花、櫻葉都是可吃，甚至可喝的。

點心盒裡最誘人的「桜餅」（sakura-mochi），是拿醃好的櫻葉，包裹粉紅色的麻糬。葉柔韌、麻糬粘糯，豆沙餡酥軟，摻和著枝葉清香，一口咬下，幾種美味。

還有人送過我小盒鹽漬櫻花，當茶葉般泡熱水喝，是喜慶場合中飲用的「桜湯」（sakura-yu）。

聊到這些，我半開玩笑地對阿姨說：「現在不能說『花より団子』了，是——団子也好看，花也好吃。」

四周有人點頭，有人笑。我知道她們卯足了勁準備這一年一度的盛大野餐，對於被誇獎便當好吃好看，很得意滿足。

「櫻花眞冤枉，被吃被喝被看，還講她不中用，比不上『団子』。」一位胖媽媽正疊著包便當的軟綢，笑著說。

「還有呢，」良子的慈祥婆婆，推開別人傳來請她唱卡拉ＯＫ的麥克風，興致很高地要爲我講故事——

從前有個老和尚，天天辛勤地在木版上刻佛經。

眼看可刻的木版即將用盡，他就哄騙純樸的村民說：寺旁那些珍貴的老櫻樹得了病，已快枯死，不如早早砍下，還可得些上乘的木料刻經。

老實村民信了他，寺旁櫻花漸稀。

和尚的謊話後來是否被拆穿，沒人知道，倒是無辜櫻花，從此背上黑鍋，日本俚語中的「桜」，就是幫忙行騙的人或物。

戲院裡可看白戲，但得帶頭喝采鼓掌的人；還有在街攤旁，裝著搶購，引來其他顧客，其實與商販同夥兒的人們，都叫做（桜）「sakura」。

＊

麥克風又傳過來，沒人願意接，因爲大家都聽歌聽得起勁。

一位歌喉極好的歐几桑，連唱了幾支民謠，就是從前在台北計程車上常聽到，很鄉土的那種日本歌。往昔年輕的耳朵，總嫌這些尾音抖抖顫顫的東洋歌太俗傖，不料此時此地此景，它們竟如此恰當好聽。

歐几桑約五十來歲，鬆垮垮穿著一件舊T恤，沒什麼特徵的日本長相，普通到甚至看來眼熟的地步，矮矮瘦瘦，不曉得那麼洪亮的聲音，放出來以前都藏在哪裡？

他知道自己唱得好，有些遮掩不住的神氣，音樂過門處，還瀟灑地仰頭乾一杯。有酒助興，當歌不讓，愈唱愈勇，舉手投足全是明星架勢，把大家哄得開心，和著節奏拍手，氣氛既團結又熱絡。

興致這玩意兒能傳染，歌王歐几桑帶頭，觀眾們一個拉著一個起身，大夥兒圍成圓圈，曲著腿跳上三步一頓、五步一鏟的日本舞來。

舞得熱烈，歌聲迷人，誰也不想歇，跳了一圈又是一圈。

「嗨唷唷唷……嗨唷唷唷……」歌尾的吆喝有力，聲聲通天，櫻花若是沒長牢，大概全能給震下來。

我被拉在隊伍裡，錯手亂腳、跟前跟後，嘻嘻哈哈之餘，心中其實有些困惑。

「嗨唷唷唷……嗨唷唷唷……」歌舞間的吆喝有力，聲聲通天，櫻花若是沒長牢，大概全能給震下來。

不明白眼前的這些日本人，爲什麼全豁了出去，平日小鼻子小眼的拘謹不見，忽然生出蒙古包前游牧大漢的豪放。

我漸漸熟悉節拍，跟旁人應和，唱跳得眞開心。

我想，或許——或許在不同的髮膚下，人，實在有著相同的率性和激情，恁再隱藏、再收斂，偶爾也要大碗喝酒，大塊吃肉，最少，要大聲嗨唷唷唷幾下才過得去。

我也想，若能從高空鳥瞰，濃密櫻花樹下，一群小人兒忘情肆意，繞圈子歌舞的景象，必是很好看的。其中，除了歌王歐几桑因有金嗓子而特別神氣外，那吆喝最來勁兒，鑊頓最得意的，正是良子八十好幾的白髮公婆。

＊

趕場到第二輪花見會時，已近傍晚，在神社旁的公園裡。

這兒多了一種「枝垂桜」（shidarezakura），和小學操場邊的櫻花不同，排排枝子像釣魚線似地垂進塘水，上面綴著疏密不一、深粉紅色的櫻花串，遠看像層紅簾，銜接著水中倒影。

但吵吵嚷嚷的孩子們盡往池塘裡扔石頭，紅簾也就時掀時闔，不得寧靜。

卡拉OK的擴音喇叭在小公園中忒響，有人唱著走音的歌兒，忽高忽低。兩隻瘦巴巴的黑天鵝，不安地在池邊花下游來游去。

傍晚才來賞櫻的人，多是爲了看「夜桜」。

聽說打了燈光，花兒更具風情，所以大家耐著性子坐定，再吃便當，再喝清酒，任不好聽的歌唱不停，齊盼天黑。

嘈雜的公園在燈亮剎那間，突然靜下來。

似乎所有的人都屏住呼吸、停了動作。

隨即，「好看哪！」「好看哪！」的讚歎聲自各個角落傳出。

櫻樹像上了妝的戲子，紅一塊綠一塊。

出場的熱烈掌聲聽完，她們還是花著臉，原地站著不動。觀眾看夠了，回過頭來繼續吃喝。

朋友指著鄰近的一群人，說是某某公司的員工花見會，難怪感覺和家族聚會不同。他們個個酒不離手，喜怒哀樂沒節制，誰嘶喊累了、醉了，就裹緊夾克蹚在角落酣睡，留下滿地空酒瓶。

我想，美好的櫻花太寬待日本人，不但被用來行騙，還得站在這兒陪酒呢。

深沉的夜，包容一切。

朋友說，見怪不怪，日語裡這叫「無礼講」（bureiko），平時壓抑多，藉「花見」放肆一夜，不分年齡身分職位，百無禁忌。

「妳別看他們現在醉得亂七八糟，嘿——明早八點上班，全恢復規矩恭敬的樣兒。」我大概一臉迷惑，不是朋友的日文難懂，實在是對他形容的日本功夫，懷疑又佩服。

該看該吃該喝該唱該說的，樣樣做了。終於抵不住夜來春寒，我們謝過主人，隨陸續離去的賞花客，走著張燈結綵的櫻樹步道出公園。聽說，許多人還要歌飲抗戰到天明。

*

天亮前，一陣疾風驟雨敲得屋頂叮咚響，教人拉緊被子更好入眠。醒來時已誤了早班巴士，只好自己開車下山，進小城辦事。

雨打櫻花，洗出新綠，但粉、綠摻和的顏色，使路邊櫻樹全變成灰濛濛一團，難看得令人生氣。

忍不住回味前日的盛宴，如日本人愛說的「滿喫」（mankitsu），好像打個嗝都能冒出幾瓣櫻花來。又看多了「無礼講」，身體裡還有個狂歡的衝動，不肯罷休。

順道去加油。車頭才進站，服務生已踏著慇勤的小跑步迎來。他們總是制服衣帽整齊，禮數百般周到。

「請問客人加哪一種油？」

「普通——」我搖窗的手忽然停下，窗子內外兩人同時一怔，啊——歌王歐几桑！

帽沿下的瘦臉與花見會上兩個樣兒，沒有高歌時的狂傲，僅剩下職業性的謙卑，連個子看來都矮些。

他上身前傾，襯衫袖線燙得筆直，雪亮名牌上有良子婆家的姓，是歌王沒錯。以前在這兒必也見過的，只是從未留意。

他咧嘴笑笑，卻毫無「敘舊」打算，只專心加油，又拿起海綿，上上下下賣力洗車窗。

前日的民謠，我半支也記不住，但聽歌時的感動深烙心底，實在彆不住，我遞出信用卡時，硬加上一句：

「歐几桑的歌唱得太好了！」

他恭敬地用雙手接過卡，「謝謝。」

不知是謝油錢，還是謝我的眞心話。

歐几桑小跑步進了加油站辦公室。

我坐在車裡，呼吸著雨後黏濁的空氣，有些沮喪。不理解這些人，如何眞能像櫻花那樣，一夜間變了顏色。

而我，還滿腦子櫻這櫻那，不定什麼時候會站起來，跳上幾步日本舞。

好久也不見人出來，後頭又排了三輛車。

辦公室的自動門再開時，歐几桑的步子大些，臉上也顯得急忙。除了信用卡、收據外，他塞進車窗一個牛皮紙包。並用日本腔，生硬說著他以爲是我的語言：「普來震斗（Present）！普來震斗！」

看他一臉誠摯——車後有不耐的喇叭聲。

加油站小，車子迴轉不易，所以服務生常得到大街上爲顧客開路。

歐几桑快跑在我的車前，一夫當關站在街中央，熟練又富韻律地舞動雙手，指揮往來交通，歌王神情呼之欲出，節奏明快的嗶嗶哨聲，送我平穩上路。

穿出小鎮，我仍反應混沌，邊開車邊打量那沉沉紙包。

膠帶黏得全不是地方，東一道，西一道，稍微拉扯，嘩啦嘩啦掉出大堆加油站贈品。

最後落在毛巾紙扇肥皂上的，是一掛嶄新月曆！

小路前後無人無車，我把月曆攤在駕駛盤上——

色彩明豔，毫不含蓄的首頁，印的是附近公園，

白的粉的紅的，滿紙櫻花怒放。右上角還題了飛揚的漢字：

卯月春爛漫

卯月即四月。

我會心地笑了，把月曆擁在胸前。

感謝歌王歐几桑，他讓我知道，記念「眞情流露」，我不孤單。

不是每個人都能一抹臉，就換齣戲唱，往事全非。

必散的筵席後頭，仍有些散不盡的東西。

車在春天四月的歌裡行。

嗨唷唷唷，嗨唷唷唷。

二〇〇一、五、十四於芝加哥

柔軟的盔甲

活這麼大，有些事情，在我到日本長住之前，是完全沒有概念的。

首先，在家附近的菜場裡，我看到一些日本太太們，拎著菜籃，穿著圍裙，說說笑笑地買菜。我很詫異——一直以爲圍裙像睡衣一樣，只能在家裡穿穿，出了門就得換下的。後來又在郵局、圖書館、醫院，甚至市區街頭，看到很多穿著圍裙行走辦事、神色自若的日本女人，顯然她們都覺得圍裙較睡衣能登大雅之堂，不必躲躲藏藏。

百貨公司的服裝部門裡，多半有一個圍裙區，占地不小，貨樣齊全：半身、全身、無袖、有袖、直筒的、有腰身的……有鑲了細緻蕾絲邊、用純白柔軟的高級棉布製成的，據說是專門送給新娘子的禮物。還有些胸前繡印著 YSL、PIERRE CARDIN、GIVENCHY 等名牌標誌的圍裙，神氣地排列在上了鎖的玻璃櫃裡。我曾站在櫃前，左看右看，比照自己那條被歸在抹布、拖把族類的圍裙，覺得不可思議。後來想想，睡衣也有名牌，CALVIN KLEIN 的名字都印在大家的內褲上，YSL 大概也不會嫌棄柴米油鹽吧。

穿著圍群，我只是本分的主婦，怗著給丈夫孩子燒鍋好湯的女人。

孩子的學校裡，女老師們經常穿著圍裙。醫院裡的護士、書店的女店員……大約在日本城鄉，圍裙就是女人的工作服，不論做什麼事，罩上那神奇的一塊布，賢淑敬業的形象就相伴而來。更妙的是，穿了圍裙，彷彿頭上立刻頂了個「忙」字，謹聲明：本人無時無刻不在賣力工作，至少，準備好了賣力工作——這種障眼裝束，對於厭惡別人稱她「閒散在家」，但有時的確是閒散的主婦們，眞是打生活仗最合穿的盔甲。

在一個純主婦的聚會裡，我好奇地問大家，都有幾件圍裙？一圈日本太太，有的閉目，有的掐指，計算半天，好像遇到了數學難題。最後得到的平均答案是六、七件。看來最溫婉愛家的矢島太太，不負眾望，共有十八件。她略羞澀卻得意地告訴我，其中許多件是將結婚時，自己爲了作個模範主婦所準備的。當她們問出我竟然只有一件圍裙時，空氣裡約有兩秒鐘的沉寂，旋即大家喝茶的喝茶，咳嗽的咳嗽，互相掩飾彼此難以置信的表情，害得我原本「自九〇年代紐約來，不吃這一套」的傲態，霎時縮爲支支吾吾、有愧主婦職守的氣短了。

最糟糕的是，儘管腦子裡不屑，嘴巴上嘀咕，我卻愈來愈倚賴穿圍裙的許多好處。不知不覺中，它成了我持家幹活兒不可少的配備。

一個冬天的傍晚，我在廚房中忙。刀子起落砧板喀喀喀響，爐上咕嘟咕嘟，熱鬧地滾著大鍋濃湯。唱機，倒不知趣地趕在這時候放完最後一支曲子。向來喜歡屋裡有點兒音樂，我擱下切洗工作去換CD。

就在步入客廳的剎那間，我被映在對牆掛鏡裡的身影嚇了一跳，看清楚了，索性走前面一點，仔細端詳。與穿著圍裙的自己面對面，濕答答一雙手，還正在裙上來回抹著呢。罩在我灰衣灰裙外面的，是那有名的一百零一件圍裙，鮮藍色粗棉布製，記不得是哪回搭飛機得到的贈品，所以胸前印了幾行白色的廣告小字。

我再愛美也沒有選著穿圍裙時特意去照鏡子的經驗，那天卻纖無意一瞥後，又在鏡前顧盼良久：這樣穿挺好看的，只說不上來是哪兒好看。

鏡裡的我，沒有上班上課、在社會戰場東征西討的殺伐氣焰，沒有家庭工作、求兩造難全的掙扎徬徨。沒有與繁瑣生活對峙的劍拔弩張，沒有任何強出頭、扞格彆扭的痕跡。

只是本分的主婦，惦著給丈夫孩子燒鍋好湯的女人，很老實，很簡單，很順眼，很，很

——圍裙！

二〇〇〇、十一、一於芝加哥

哈哈

「母親」，在日本話裡的發音為「哈哈」（haha），第一次聽在耳裡，我哈哈哈哈個沒完，覺得簡直太好笑。

孩子們念的幼稚園，三天兩頭開「母の会」（haha no kai），一群哈哈鄭重其事的開會，我呆坐聽雷，多半時間在胡思亂想、東張西望。

大概在鄉下，難得能展現亮麗的一面，所以每逢開會，哈哈們都紅衣綠裳、穿金戴銀，格外細心打扮，我旁觀也十分愉快。

一日，會議冗長。衣服看盡，只得無聊地瀏覽眾哈哈散擱桌上的玉手，一雙雙瞧仔細後得了個結論：教室裡二十多雙手，各個骨節大、指甲禿、皮膚粗裂，和好面子的主人——身著名牌服飾，手挽高級皮包——實在不襯。

後來明白，那些手講的才是眞話。

後來又明白，那些手，還發很多別的聲音。

洗晾

雖然家庭主婦做家事是天經地義，但日本主婦所做的事好像特別多，天天由「洗晾衣被」開始，勞碌不休。

小鎮附近的房屋都築有陽台，它不供人觀景乘涼，而是爲曬被子、晾衣服存在。日本有世界獨一無二的寢具：布団（futon）。那擺在地上厚厚的墊褥和蓋被，常需保持蓬鬆舒適，所以不論什麼季節，只要出太陽，主婦就得曬全家的「布団」。清早拖拖拉拉請出，搭在陽台欄杆上，欄杆用盡，乾脆把被子從窗口垂下，像房子吐著大舌頭，跟路人做鬼臉。午後，拿特製籐拍在被上劈劈啪啪一陣好打，急烈的響聲在巷弄中此起彼落、前呼後應，驚得小狗狂吠，午睡幼兒哇哇啼哭。

陽台上，另晾有一排排衣服。

向陽是築陽台的先決條件，許多人家築在屋前，遇晴天，屋擠路窄的巷裡，綿延著花素被褥，飄揚著內外衣褲——我初見驚奇，久了覺得親切，在街上看到熟悉的衣褲，就知道這人住哪間屋子。

衣被，也跟著院中的花樹換季，粉櫻招短衫，紅楓舞長袖，是另一種風景，另一種月曆。

每天太陽初昇，媽媽就哼著歌往竹竿上掛濕衣。小兒仰頭，繞

日本左鄰右舍，天天屋前淨衫飄盪，咱家卻細瘦竹竿空架，於長巷裡特別顯眼。

在垂掛的布與布間，耳裡有媽媽的歌聲，不怕迷路。

晚上洗完澡，滾在媽媽正疊著的衣被堆中，呼吸那烙進棉布裡的太陽味……此種美妙經驗，幼時我也有過，只當時不懂，這般輕鬆遊戲，如何會是媽媽的繁重家擔？後來角色轉換，樂趣流失，洗衣成爲我繁忙美國生活中，一星期兩次的不得已，又因多使用烘乾機，晾衣藝術，在我手上已近失傳。

日本左鄰右舍，天天屋前淨衫飄盪，咱家卻細瘦竹竿空架，於長巷裡特別顯眼。終於一日，我學鄰婦，捧籃憑竿晾起衣服來，未想粗手粗腳的急忙結果，引來了街坊兩位義勇歐巴桑。

她們不僅指指點點，還好心爲我分解晾衣動作，彷彿其中藏有莫大日本學問：先奮力抖甩，把衣上大皺折都啪啪甩掉，掛上竹竿。再左右揪扯，用手指把細紋熨平。最後小心端正領袖，好像眞有個活人掛在竿上。衣服要分類晾，衫歸衫，褲同褲……

心想照她們的法子，我晾完衣服就該吃中飯，但還是忍不住往巷裡去兜一圈：別家衣服的確都分門別類、由小號到大號、淺色至深色一一排列，件件平整好看，不似我的隨興而來。

洗晾之事既是每日家務大宗，電視台氣象報告裡就安排了一幕，專門預報全國各地的「洗濯指數」，從一到一百，指數愈高，表示天氣愈晴和，可放心洗晾。但正像其他任何預報——失誤難免，不止一次，正開著「母の会」時下起驟雨，哈哈群湧而出，一哄而散，張皇回家搶救衣被。

日本電器世界聞名、花樣繁多，但朋友家中有烘乾機的極少。遇上雨天、雪天，衣服全掛在窄小屋裡，大家坐在濕衣服底下吃飯、看電視自如，從窗外望進去，花花綠綠很熱鬧，好像正開著什麼慶祝會。

有人說不用烘乾機，是日本電費昂貴，主婦時間精力價廉之故。我想，晾出去的衣被，是哈哈賢慧的無字證書。傳統不易改，她們就伸開粗糙雙手，默默歡迎最能消毒殺菌、加熱添香的老太陽。

主人

初抵日本，我想繼續教書。設計學校在東京市內，自小鎮去，單程要三個多小時，即使在通勤普遍的日本也挺嚇人。但我捨不得放棄工作，又牽掛家中兩幼兒，於是四處打聽baby sitter的消息。

我問才結識的岡島太太，她皺眉搖頭說：「沒有，沒有，沒有貝比西打。」

「那我怎麼辦呢？」

「怎麼辦呢？」她滿臉焦急地回問著，好像我可以幫她解決這個問題。

岡島太太自己有三個孩子：七歲、四歲和一歲。

在社區雜貨店門口，第一次遇到她時，我又驚又喜，如見故舊——但如故舊的不是她，是她身上爲背幼兒，一道道纏綁的灰黑格子背布。啊，那是記憶深處，五〇年代台北街巷中、公車上的辛苦婦人！我盯著盯著看，任懷舊感情移轉，對這個被綁的女人，和她緊背的、手牽的、在後面吵著要買糖的三個小孩，生了莫名好感。

兩個女人帶五個小孩，顫顫簸簸，雞同鴨講地同路走回家。

從那日起，我由岡島典子處，學了很多哈哈事情。還有什麼比「媽媽帶小孩」更貼近生活本質呢？孩子的吃喝拉撒睡、媽媽的喜怒哀樂愁，全不能耽誤、不易掩藏，所以經這些事看日本，眞切道地。

路過典子家，門口靠牆斜晾著幾雙洗淨的白布鞋。進屋的拉門如常敞開，典子跪伏在玄關高起處，兩手壓在一塊四方抹布上，推前退後擦著地板。

她身後通內室的紙門未闔，一歲的小太郎咿咿呀呀在榻榻米上玩耍。屋裡傳出烤魚香。

典子聽到腳步聲，驚訝地撫著散髮，抬頭笑語招呼。

我步入小院，立在木屐成行的玄關外，恍惚中好像回到童年永和的家——記憶裡光潔的地板，舊衣裁縫的抹布，和辛勞操作的媽媽……我以婦人的眼睛俯讀一切，竟覺有些酸澀。

小鎮和東京的距離，是三個半鐘頭，也是三十多年。

屬於上一代的許多姿態、習慣、觀念，在這個科技高度發展國家的大部分鄉鎮村里中，仍被保留應用。新、舊的衝突與融合，令我時而驚奇，時而迷惘。

典子要我在榻榻米中間的矮桌旁坐下。

「喝茶！喝茶！」她撿著腳邊玩具，又忙碌燒水，到處找才買就不知跑哪去的「新茶」（shincha）茶葉。

一般日本居處狹小而零碎雜物多，再怎麼疊架擠塞，總難整齊。我環顧周圍，櫝子箱子櫃子盒子，還有各式各樣新奇小家電，沿著四面牆壁向裡氾濫，把拿抹布的女人圈在中間，陣守一張矮桌四個蒲墊，和扶桌爬上爬下、咕咕嘟嘟的幼兒。

就著茶香，我倆聊天。溝通不清的地方，就在紙上寫漢字，省卻猜測時間。

平時鄰居太太們閒談，常講一個發音如「休禁」的字，我聽著好玩，胡亂跟著說，學會「休禁」就是中文裡的先生、丈夫。

典子提到「休禁」，我點頭表示明白，看她細瘦的手寫下「主人」兩個漢字，我眉毛一抬，從不知是這樣寫：主人？

她說，主人下班後仍在「会社」（kaisha）工作至九、十點，和同事們去「居酒屋」（izakaya），喝酒吃串燒擺完龍門陣才回家。

她說，傍晚，通常只有她和孩子們吃晚飯，將三小全餵飽洗淨哄睡，等主人深夜回來，再爲他做一頓飯。

我步入小院，立在木屐成行的玄關外，恍惚中好像回到童年永和的家——

她說，主人的食睡作息，永遠是第二梯次，清晨也難與趕早上學的孩子們打照面。他和許多日本男人一樣，除了薪水直接匯入銀行的家用戶頭外，跟這屋裡天天進行的生活，家庭內外大小粗細的工作，沒太大關係。

主人的世界，築在「会社」裡。

「会社」的利益榮辱，常在親情與家庭之上。「会社」辦的「新年会」、「花見会」、「忘年会」和同事婚禮「披露宴」（hiroen）等活動，依傳統都是單身往赴。年年參加「会社員旅行」去北海道、夏威夷、紐約、開羅……主人們，頻做V字手勢在名勝前拍照時，似乎也不怎麼掛念妻小。

典子，翻箱倒櫃取那些照片給我看。

我看著看著有些來氣，呼呼用力喝茶。

卻又說不上究竟在氣什麼，彷彿覺得這些哈哈該有點兒出息，不應如此自甘卑屈。

「在美國不一樣嗎？」典子靦腆搓著手，坐在照片堆裡問。

私房錢

於日本住定後，漸發現「哈哈」其實是社會上一個很看得見、聽得到的角色。

小鎮裡，年輕哈哈們常帶蓬勃朝氣，包括我的朋友典子在內，即使辛苦，經營家庭都起勁地像隻小母雞，唧唧啾啾到處啄取家政學問滋養小窩。書店裡的婦女雜誌和主婦專用的家計簿，種類繁不勝數，更有教授持家良方的演講會，一場場舉行著。

一回，隨朋友去聽東京來的家政專家演講，會場亂哄哄，大人小孩各半。這些日本哈哈，從不興把孩子托出去，到哪兒都背著拉著，所以舉辦任何活動，歡迎媽媽就不能拒絕小孩。

但小孩不懂演講，也不是木頭，玩笑遊戲漸漸變成哭鬧打架，或滿廳堂踢球賽跑……全場只有台上沒做過主婦的男性家政專家，看來十分慌張抱歉。

四周哈哈的雙手不忙抓孩子，只從容抄筆記。她們獨當一面慣了，磨練出泰山壓頂不驚的氣派，令我暗暗稱奇：這也算甩脫日本女子溫婉恭順、中規中矩的枷鎖，另類「爲母則強」吧。

然而，我對這「強」字更深的體會，是在森太太的送別會上。

森太太要搬家。

除我們這一家外，附近都是住了十幾年的老鄰居，忽然有人搬出遷入，確爲清淡日子裡添不少興奮。社區哈哈們，紛紛出入森家，共襄盛搬，揀些森太太不帶走，自己也不眞需要的東西回去。待揀得差不多了，就張羅著開送別會。

森太太高胖聒噪，森先生矮瘦寡言，生兩個兒子全像爸爸般瘦小，一家人走在街上，就屬森太太最壯大神氣，她也總是快步疾行虎虎生風。一家人像極了漫畫人物，談到他們，大家總是呵呵開心。森太太也自認是地方甘草，不論在哪兒都盡責製造笑料。「母の会」上，別的太太見到我，多半掩嘴微笑，她卻總拉著我練習美國人絕對聽不懂的英文，再「順便」幫我許多忙，教我日本俗語和罵人的話。

我常常看著森太太，覺得世界眞奇妙，像她這種典型、個性，甚至長相的人，我在台灣、美國和世界其他地方都遇見過，似乎上帝種地時，想好要平均分配，每塊地上都給同量的各類種籽，在日本就開出森太太這朵妙花！

送別會（sobetsukai），本應感傷，但被送的是森太太，大夥兒嚴肅不起來，十幾個日本女人，圍著三張拼成長條、擺滿食物的矮桌，咭呱談笑。我把兩耳撐得像喇叭，但四周交錯進行的番話有的跑進去，有的溜出來。

坐桌角的典子，拍著她肩頭欲睡的小太郎，四下打聽社區裡新開的「公文」（Kumon）教室。我知道她自從看了木村太太六歲的兒子，在公文教室裡，輕鬆解「開根號」習題後，就立志要做個賣命推孩子進一流學校的「教育媽媽」（kyoiku-mama）。

典子旁的兩位太太，丈夫都調職外縣，單身上任，不常回家。她們一手執啤酒，一手扳算丈夫兩地往返的次數，聲音平和，聽不出是怨是誇。

對面木村和池上太太，熱烈討論著誰要去接替森太太的「怕斗」（pato, part-time 工作），愈來愈多孩子長大的日本哈哈，愛兼職賺外快，以店員、出納工作最普遍。森太太每

十幾個日本女人，圍著三張拼成長條、擺滿食物的矮桌，咭呱談笑。

天下午在附近市場裡，已「怕斗」了兩年。

「內！畢魯（beer）！畢魯！」發「內」音的字，是日語中含義眾多的助詞，也是森太太的口頭禪。在我左側的她，自作主張開了一罐啤酒遞給我，又伸長脖子對我右邊的春日太太說話。

夾在中間，爲不失禮，我也把頭轉來轉去，偶爾點搖一下表示意見。聽到搬家之事，森先生從頭到尾半點兒沒參與，新家只去過一次，是前兩天，爲認路而去，但沒進門。

我嘖嘖搖頭，這，眞難相信。你不生氣嗎？

森太太正吃著麻糬，嘴邊有半圈白粉，看我——

「內！爲什麼，生氣？」

他啥事都不做，你辛苦啊。

「不苦不苦，」她撲撲拍著嘴上白粉。

「內！」又正色一個字一個字高聲說：「內！挨——辣——蔔——福利——蛋母——！」（I love freedom.）

大夥兒全鬨笑起來。

本田太太自長桌那頭指著我：「尖妮法（Jennifer）桑的貴主人每天六點半就回家吃飯哩！」

眾哈哈一齊投來憐憫目光。

池上太太也說：「尖妮法桑買洗衣機和冷氣機，貴主人一起去呢！」

我想起她本來在電器行「怕斗」。

很多日本男人不問家務，等於放棄了生活諸事的作主權，所以商店、保險公司及其他各種服務業，都以主婦爲推銷對象，不指望太多男顧客自己上門。

「我們家的事，大部分，兩人——商量——一起買。有時候也七點吃，吃晚飯。」我莫名其妙地想辯解，但勢弱又結巴。

「錢呢？也商量嗎？」有人問，我老實點頭。

春日太太輕輕拍我的肩：「卡哇伊瘦（kawaiso）！」（眞可憐呢）

沒人接話。

森太太捨不得她炒熱的氣氛冷場，大聲說：「尖妮法桑，內！你聽過『戰後變強的是女人和襪子』這句話嗎？」她兩手胸前合十，指尖頂著胖下巴，「內！女人要和襪子學，愈來愈強。還有錢要給女人管，好像襪子給腳穿一樣，內！是自然的，是必要的。」我看大家面面相覷，想是贊成歸贊成，沒聽這麼比過。

據說日本男人的薪水，多直接入銀行的家庭帳戶。主婦一手握經濟大權，一手發零用錢給「主人」。主人愛出差，因

出差費在薪水之外，可直接領取，省吃儉用還可積些私房錢，買菸、喝清酒、打「柏青哥」（pachinko，小鋼珠）都寬裕些。日語的私房錢（hesokuri），我暗中音譯為「黑守苦利」，覺得挺恰當。

「那，貴主人們，存——存私房錢嗎？」我想證實傳聞。

嘈雜的房間靜下，哈哈們你看我我看你，然後又都看森太太——她圓滾滾的身體已一骨碌起，快步到屋角，跪下，爬來爬去，東翻西找，嘴裡唸唸有辭……滿室驚訝，忽轉成爆笑，聲浪鼓動著四圍紙門。

原來她在學森先生忘了私房錢的藏處，急切尋找時的可憐相。因表演精采，眾人笑得不支，七零八落趴倒榻榻米上。

我楞看眼前這些日本女人。

原以為她們是苦哈哈多，樂哈哈少，現在全樂成這樣。

有人上氣不接下氣說，她的主人藏錢鏡後，另有人說紙門縫中、鞋櫃夾板裡……

許多日本家庭的關係，像歪了邊的天平，媽媽是結實大秤鉈，孩子是小砝碼，加在一起重重下垂。爸爸，孤獨盪在高翹的另一端，平時忙工作，偶然有假，或賦閒退休在家，只吃吃睡睡，不諳家中任何事務，故被稱為「粗大垃圾」（sodaigomi）——是神氣「主人」的落寞面，也是電視鬧劇裡經常諷笑的對象。

而家中購物儲蓄投資置產、子女的教育婚姻大事，常是管家的哈哈說了算，據報上曾刊的統計數字，哈哈獨掌金權的家庭占全國百分之六十至七十，所以她們隱隱有股影響社會的力量，不明白的人看不見。

長久壓在老月曆電影、假山庭園、優雅和服、卑躬屈膝下的，竟是如此活潑跳動的生命。我一廂情願以爲她們軟弱，不知其剛強；以爲她們無權，不知其有勢；以爲大和民族全如典型樣板，不料典型有偏失，樣板也會走樣。以爲自己的婦運不差，結果還不如日本戰後的襪子……

有人終於想起聚會目的，詢問森太太的新家：

「貴主人滿意嗎？」

森太太朝我眨眨眼：

「不滿意？沒關係沒關係，內！可以『熟年離婚』（jyukunen-rikon，中老年離婚）！」

胖大手一揮，好像眞把空氣裡的森先生揮出了窗外。

二〇〇一、八、二十三於芝加哥

五味的鯉魚

右鄰是生意人。

在他們家門旁的牆面上，掛著一口音樂鐘，鐘下接了一方厚厚的壓克力招牌，音樂響時，招牌上「れもん」（lemon，檸檬）這個日本字，就會一直變換著七彩顏色，很有東京大都會商店的熱鬧樣。

這鐘雖然每天應該定時叮噹奏樂，卻常或早或遲靠不住。既然不能做報時依據，我就當它是長日中的調劑，做啥事做到一半，鐘響了，輕鬆地聽——巷子裡沒別的聲音，它慢調斯理奏上一段音樂，戛然而止。

當了好幾個月的鄰居後，我才弄清楚，隔壁並不賣檸檬，是取著洋名的家庭美容院。

美容院的生意似很清淡，廳裡常暗著不開燈，倒是在後院，偶爾會見到鄰居太太出來晾衣服，旁邊跟著一個正學步的小女孩。這嬌小的日本婦人總匆忙掛好衣服就拉著孩子進屋，讓我半舉著、想打招呼的手多次放下。

是從社區「案內」（annai）看板上，我知道這家人姓「五味」。

一直沒見著五味先生，卻常在清晨和半夜裡聽到他——轟隆轟隆開著載了怪手或吊桿等器械的大卡車，在無人的窄巷中裝卸什貨，或嗶嗶嗶嗶往外倒車。

某夜，卡車和其他莫名的噪音持續了很久，我睡睡醒醒，被吵得一肚子火。第二天，我們和「五味」家之間的公用人行道旁，多了兩台「自動販売機」（jidohanbaiki），裡頭有各式各樣的冷熱飲料。

我們的房子，在貫穿社區的一條長巷中央，進口的一頭是所職業學校，另一頭則伸入山谷，直抵一小村子農家和大片稻田。上學或回家的年輕人，走到我們這裡時，進、退都有些距離，喝口水倒是好地方，所以這兩台販賣機的生意挺興隆。我每天生活中，於是也多了許多新聲音：路人聊天經過，投錢叮噹、罐頭匡啷啷落下、或者沒落下，日本四字經、機器挨打乒乒乒乓、腳步踢踏遠去。這一切，在夜裡尤其清晰。

五味先生對建築營造似乎很在行。有一回，他的卡車帶了個大大的貨櫃進巷子，連著幾天，門外施工的嘈雜和震動就沒斷過。我從靠近兩家交界的廚房窗戶往外瞧，一輛吊桿車艱困地吊著貨櫃前進後退。再瞧，一部拌混凝土的大車轟轟而來。隔一陣子又探探——這下可看見他了，做了這麼久的鄰居，還是第一次看到五味先生，他正從空卡車上躍下，穿著骯髒的灰色連身工服，戴著手套。個子不高，卻看來壯碩，最引人注目的，是他一臉在日本人中不多見的落腮鬍子。

待我再出門時，大貨櫃已停在我們兩家中間，有門有窗，還接了電視天線。五味先生有了新辦公室，辦公室前，仍擺著那兩台販賣機。

春天來了。除去厚大的袍子，我注意到，五味太太晾衣的身形和以前不同，我隔著小院興奮地對她叫：「omedeto（恭喜）！」她有些驚訝又羞怯地望著我笑，摸摸隆起的肚子說謝，仍然不多話。

沒多久，聽對門的宮沢太太說，五味太太回遠在他縣的「实家」（jikka）生產去了。「实家」，就是自己原來的家，娘家。日本媽媽多在「实家」生產，所以預產期前，常會急忙趕路。有的孩子不合作，提早出生，結果出生地既不在父家，也不在母家，恰在路途正中的小醫院裡。而產後的婦女常在娘家休養至滿月，赴神社行慶祝禮後，才返己家。

五月五日，是國定假日兒童節，但日本人也在此時過「端午」。「端午」是奈良時代由中國傳來的習俗：陰曆五月五，值春夏交替，氣候變化大，傳染病及毒蟲害也多。日本人在門口掛上劍狀的菖蒲葉，和艾草編成的人偶去凶辟邪，採服草藥、泡菖蒲葉澡預防疾病。他們過節吃柏葉包的麻糬，也吃粽子，但多半不知道中國詩人屈原的故事，或龍舟競渡的由來。

江戶時代以後，因日文中「菖蒲」（shobu）的發音與「尚武」相同，端午節，有男孩的父母就在家中擺設傳統武士的頭盔、鎧甲，或全副武裝的小人偶，祈求兒子英勇長成。一入五月，街上商店的櫥窗裡，全推銷著一套套武士盔甲或武裝玩偶。雖然鑲金滾銀，做工細緻精美，我大概是看多了武士電影，總覺得鎧甲陰沉沉坐在那兒，殺伐味太重，甚至還有點幽冥之氣。即使是金太郎、桃太郎等可愛的童形玩偶，也都磨拳擦掌，一副想打架挑釁的樣子，眞是尙武不仁。

比較起來，鯉幟（koinobori）就可愛多了。

鯉幟，是中國故事在日本生根發芽、長成茂盛大樹的好例子。傳說萬魚之中，只有鯉魚，能夠向上躍過中國黃河的三門峽，轉化爲龍，所以日文中也有「登竜門」一詞，以鯉魚代表成功。日本人掛鯉幟，先是慶祝家中男孩的誕生，然後年年端午掛出來，祈求該兒健康茁壯，長大出人頭地。

舊式的鯉幟是懸在高大的竹竿頂，最上有個小滾球，中間是用箭頭綁成，轉繩索的轆轤，下面再依序掛列七彩旗、畫了鯉魚圖樣的彩布製成的黑鯉、紅鯉，藍鯉……近年來名店手工製作的鯉幟，已當藝術品賣，價格極昂，一般人都買不下手。街上懸掛的，多是塑膠布和金屬桿製成的袖珍代表。

兒子們過節前在學校的勞作課上，除用報紙摺出帶兩個小角的武士頭盔戴著，打打殺殺外，也用七彩包裝紙做了一掛小鯉幟提回家。我保存著捨不得丟，因兒子說：媽媽，先生

風一吹，三隻鯉魚活挺起來，魚尾上下擺動，分不清自己是在水裡還是在天上。

講，小魚就是我，你要把我收好。

某晨散步，晴空引我走得比平日遠些，來到一個小坡，居高臨下，正好看到谷中農家豎的鯉幟——藍天如緞，遠山泛紫，田裡新綠像絨毯，高大的鯉幟迎風展揚其間，是那麼明朗、活潑、生意盎然！我佇足坡上，看了又看，由心底發出微笑，那是我在日本見過最好的風景之一。

「砰！」地一響自屋後傳出，接著又是鏗鏗鏘鏘一陣金屬撞擊聲，把我嚇一跳，正喝著的茶都潑了出來。我知道，一定是那個五味！與他有關的，什麼都驚人！都強！都響！廚房的窗帘只是層薄紗，我可以清楚看到他在他家後院裡來回走動，不知道在做什麼。

隔不多久，強又急的「答答答答、答答答答」聲，像機關槍似地震耳，也震著我屋裡的碗盤傢俱地板，實在想把頭伸出窗外大喊：喂喂喂，你在搞什麼呀你？「槍」聲卻停了。我偷望一眼，五味先生頹然坐在小院黃土地上，旁邊躺著個巨大的電鑽，鑽地的那種，像十字鍬吧？不知道是什麼事使他停了工。

下午，院裡又有了動靜，但不是機器，是一種人身、工具與岩石泥土交互碰撞的聲音。再回到院裡的五味先生，頭上綁著毛巾，開始一鍬一鍬挖地，一鏟一鏟翻出大塊石頭。這些工作，我想本來他都慣用卡車上那些大機器代勞，三兩下就完工，如今所有重型機具，都被新的貨櫃辦公室擋著進不來，困在這小小後院，他一定很懊惱吧。

只能靠自己的一雙手。

接下來兩天，五味先生不停地鏟啊挖啊，和水泥啊，又推著小車，一趟趟進出倒土石，天黑了也沒見他休息。我忙自己的事，也不好一直盯著他的進展。直到第三天，端午節的早上——

拉開小樓後窗的窗帘。

我呆了！窗外竟有鯉魚！

窗外有鯉魚，黑、紅、藍三隻，在眾家層層疊疊屋瓦之上，無雲藍天裡。

我彷彿看到五味先生，夜裡一人與特長又粗的鯉幟旗杆搏鬥。那杆從小院平地拔起，高過兩層樓，我略抬頭，杆幟就在窗外。

風一吹，三隻鯉魚活挺起來，魚尾上下擺動，分不清自己是在水裡還是在天上，它們只盡情飛游。

那回山谷裡遠觀，見的是整個天與地，鯉幟點睛，爲大自然添顏色。現在近瞧，竟能辨出魚兒的姿態動靜，用心去看，彷彿，也能感覺到它們的感覺。

天中綑綁的繩索，如水裡擊打的逆流，只教魚兒挺得更直，游得更賣力。仗著千萬片瓦下的父母心，它們一次又一次飛起。

「唧——」地一聲，隔院的拉門開了，我本能地半隱到窗後。是五味先生，一手還抱著白布包裹的小嬰孩。他兩個大步就踱到院中，我好奇地想，怎麼把初生的孩子也帶出來？這回還想做什麼工呢？

沒有，沒鐵鍬，也沒電鑽，沒聲沒響，他只是站著，仰頭直看藍天中飛游的鯉魚，沒抱孩子的那隻手緩緩抬起來，指指魚，又低頭，把黑鬍子貼在白布團上，對嬰兒，輕輕說話。

我久久不動，並非怕五味先生看到我，只真捨不得失去眼前的畫面。

別人在五月五那天，看的全是陽剛，我卻意外地，見識了溫柔。

二〇〇三、五、一於舊金山

日本湯的滋味

前湯

小時候，洗澡，就是坐在一個特大號的鋁盆裡玩水。天氣暖和，連人帶盆都被搬到院子裡。撥玩水中夕陽的同時，還聞得到院裡的茉莉花香，可看蝸牛慢爬，聽籬笆兩邊鍋鏟廝將和罵孩子聲。

後來家裡增蓋西式浴室，又不知何時學會了淋浴，隨著年歲長大，竟然漸漸忘記泡澡的樂趣。即令每搬一回家，澡盆似乎就大些、豪華些，站著速速沖洗已成自然，一站多年。有段時間背傷，醫生囑咐必須熱水臥浴，每天都得在澡盆裡泡上三十分鐘。壞在凡事急忙慣了，一時閒不下來，覺得這麼躺在水裡「濕」耗著很奇怪，是睡覺好呢，還是該打打毛線讀讀書？眞不如嘩啦啦沖個澡來得爽快。

鍋湯

決定搬到日本後，房地產經紀人寄來一些待租房屋的照片。日本人做事一板一眼，每間房子連澡盆都端端正正照一張。我顛來倒去看，不明白爲什麼日本澡盆特別小。

後來在生活中驗證，許多日式澡盆，只有標準西式盆的五分之三長，剛好夠一個身材中等的成年人坐於其間。這種「坐」盆短是短些，高度又比西式盆高許多，跨不進去怎麼辦？日本方法是在地上挖個洞，讓澡盆陷入地裡三分之一，外觀與西式盆同高，坐進去卻見自己的腰腿在盆外的磁磚地以下，視覺上有些難過，隱隱有種「入土」的不安。

中國的「湯」字，除吃飯喝湯的湯外，也當「熱水」解，只是近年不這麼用。倒是日本人沿襲漢字古義，洗泡熱水澡稱爲「湯浴」。我們家的澡盆，是在日本極普遍的不銹鋼製品，形狀方中帶圓，與湯聯想，更像一口大鍋，還有塊罩在盆口保存水溫，捲簾般的塑膠板，權充鍋蓋。

由於洗澡是一件私密的事，所以我從未向日本朋友提問題。在日本住了半年後，才意外發現澡盆旁的牆面上，那個標了溫度的轉盤，原來可以啓動盆底隱藏的加熱裝置——和漂亮的日本電火鍋一樣，若是盆內水涼了，只需輕轉圓盤，不多時就又是一鍋冒著熱氣的好湯。

電視上最受歡迎的婦女節目，有一回教人在家仿製能療病美容的溫泉水。螢幕上有張長長清單，各種食品營養品、礦植物等皆可入湯，分具不同功效。現場有來賓穿著泳衣，坐在盆中示範泡湯。主持人一個勁兒地往水裡加鹽加糖加醋，還有麵粉、橄欖油、玫瑰花、柚子皮、紫蘇葉……我先覺得荒唐可笑，停下手中雜事，張嘴呆看半天，等加到第二十樣東西時，我也樂了，心裡叨叨唸：加蔥薑吧，加點兒蔥薑吧。

謎湯

無暇研究日本高湯，倒是每回把兩歲和五歲白胖胖肉乎乎的小兄弟們，一起放進蒸蒸熱湯裡時，都忍不住想到卡通片中那個用骨頭紮著蓬髮，喜孜孜哼著歌，升火燒材，用大甕活煮兔寶寶的非洲土人。

澡盆太深，放滿了水，小兒子得潛水洗澡，後來他也學聰明了，逢洗澡就把蛙鏡戴上。澡盆窄，無法像在美國那樣劃清水域，兩人的玩具飄擠一團，兄弟鬩盆，咕嚕嚕哇啦啦，滑跤喝水，天天打熱鬧水仗。

若不慣洗泡澡，盆外有一支蓮蓬頭，安在牆的正中央。起初不懂爲何它的位置那麼低，只道是日本人多禮，連澡也跪著洗。爲了隨俗，雖然細格子磁磚地扎得膝蓋難受，我也天天半蹲半跪，謙卑地沖著日本澡。

後來發現蓮蓬頭倒正合孩子高度，不禁猜測：原來日本人辛苦自己的膝腿是爲愛護幼苗。於是每天像澆花一樣，將小兄弟倆沖沖了事。不料這種偷懶澡有回被熱心的堀田太太撞見，她驚訝之餘，馬上回家取來一本「繪本主婦手冊」，執意出借。

泡湯

手冊文圖並茂，稍稍翻閱，對於日本人凡事皆能分格畫圖列點，連晾衣服、刷馬桶都有固定步驟的笨功夫，眞眞佩服。但更樂見兩百七十六頁上，畫著一位平頭胖小子、一張矮板凳、一只舊式木桶，頁頂寫著「入浴の手順」——洗澡的順序圖解。

一、胖小子蹲跪澡盆旁，用木桶舀水沖身。

二、坐矮凳、從頭到腳抹肥皂。

三、再用木桶舀水，沖去全身泡沫。

四、紅通通的圓臉露在蒸汽瀰漫的水面上。胖小子臥在澡盆裡瞇眼泡湯，一臉幸福。

四張小圖，明白畫出洗澡觀念的差異。

記得小時候泡的那盆湯是洗洗刷刷「從一而終」的，日本人則洗管洗、泡歸泡，完全兩碼事。任何洗濯工作，都得在盆外完成。準備好最乾淨的身體入盆，是洗日本澡的基本禮貌。因這一澡盆水得供全家老小，甚至客人們泡用。

我也弄明白，牆中央的蓮蓬頭，算是木桶的代用品，坐在矮凳上，只擰開水鈕即可沖洗，省去一桶桶舀水之力。

一滿澡盆的水量多，水費可觀。據說普通家庭並不天天更換，三、四天後若還能清楚見底，尚可利用：接了裝有特別管道的洗衣機，能洗全家衣服！難怪賣洗衣機的地方，總會看到「接剩洗澡水」的廣告詞。

洗澡用水得拚命節省，洗澡花的時間，倒無人設限。中國俗話說：吃飯皇帝大。指享受飯菜的當兒，不論誰都像皇帝一樣尊貴，催擾不得。這句話到了日本，可以改成：洗澡皇帝大。尤其是一家之主洗澡，光身子坐在氤氳霧氣中的矮凳上，小蘿蔔頭們拿著白毛巾，來回賣力地爲「豆桑」（父親）擦背，聽水聲滴答，任時間遊走。豆桑皇帝被擦得搖頭晃腦、哼哼唧唧，再牽著幼兒們一起泡湯……這是媒體最愛用的家庭和樂鏡頭，親子愛在洗澡間裡熱騰騰交流，皆大歡洗，爸爸回不回家吃晚飯，誰都不在乎。

陳湯

有人認爲日本人如此重「洗」，是受宗教「神道」的影響。因爲神道儀式所用的器具，都得無塵無垢，神宮建築外多有清水池井，供信徒膜拜前洗手漱口，以完全潔淨來表達對神的虔誠。也有人說，日本多火山，泡溫泉一向是平民化的享受，所以大家與水親近慣了，「吃喝拉撒睡洗」六事地位相當。總之，日本民族勤洗愛泡是不爭事實，並且，除自然溫泉外，要燒一大盆熱水，費時費火得來不易，所以眾人同浴，一起上公共澡堂都很平常，赴溫泉鄉更是呼朋引伴，獨洗洗不如眾洗洗，這些熱鬧，在古書畫中都有明白記載。

家裡一本厚重的「日本美術史」，蒐印了不少浮世繪。其中有一張描寫江戶時代女子澡堂的，最是生動有趣。畫家署名「一惠齋芳幾」（Yoshiiku, 1833~1904），畫題是「競細腰雪柳風呂」。想看懂這長長的畫題，得先明白什麼叫「風呂」。

前人考據，「風呂」（fulo）乃源自「室」（mulo）這個字，有包圍、環繞和房間的意思。因爲日本人最早是在有天然溫泉的密閉石窟裡，坐洗「蒸汽浴」。後來才有浸泡在熱水裡的湯浴。兩浴在形式和名稱上合併，通稱爲「お風呂」（ofulo），就是洗澡。

古時候，日本只有王公貴族家裡有沐浴設備，名爲「湯殿」。低階層的武士和一般庶民洗澡得去付錢的公共澡堂「錢湯」（sento），或稱「湯屋」（yuya）。它最早的紀錄大概是鎌倉年代末（約1300年）京都祇園社內的澡堂。但眞正普及還是在江戶年代，那時「錢湯」多是二層樓，一樓有大浴池，二樓賣點心茶水，供洗完澡的客人喝茶打盹兒聊天下棋，交換各路買賣消息……由古畫中看，「湯屋」，正是表現江戶庶民文化的最佳舞台。

然而，洗「公共澡」，令人聯想到兩性曖昧關係，小說電影裡也常特意渲染，令大家想入非非。江戶前期的湯屋，確是男女雜處共浴，還有專爲顧客服務的「垢取女」、「湯女」等特種行業存在，風紀敗壞。到江戶後期，幕府政權爲了挽回漸衰的勢力，曾推動幾次大規模的幕政改革。其中「寬正改革」（1787～1793），就明令禁止公共場合兩性混浴，以正風俗，從此，日本男人女人各泡各的「男湯」和「女湯」。

繪湯

書上的「競細腰雪柳風呂」圖，所描繪的正是一處「女湯」。女人們在一起洗澡，明裡暗裡少不了要比比身材，看誰粉嫩如雪，柔美如柳。

乍看這幅畫會嚇一跳，因爲其中共二十六人，只有四位衣衫整齊，其餘赤條精光的，遍布整個畫面。女人裸露的白皙皮膚令畫上處處空白，彷彿畫沒畫完，其實若仔細瞧，就會發現畫家慧心巧筆，早把一切該遮的都遮了，使「風呂圖」毫無「黃」意，純在反映浮世生活趣味。

仔細讀，又明白這張畫是帶聲音的——先來砰然一響，左上角有位肥壯的歐巴桑，不知何故被狠狠推倒，跌得四腳朝天，左腿上還狼狽套著一個木桶，水淅瀝瀝流一地，那動手推人的兇婆娘，怒氣沖沖不罷休，掄起手中木桶還想砸人。木桶「咻——」地被揮在空中，幾個拉架的婦人，七嘴八舌同時擁上，還有人正從近旁浴池裡滴滴答答起身，探頭看究竟。

右半張圖上的女客，原都安靜地守著自己的那桶水，用毛巾像浣紗般優雅洗著。忽地左邊水花四濺，混戰爆發！大家紛紛轉頭觀望，一起來洗澡的幼兒，又被吵鬧嚇得哇哇大哭。

最右邊湯屋入口處，有洗完澡正窸窸窣窣穿衣服的，有穿妥衣服、趿上木屐踢踢踏踏要回家的，也有才進門、正朝櫃檯上遞入浴錢的……這時全伸長脖子往屋裡瞧。

高高坐在檯上的掌櫃，是畫裡唯一的成年男子，寬鼻小眼、青鬢青髭，標準市井模樣。他身體微傾，兩手誇張地向前伸著，「馬鹿……」般的叱喝彷彿正衝口而出。靠近櫃檯的那面牆上，橫七豎八貼滿了歌舞伎表演的廣告，大小不一、密密麻麻的各體漢字和鮮豔的人像畫參雜，和湯屋內的喧鬧相呼應，倒很協調。

多看一回古老的浮世繪，我就對「女湯」多一分好奇憧憬。可惜時代進步，日本家家戶戶都有浴室後，傳統的錢湯已式微，一般村鎮街頭不易找到。唯有溫泉名湯和其他觀光勝地的旅館裡，還洗得到公共澡，但簇新的設備裝潢，多不再富古趣。

無論如何，每回闔上書，就對自己說：這公共湯的滋味絕對要嘗嘗。

混湯

第一次正式赴湯，是隆冬天氣。在山上玩了一整天雪後，回到暖烘烘的老字號日本旅館。聽說館內有個「百人大浴場」可見識，我幾乎是一路笑著跑去的。

大浴場有著面對面的男、女湯入口，分別掛了藍和紅布帘，上面有草書寫的白色大「湯」字，煞是好看。我緊跟著前頭一群女客，接過門口歐巴桑發送的小白毛巾，魚貫穿過紅布帘。

帘內沒湯沒水，卻見成排高大木櫃，這只是存放衣物的房間，一同進來的太太小姐們，都老馬識途，找著空櫃，三兩下褪去所有，脫光光走來走去，還有人做起體操來。她們露得光明正大，我倒像是幹了虧心事，不敢正眼瞧人。缺乏當眾解衣的經驗，我掩掩藏藏，很不爽快。邊脫邊看著方才領到的毛巾，嶄新潔白，可才手帕大小，夠遮哪兒呢？遮著臉算了。

旁人陸續離去，衣物間裡靜得很，我踩著尷尷尬尬的步子跟往她們去的方向。

拉開一扇沉重的毛玻璃門，把頭探了進去。

即使是有備而來，那第一眼，仍是震撼。

大浴場確實壯觀，整間屋子蒸騰霧氣，白外障視茫茫。左右兩面向裡延伸的灰牆，牆上安著大片的鏡子。少說也有四、五十名婦女，分兩列坐在牆邊矮凳上，全專心地擦洗自己。

除去衣裳，似乎也撤下了身分與矜持，環肥燕瘦，世界大同洗成一片。

她們粉紅的身體，和鏡子裡的映像，成雙成對，在霧氣中隱隱約約，是畫面上的主色。每張凳旁都有個小木盆、兩大瓶洗髮精、沐浴乳，腳前是水龍頭。大家都握著小白毛巾，像鑽磨璞玉般渾身上下使勁搓擦，再用木盆接水沖身。雖然是各洗各的，相似的手腳動作和嘩啦啦水聲，此起彼落、和諧有致。那是五十人的交響樂團，大有默契地合奏洗澡進行曲。

就在我看人洗澡快到失態的當兒，後頭又湧來一批不穿衣服仍然聒噪的歐巴桑，把我推著擠著進了澡陣。

兩邊矮凳上都有人，只能往前方霧裡走，漸漸看清了在房間的另一頭，有四個冒著熱氣的大池，一些人靜靜泡在裡面，閉目養神。

找著一處空位，我趕緊坐下。隔壁胖太太正用小盆沖身，迎著我嘰呱說起話來，我以生硬日語搭腔，她倒精神一振，問出我是打美國來的，更顯得興奮，左右宣傳：來了個「外人」哪！

這下看人的反被人看，友好目光全集中在我身上。自從搬到陌生國度，已習慣天天結識幾位陌生面孔，但大家全光屁股的情形倒是第一次。好在除去衣裝，似乎也撤下了身分與矜持，環肥燕瘦，世界大同洗成一片。我就由這群婆婆媽媽指教，來回地搓擦沖泡，進出不同溫度的池子，把自己整治成燙蝦顏色，一洗洗去兩個小時。

步出浴場，感覺頭輕腳重，想是洗得太透徹，筋骨精髓都洗乾淨了，直想升天做神仙，無奈皮囊緊拽不放，所以腳步特別沉重。不過，那眞是一種醉醺醺的好感覺。

回家後我歡喜地把洗澡的日文 ofulo 譯成中文「臥浮樂」，並且開始迷信「湯」的功效。但是總有萬事牽絆，忙碌不完，礙我培養居家泡湯的習慣。在車站看到附近的歐巴桑們，按時揣個小布包，搭車去鄰鄉泡溫泉，我都投以羨慕眼光。出門旅行，聽著何處有「湯」，更是載欣載奔，不洗不快……

我以爲自己找著了除垢去病、清潔身心的良方，殊不知貪愛的，其實是生活裡已消失的一分閒情。

尾湯

離開日本前，初夏日子裡，去鄉下度周末。經過山中一家傳統溫泉旅舍，青瓦土牆，配著古木樑柱，門口濃綠樹蔭裡，伸出藍底白字的大布幡，「快哉湯」三個字隨風飄揚。太好看了，我們高興地走進去，想想在「快哉湯」中「臥浮樂」一下，能不通體舒暢嗎？

那兒有宜人的露天風呂。看不出小小門面裡藏著大好庭園，曲徑深處，石砌的浴池被圍在竹牆和樹叢間。

池水溫暖清澈，像死心塌地的情人，不論你愛它不愛，不論你怎麼排擠抗拒，它都柔順地圍攏來，用溫熱貼你寸寸肌膚，按摩你的僵硬心情。

所以，沒見哪個人待在池裡泡湯還生著大氣的，再惱人的事也蒸發了一半。泡完湯，大家全看來白淨可愛，換上旅館的藍花袍和木屐，帶著水的餘溫，去街上晃蕩。

山鎮居民不多，大部分靠溫泉過日子。所謂鬧區，也不過是條小街，窄而清潔，數家湯屋，兼賣土產吃食。街後頭有老式的民房。走過一個個花木扶疏的院子時，都能聞到淡淡花香。幾位老人隔著矮籬，邊聊天邊掃院子。我走走看看，在記憶裡搜尋那似曾相識的香味。

不遠處一家小店正在旺灶上烤雞串（yakidori），油火滋滋響，香氣乘輕風，勾引著每個路人傍晚六點的胃腸。快樂走在前頭的孩子，忽然回轉來，跑不快的木屐啪答啪答響，晚霞罩在紅撲撲的小臉上。

「媽媽！媽媽！妳聞到了嗎？媽媽！妳聞到了嗎？」

我笑著點頭，笑著掏錢，笑著目送兩個小身影跑著跳著去買雞串。

我是聞到了。在異鄉，怔怔站在一條掛著各家名湯招牌的小街上，我聞到了，那是久違童年裡，清閒的茉莉花。

二〇〇〇、六、一於芝加哥

和服

一穿

這輩子，我曾扮過兩回日本新娘，前後相隔十五年。

大學三年級時，參加青商會辦的活動，到日本「北九州」市訪問，嘗試了一週我完全陌生的東瀛生活。

頭一天，擔任導遊的青商代表，是位小個兒便當店老闆，這人西裝畢挺，頭梳得油亮，做什麼事都是用小跑步，對我戲稱他「Mr. Lunch Box」毫不在意，「哈伊—哈伊—」精神抖擻又盡責地應著。我們各自講著日式和中式英語，有限的交談、無限的比劃，使兩人回歸兒童期，偶爾矇對什麼都歡喜跳躍。

早上拜會完市長，車在街巷中七彎八拐，來到一家掛著「美容アベ」招牌的日式老屋前。

院裡傳出幽幽花香，Mr. Lunch Box 跨著青苔石徑往裡急走，一邊回頭對我說：「Japan cu-lo-su! Japan meku-apu!」

我追著他想問清楚：一定是我們亂七八糟的英文出了問題，怎麼還訪問美容院呢？

老屋的門已被拉開，幾位婦人鞠躬迭迭迎出來，其中有個極瘦小蒼白、頭髮染成褐紅色的時髦老太太，對著我深深彎腰，雙臂併在耳邊，恭敬高舉著一張名片——她是美容院的主人，七十二歲的「アベ」（音：阿貝）桑。

前呼後擁，我進了屋，直往內室。

外頭的陽光耀眼，使屋中一切，在日光燈下模糊黯淡。四面都是玻璃櫃，裡頭整齊疊著數不清的綢緞衣裳，櫃頂還有很多裝帽子的大圓盒，直摞到天花板……我驚喜地一圈又一圈環顧，哇——啊——Japan cu-lo-su（clothes）啊！

有婦人拿了潔白的布襪和長袍內衣要我換上，一來就先穿襪……？

和藹的阿貝桑十二歲入行做學徒，六十年經驗，使她輕鬆挽起我的過腰長髮，三兩下盤妥。又從我以爲是裝帽子用的圓盒中，捧出一頂硬梆梆的大黑頭來試尺寸，乍看眞嚇人。原來畫片上日本女子插滿長簪的高聳雲髮，就都是這樣戴上去的。這烏亮尼龍假髮裡，有撐出圓蓬形狀的鐵絲骨架，戴著只覺得又硬又重，跟鋼盔差不多。

選好了頭，還要畫皮。

阿貝桑取出小盒大罐化妝品，開始Japan meku-apu（make-up）。

年輕好奇的我，雖努力靜坐，任她粉刷我的臉、脖子、手、臂，心裡卻是忍不住要手舞足蹈、東張西望的。看自己腳上那叫「足袋」（tabi）的白布襪有趣，大姆趾獨立，其他四個包在一起分不開，像鴨子。看小木几上瓶罐筆刷，與我的畫具沒什麼兩樣。看阿貝桑仍然細緻白皙的臉龐近對著我，又透過她看後面櫃裡的亮麗和服，讓我想到藝妓，想到蝴蝶夫人，想到想不到自己會坐在這兒，化這樣的妝……

就在她專注畫和我盡興想的當兒，「沙沙沙沙」布襪擦摩榻榻米的聲音入耳，婦人們托著主角出現——一件繡滿金花銀葉的大紅色和服！

它像火，越近越紅，簡直把整間房都照亮了。

它太豔，不管什麼凝脂白玉的好皮膚，在旁也顯得枯黃，所以只有畫出來的白面紅唇，才能與它相稱。

阿貝桑將那團火紅披上我身的剎那間，我眞覺得自己要當新娘了。

日文中，新娘爲「花嫁」（hanayome），我看這兩個字很高興，喜歡它們嬌美喜氣又熱鬧，當時屋裡的氣氛正如此。我成爲眾人諸事的重心，婦人們全忙碌繞著我轉，她們的手像多支熨斗，上下左右拂動，把紅衣理得光挺平整不說，人人煞有介事，全力以赴，彷彿下一步就要推我出去會賓客新郎。

和服一般很長，得依各人身高把多餘的裙，摺在腰部，用一條細帶繫緊。我個兒比她們高一個頭，裙襬正好落在踝際，婦人們嘰喳商量，有的點頭有的搖頭：不能摺了！沒得摺了！

阿貝桑從抽屜裡小心翼翼取出一塊泛著絲光、寶藍色的布，日本名爲「帶」（obi）。「帶」常常比和服本身還貴，超過百萬日圓也不稀奇。古時候的帶細，江戶時代後才漸寬漸華麗，

頭重，我低著頭，衣緊，我邁不開腿，屐小，我走得危危顫顫。

至今它仍是和服中最精采好看的部分。

我還來不及讚賞那「帶」，大夥兒就圍攏上來綁我。長帶繞在我腰間，又曲折迂迴地在身後成爲一個複雜花結，人人拍手說結打得漂亮，我背在背上，轉來轉去自己看不見。

阿貝桑在我頭上又加了幾枚花簪，然後兜著圈子左瞧右看，來回細細檢查。最後，她滿臉讚許笑容，兩手握住我的手，像疼女兒似地輕拍我的白手背……

我其實有些難過，一方面隱隱覺得幾個小時的好緣短暫，就要步出這如眞的假戲，向阿貝桑說再見。一方面那寬「帶」實在綁得緊，教我喘不過氣來。和服外表雖無曲線，穿時卻像滷菜攤上的綑蹄素雞，得層層緊紮才行。有人跪在我腳前要幫我穿屐（zori），我想彎下去自己穿卻做不到……啊，先穿襪子是這麼回事。

踩上屐，晃走幾步。我說不對，這尺寸不對，外腳背和腳跟都還在屐外。阿貝桑和來幫忙的 Mr. Lunch Box 卻都說：OK! OK! OK! Japan way! 左右扶著我去花園拍照。

頭重，我低著頭。衣緊，我邁不開腿。屐小，我走得危危顫顫。兩手矜持地握緊阿貝桑教拿的摺扇，兩腳謙卑地踩踏阿貝桑示範的內八字步。

相師舉起相機，Mr. Lunch Box 在後頭熱心叫道：「Cheeeee —— zu!」

照片裡，扶疏花木中，立著一個道地的黃牙日本新娘！

數年後，我眞正披上了白紗。

坐在自己的閨房中，一夥兒人忙爲我做婚禮前的最後妝扮。母親仔細幫我撲粉，喜娘和女友們圍著噥噥說話。我盯著母親慈愛專注的臉，再透過她的臂膀看我的櫃、我的桌、我的燈、我的床。將出嫁離家的興奮、惶恐，和向過去歲月道別的感傷一齊湧上。失了聯絡、遙遠的阿貝桑，還有曾緊裹我青春年少的豔紅和服，就在那個重要日子與時刻裡，不意卻鮮明地回到我腦中：日本老屋的一幕又一幕……

只是當時不好對人說——「花嫁」經驗，我早已有過。

二穿

十五年後，因緣際會，我從訪問學生變成安家落戶的主婦。在櫻花國住下，日本人認爲必然的日本事物，我看是樣樣新奇，所以小生活圈中，常是朋友的平靜優雅對我的亢奮顚頊。但後來有件事轟動日本，新聞媒體忙翻天，朋友們嘈雜議論，我倒能從容旁觀：一場稀奇的皇家婚禮。

日本皇太子德仁的準新娘，小和田雅子女士，甜美高雅，有哈佛學位、外務省官職，擅數種語言、富國際經驗，是日本新女性的完美典範，也一夜間成爲全國偶像，人人關心「雅子桑」的髮型衣飾、談吐作風……但日本根深蒂固的團體主義，和皇室複雜的禮儀規矩，又不許她太過特別，所以電視上每天切切討論「雅子桑」應怎麼站、怎麼走、怎麼吃、裙長多少、鞋高如何，與太子同行，該落後幾步等等，看得我十分煩躁，覺得雅子桑最初活潑生動的笑容，愈來愈不自然。

「雅子桑」將當六月新娘。

原來計畫、或壓根兒沒計畫要結婚的男男女女，也全搶在六月行婚禮，能與太子王妃同年同月甚至同日辦終身大事，是莫大的榮耀，因此所謂的「結婚產業」（kekkon sangyo）突然興旺，滿街「結婚」字樣廣告，舉國喜氣洋洋。

又新娘們事事學王妃，「雅子桑」將穿距今千年、平安時代的古和服「十二單」（junihi-toe），日本新娘們，也個個要穿「十二單」！

我隨意問朋友輝子，「十二單」是什麼樣兒？她熱心地找參考書來講解：古籍「源氏物語繪卷」中可看到正統十二單。那是七世紀奈良時代受中國女裝影響，至八、九世紀平安時代後發展成熟的「日本女官朝服」，或上流社會「女子的正裝」。

簡單說，十二單是將許多彩色的長絲袍重疊穿上。古日本禁止平民穿「絲」衣，貴族用的絲料昂貴，許多是中國進口貨，所以能穿「十二單」，把大幅絲袍拽著滿地走，或也有炫耀財富及地位的作用。

十三世紀鎌倉時代後，十二單漸於日常生活中消失，只存在於儀式中，如后妃皇女在皇室婚禮時，仍襲古禮穿著十二單。

輝子打聽出附近幾家「吳服屋」（gofukya，和服店）正在辦商展，準備了「十二單」幫客人試穿打扮。輝子曾當過老師，她授業解惑的欲望比我求知的還火熱，加上「免費試穿限期將至」的煽動，輝子催得我幾乎是奪門而出，直奔展覽場。一路我都在想：雅子桑啊雅子桑，你的旋風還是掃到我啦！

和服店特由京都請來的女師傅，老練地幫我畫完白臉，戴上一頂「三段式」假髮：頰兩邊是短短學生頭，左右襟前如賈寶玉似地有中長髮兩束，背後則披散著過腰長髮，下端鬆紮一馬尾，幾絲凌亂，或好說是浪漫。

穿好襯裡的白衫與高腰紅長褲後，師傅開始一件一件往我身上加絲袍，先是翠綠，然後由淺至深的粉紅、桃紅……每一層有每一層的責任和負擔，我數著算著搞不清，只覺得要出嫁的女人們，自找這些纏絆眞是糊塗可憐。

加到一個厚度時，只見領緣、袖緣、裙袍正面開叉及裙襬地方，布料併列如賭徒手上的撲克牌。師傅指著層層疊疊處，說那就是日人眼裡，「十二單」最迷人的地方。

在所有絲袍之外，又披上一件叫「唐衣」的紅色織錦短外套，再在腰間綁條圍裙，不過，圍裙朝後，蓋著臀部，長長迤邐於地，像孔雀美麗的尾巴。

美則美矣，廣大漫長的十幾層布袍覆蓋在身，重量少說也十來公斤，壓得人彎腰駝背、移動困難，坐下後更像滾進了布料店的深淵陷阱，跌跌爬爬站不起來。

我吃力地問為什麼叫「十二」單，師傅說：「大概十二是個吉利數吧。」

廣大漫長的十幾層布袍覆蓋在身，重量少說也十來公斤，壓得人彎腰駝背、移動困難。
坐下後更像滾進了布料店的深淵陷阱，跌跌爬爬站不起來。

我對閒在旁邊，被我的衣袍遮了頭臉的輝子說：幸好中國人不穿這玩意兒，我們的吉利數是六十六，八十八，九十九。

輝子哈哈哈：對！對！「紫式部」（Murasaki shiki bu）一定是被十二單壓得起不來，才坐老了寫出《源氏物語》（Genji Mono Gatari）的。

十二單完全穿好不容易，更要照相留念。

輝子和師傅扶我緩緩登上會場中的小舞台，背景是一扇日本人喜慶時用的金箔屏風，用華麗襯托華麗，彷彿眞回到宮廷裡的平安時代。

我披掛錦繡，身負重「單」，每移一步，都有兩三個人跳出來幫忙拉拉扯扯，維持十二單該擺的雍容貴態。

失去了走路的自由，我站在台中央，不知下一步該如何出腳——

舞台下竟聚了些看熱鬧的觀眾。

我尷尬地等著師傅指點方位，愈發同情起將穿沉重嫁衣的雅子桑來。

三　穿

和服，日文亦稱「著物」（kimono）。這個名詞男女裝通用，但大家經常只注意美麗的女裝。而女裝，又因「結婚」一事分成幾類：

年輕未婚的女孩所穿，手臂底下垂著長長的花稍和服叫「振袖」（furisode）。我曾在小鎮的「公民館」前，看過大群穿和服的年輕人聚集，慶祝一年一度的「成人の日」（seijin no hi）。這些初滿二十歲的小大人身上，男裝多是黑白單調，女裝則什麼嫵媚的顏色都有，袖下的長袋翩翩舞動，盤髮上的飾物晶晶閃亮，每個人都像一株新綻的花，成群嘰喳嘻笑，則像引蝶的燦放花叢。

我止了腳步，立在街邊巴巴望著年輕的她們，與其說是看和服，不如說在歎青春。在「成人之日」拍下的和服照，往往就是後來相親交友的相片，如果一切順利，不多久就要辦喜事了。

在傳統「神道」婚禮中，新娘穿的全白和服，名字有趣，叫「白無垢」（shiromuku）。隨後喜宴中，又會換上昂貴華麗，紅底織金繡銀的和服，稱做「打挂け」（uchikake）。這可能是日本女人一生中絕頂燦爛的裝扮，婚後穿的和服，隨著年紀加增，只會愈來愈沉靜本分。

給我印象最深的婦人和服，不華麗、不耀眼，甚至沒有色彩——在一部五〇年代的電影裡，有位遽然喪子的老婆婆，佝僂靜坐在榻榻米上。一身整齊樸素的和服，不知原來是什麼顏色，透過黑白鏡頭，只是灰。

配音，是全然無聲。感情，收納在寂靜裡。

我想不出任何其他式樣的衣服，更適合那景象。老婆婆的輪廓，是黝暗畫面中唯一的線條，從她頭頂向下流利延伸——卻在佝僂背上撞到凸起的背帶，一塊我們外國人都不懂爲什麼存在的大布，如今縛馱在孤老人背上，像她沉沉的哀痛。

和服能載大喜大悲，也過得平常生活。有一類稱爲「浴衣」（yukata），像睡袍似的薄棉夏和服，易穿舒適價廉，家居、住店、洗溫泉、夏夜逛慶典等皆宜。穿上它，好像穿上了江戶市井的小情小調，令人只想衣袖飄飄四下晃蕩，閑散愉悅。

將搬回美國前，爲參加小城的婦女集會，併向朋友們道別，我又穿了一次和服。

在窄小的屋裡，好友佳代子教著我一定要左襟壓右襟，從正面看衣領像個y字，否則是「左前」（hidarimae），入葬時的穿法！她費勁地爲我綑綁著她借給我穿的和服——杏灰色絲料，下襬有淺綠的花葉攀爬，長鏡裡看，非常淡雅。配上我的素臉與直短髮，眞是本分得很。

以前穿好和服，只照相就成，這回卻要「跑」入現實生活。時間已遲，我蹬著小木屐跑怕摔跤，只好拖著碎步急走，「叩叩叩叩」響聲間，我忽然明白了日本女人爲什麼愛這樣走路，那是一種因應需要而生的習慣，習慣造成的傳統。

不像旗袍兩邊開叉，和服纏繞到底，爲了方便開車，我乾脆把裙襬拉扯到大腿上。穿厚木屐踩煞車油門不慣，索性踢了屐，隔著布襪踏踏板。就這樣上半身優雅，下半身猖狂，我

那些和服如今多還在某處衣櫃中，但幾個於不同年紀穿不同和服的我，
曾在照片中各擁天地、各懷心思的我，卻永遠不會回來。

一路飛車到目的地。

禮堂裡，司儀正報告著什麼，我的和服出現，引起幾秒的肅靜與全場驚訝目光。我彎腰低頭，用新體會出的碎步快快入座，司儀這才清喉嚨，繼續說話。

挪動挪動，我發覺因爲背著不能壓壞的「背包」，只能坐半張椅子，又無法往後靠，十分辛苦。四下望去，原來講好要穿和服的幾位朋友，全變了卦，當我這麼多禮地包在緊緊和服裡時，她們倒穿著各樣黑色小禮服，人人掛一圈優雅的珍珠項鍊。

和服價昂又穿脫麻煩，得去特別的「和服教室」學習複雜的穿著步驟及禮儀。據說往日正式聚會中都必須穿和服，近年來，就連赴最重要的婚喪禮，許多人也改穿西服。

會後到鄰街的餐館享宴，朋友們先樂呵呵「讚美」我像日本女人，繼而紅著眼苦苦話別，我擔心把和服弄髒，不敢放心哭笑吃喝，大部分時間都僵直坐著，也那樣被拍下幾張照片。

宴畢，大夥兒將賸餘的點心分帶回家，女店主借給我一塊「風呂敷」（furoshiki，傳統方形包布），我學別人把便當裹在風呂敷裡，挽著紮布結的包袱往不遠的停車場走去。

街上，拉麵店的門帘中穿出幾位老人，哇哩哇啦說著帶土腔的日本話。賣香噴噴「太鼓燒」甜餅的小鋪前，年輕媽媽們牽著孩子排長隊。過往路人，有的看我一眼，有的眼都不抬。憑外表，他們不會知道我不是日本人，也不會知道我是第一次這樣穿著和服，獨自在街上行走。

路邊商家掛的紙燈籠在風裡搖晃，遠處有高大的山、靜止的雲，我的碎步愈走愈慢，幾乎想在路邊坐下，再仔細看看這些人、這條街、這個鎮……和服木屐布包對我還新鮮著，眼前日本的一切，就要從我的生活中消失了嗎？

返美後，過了一年，朋友才寄來照片。我坐在紐澤西的家裡，反覆地看信封一角小小的日本郵票、與我原來的家只差門牌號碼的地址、信頁間已顯生疏的日文，和照片中我身上的杏灰和服。

我的日本回憶，因這些和服照片而豐富。那幾件和服如今多半還在某處衣櫃中，而幾個於不同年紀穿不同和服的我，曾在照片中各擁天地、各懷心思的我，卻永遠不會回來——人生路上，我們常回頭去尋找難忘的時空片斷，捨不得當時的人、地、事、物。其實，最捨不得的，或許還是流失歲月裡的自己吧。

二〇〇三、八、十一於舊金山

大家有禮

信不信由你，在日本，房東，寫出來竟是「大家」（oya）兩個字。我們的「大家」桑就住在隔壁。（尊稱「桑」字以下從略）

初搬入小屋，舊榻榻米沒換，破紙窗沒補，處處塵埃……等我洗刷得窗明几淨，孩子們的小腳板不再漆黑時，未曾露面的大家出現了。

她說——透過房地產經紀人的翻譯：新房客應該備好禮物，隨她去拜訪鄰居。

也許從紐約來的我們還挺拿得出去，大家親擬的街坊名單不斷加長，由四到八到十六家。我們採取她的建議，買昂貴的西點禮盒代替一般送的乾麵條，大家有面子，我們則連街坊糕餅店的碼頭也算拜過了。

起初的言語隔閡，不妨礙「大家」三天兩頭到我們的後院逛逛（兩家之間的矮柵早已拆除），她有時蹲在草叢中拔草，有時扒著窗戶往屋裡瞧。我曾被她貼在玻璃窗上的大臉嚇得跌了鍋鏟，但不確定這是她個人習慣，還是日本無隱私生活的規矩，想想小屋本來是大家的家，也就無話。

一日，不巧被大家瞧見我在廚房裡，她興奮地砰砰用力敲窗戶。我拉開窗，她拉開沙啞的嗓門：「Tofu! Tofu!」

「Nani（什麼）？」

「Tofu!」斬釘截鐵。

「Nani?」還是不懂。

「Tofu!」她急了，竟把才拔的綠草塞進嘴，像馬那樣誇張嚼著：「Oishii（好吃）——Tofu!」

半天我才弄明白，原來大家拔的不是草，是野菜，要送給我拌豆腐。

「和」（wa），是日本人最高的生活目標與藝術。送禮，可說是他們的致「和」捷徑，但有「送」必「還」也是不成文的規矩。我恭敬地收下野菜，想了想，把才買的一包水蜜桃托到窗外。

大家又用力把它們推回來，並直呼：瓦路易！瓦路易（waruii）！

waruii，字典上的解釋是「惡、壞」，但俗話在這兒卻表示：不好不好，這哪成呢！

我們把桃子推進推出，她站在窗下位置低，幾回合後就不夠勁兒了，很「瓦路易」地收下五個桃子。

她高興地比劃說，「okuri mono」（贈物）要送奇數才能帶來goodo raku（good luck）。

但是九聽起來像「苦」，不要用。

五最好，日本人愛五，什麼都是五個一套。

她把胖實的手掌翻來翻去：你瞧——yubi（手指）是五隻，低頭看自己擠在木屐外的趾甲紅色斑剝——嗯，還有sakura（櫻花），sakura是五瓣！

……到了日本，你總是欠著人。一下飛機就開始欠，欠每個幫你做過任何大小事的人。你想盡辦法還債，幫忙也好，送禮也行，做完了就變成別人欠你，負債著急的是他，絞盡腦汁還債的是他，直到他把欠人的皮球踢回來以前，你可以稍微喘口氣……

記不得曾在哪兒讀過像這樣的一段洋文，只記得讀後心中訕笑：我？中國人？這難得倒我嗎？

未料我們講究送禮，比起日本人，好像還略遜一籌。中國的人情世故，注入武士道的忠死義後，多了一種說不出的辛苦和嚴峻。研究日本民族的《菊花與劍》（Ruth Benedict, 1946）一書，幾乎有半本文字在爲洋讀者解釋「義理人情」（giri ninjo）——一個令他們瞠目結舌的行爲守則：日本人從小被教著要報天皇恩、父母恩、主人恩、師恩、友恩，時時又得償還不斷欠下的人情債。於是這個欠與還的日本皮球被踢來踢去，一生無休。

用幫忙的方式還人情，得看時機運氣，送禮比較簡單，於是日本「贈物」文化愈見輝煌，名目多規矩繁，連包裝用的紙布繩花都充滿學問，使一份簡單的禮，成爲複雜的重擔，經常人們接到它的第一個反應是：好傢伙，又來啦！摸摸敲敲，拿起來搖一搖，精明猜著是什麼禮，馬上盤算該怎麼還：輩份級別比我低的，回禮應該等量還是二分之一，三分之一……

送禮，其實是這樣一件予人溫暖又讓自己高興的事，是我一向喜歡的事。但初抵日本，諸事新奇，送禮時卻有一種應隨俗、別出錯的緊張。不知是否爲了維持我高傲的中國面子，我總想做得比周到的日本人更周到……大家是我的啓蒙師，也是主要對手，收下了野菜，自己新購的蔬果常常穿窗越關，「和」進她的鍋盤。或者，我也會捧著禮去按她家的門鈴，等在半掩的拉門外，期待看她的喜色。

內屋電視的主婦節目雖正哇哇熱鬧，整個房子的氣氛卻是寂靜而神祕。窄暗的玄關裡，高高低低疊著許多標了某旅館名字的啤酒箱（大家弟妹眾多的娘家，在附近山區經營觀光旅館），大家自榻榻米上起身應門，叼著菸碎步出來，滿滿站在矮門框中笑說：瓦路易！瓦路易！瓦路——

大家大手大腳大眼大嘴，連個兒在日本人裡都算大的。

每日近午，在院裡摘菜如旁人做晨操的她，總穿著碎花尼龍恤和同料寬鬆的七分褲——街巷中普遍的婦人裝，但染成淺褐色、帶著與枕頭相偎形狀的蓬髮，和嘴上殘留的口紅，卻

燕淳05

透露著在這塊土地上少見的散漫。總之，她與一般日本老嫗瘦小駝背、極端謙卑勤奮的模樣不同。

或許因她曾住東京，見過小鎮外的世面，所以行爲較先進海派。一回，我在門口看到她打扮好了等著別人來接去參加旅館員工的「忘年会」。米黃色軟毛料大披肩，時髦地圍過胸前，框住她化了妝的粉臉，再搭上另一肩頭，底下的半長咖啡窄裙和高跟鞋，竟使約莫六十歲的大家饒具風韻。我拎著垃圾袋忘了要出門還是進門，近乎失禮地上下打量她，可能是她指間夾著的香菸，在十二月的冰冷天裡飄散輕霧，「煙視媚行」四個大字同時在我腦中出現……

大家不曾提她的先生，或許她提過，我聽不懂罷了，僅彷彿知道她已寡居多年。兩女兒一個嫁至鄰城，一個在家卻忙於上班出遊，少見其人，只聽得到深夜歸來的車聲。

夏天到了，鄰居家有菜圃果園的，常拎個大蘿蔔、黃瓜番茄什麼的送來，這些溫馨，也得一一回禮致謝。果蔬不再稀奇，他們沒有的，是我用皮箱拎回來的洋東西。原以爲美國的巧克力，並不比乳業發達的北海道產品高明，沒想到遠來的巧克力也會唸經，包括大家在內，啥都不缺的日本人特愛「米國」貨。我開始在櫥櫃裡囤積花花綠綠的美國零食，又小心守護，不讓孩子們偷吃，免得我的感謝缺貨、應答無禮。

夏天，帶來「中元」（chugen, 7/1~15），它和冬天的「歲暮」（seibo, 12/10~20），是一年間全國性的兩大送禮時節。中元本是祭祖節日，親友間互贈白米麵條，慶賀先祖保佑上半年平安；「歲暮」，則該飲水思源，送禮感謝一年來照應自己的長輩、上司、恩人和顧客……

在這兩個時段內，百貨公司的人潮是奇景，我去小鎮上最大的「丸光百貨」看熱鬧，竟被捲進去擠不出來，特闢的「贈物」樓層裡，佈滿了標著號碼、價錢的樣品禮盒，從名酒到洗衣粉……

人們擠在櫃檯前訂「贈物」的急樣兒，好像是在搶錢而不是搶付錢，訂好的禮物由商店直接送到受禮人家，我送你、你送他、他送我，朋友幾年不見面沒關係，人情漩渦照樣輪轉，家家戶戶年節物資過賸，許多又流進了「二手貨」禮品店。

過節，我也備好較講究的美國禮品送給大家。

隔日黃昏，孩子們在後院玩耍。

忽然尖厲的一聲「媽——」喊得我失了魂魄，大兒子跌跌歪歪跑進屋來。

兩歲的弟弟呢？弟弟呢？怎麼了你們？

我衝出去，一腳才踏進院子，我也「哇——」地大叫起來。

腿一軟，撲通跌坐在地。

我的兒，我的寶貝，正坐在一個紫頭怪物的懷裡，傻笑得開心……

怪物還逼近了伸手要拉我，是——大家！是大家？

我忘記兒子，仰頭看她，怎麼是紫頭髮？還是原宿（Harajuku）龐克族的螢光紫哩。

她面色倒是沒改，得意洋洋捧出個盒兒給我說：他媽狗！（tamago，雞蛋）美珠拉稀！美珠拉稀（mezurashii，稀罕）！

我沒注意那盒蛋，倒是回去整晚談論大家染了個稀罕的紫頭……哈哈哈。

次晨，拿出大家的「贈物」做早餐。

原來只想煎三個荷包蛋的，卻連打了五個。

不信運氣怎麼會那麼，那麼，那麼好！

我坐下，想著紫頭大家，看著那盒蛋，拿出一個對著燈左右瞧，除了個兒大些，並不特別。

後來的另外五個，也是個個雙黃。

或許這集體雙黃蛋，是此地土產，或是大家的娘家旅館，委託什麼生化公司開發的新產品，我悄悄問日本朋友，她們卻都睜眼摀嘴說：美珠拉稀！美珠拉稀！

數年間，我倆的送禮拉鋸不曾稍停，兩個八千竿子都打不到一塊兒的人，
卻忠實地用「贈物」陪伴彼此度過四季年節和生命中大小諸事。

此後每逢年節，大家就會送幾盒雙黃蛋來（冰箱裡最多曾有三、四十個），但自始至終，我不曾問過她，這些「他媽狗」究竟是怎麼回事，不是不好奇，只怪大部分的時間都在張羅旗鼓相當、夠稀罕的東西送回去。

過了中元又歲暮，過了歲暮又中元——

我勤勤奮奮洗衣擦地養小孩，大家散散漫漫抽菸喝酒看電視。

我倆的作息時間、生活方式完全不一樣，每個月的房租由銀行間自動傳送，日子裡沒什麼交集。

唯那「贈物」拉鋸不曾稍停，頻繁時，我甚至記不清自己是在送，還是在還。

好在日本的節慶、傳統與外來的雜七雜八活動超多，日曆上隨便圈一天，都找得出理由重新開贈，我哈著腰說「瓦路易」的鄉下大娘口氣，也愈來愈道地。

至於「贈物」本身，因爲濫觴於廚房，多是吃食，不該塞進儲藏室，沒法賣給「二手」店，只有一口口吃下，默默消化異鄉異味的習俗。

然而在享受漬酸梅、醃蘿蔔、栗子饅頭、柏葉粽、烤年糕、稀罕雙黃蛋……的同時，我常常想不透這究竟是種什麼樣的關係。我們比賽似地隨時隨地記著對方，不只在家有禮，出門旅行買土產（omiyage）送人時，她也永遠排在名單首位。但即使我的日語漸漸流利，我倆也從未深談過，簡短的對話常常只在解釋「贈物」如何吃用罷了。

兩個八千竿子都打不到一塊兒的人，卻忠實地用「贈物」陪伴彼此度過四季年節和生命中大小諸事：家族、家庭中有人出生、入學、傷病、結婚、購屋、做壽、畢業、調職、搬家……

搬家工人們清晨即至。門窗全敞開了，外面的初夏氣象流入小屋，令我陣日打包裝箱的腦子驟覺清涼。皮膚黝黑、嗚哩哇啦喊著錫蘭話的外籍勞工，打算一盒盒、一箱箱，把我們散落在日本小屋各處的「家」，湊起來，塞進卡車，運回美國。

桌床沙發被頂在空中，搖搖晃晃向門外挪移。

我指揮著、穿梭著、閃躲著，從四下晃動的身影間，忽然看到大家，在後院的草地上，不，野菜地上，怔怔望著我們進出忙碌。

平日，她都是蹲低了在草叢石間摘菜，這會兒，她卻像柱子般孤單立著。早起又梳了整齊的頭，表示鄭重其事，

不時舉在額前遮太陽的手，握著樣什麼東西，

一個紮了金線花結的白色信封——

我回頭看樓梯下曾充實我多禮歲月的櫥櫃，如今已空蕩蕩。

大家，仍在院中觀望。
她或許，也會不習慣沒有我的日子吧。
以後的窗裡、窗外，將是什麼樣的風景？
金線花結在太陽下一閃一閃反著光，好像正傳著某種特別訊息。
——我知道那是什麼，我也曾給人同樣的信封。
裡面一疊shin-satsu，嶄新的鈔票。
送別時用的禮金。

二〇〇四、十二、二十四於舊金山

仲夏夜之鬼

山城夏夜，涼風習習。

我縮在沙發上，一邊吃冰透的「安寧豆腐」（杏仁豆腐，用日語發音），一邊半蒙著眼，看螢光幕上厲鬼嚇人，這是在日本夏天才有的特別享受。

一入七月，電視裡盡是鬼聲魅影，古今「日」外的眾鬼排著長隊上節目。

我問朋友良子，爲什麼日本鬼都集中在夏天來？她說那不是鬼的問題，是日本人認爲夏夜圍坐講鬼，乃最經濟的消暑法。每人點一枝白蠟燭，誰說完自己的鬼故事，就把手上蠟燭吹滅，到最後一枝蠟燭滅了——鬼就會無聲無息地出現，有時候，坐在你旁邊……所以大家在黑暗中盡打哆嗦，全身起雞皮疙瘩，有開冷氣的功效。

良子借給我兩本鬼故事書，我隨便翻翻，發現我講的鬼與日本鬼不能畫等號，日文中「鬼」（oni）字，其實較近中國的妖怪，在最早的日本神話《古事紀》（Kojiki）和史書《日本書紀》（Nihonshoki）裡就存在，後來又出現在民間故事中，像有名的桃太郎（Momotaro San），就是去鬼島打鬼的小英雄。

「鬼」一個個凶惡魁梧，長了觭角獠牙，半裸身上只穿虎皮褲兜，揮舞著一根大「金棒」，專愛吃人……這些描述並不眞可怕，彷彿只是為故事裡的好人所設的壞角色，但日本人依然不放過他們，年年定時趕鬼。

二月三或四日是「節分」（setsubun），立春的前一天，許多人家的爸爸們，都戴起畫了角和獠牙的紅臉面具，身上紮著稻草來扮「鬼」。但只有在媽媽懷裡的幼兒嗚嗚害怕，其他孩子都興高采烈地結隊追打，把可憐「鬼」趕得抱頭亂竄。同時家家戶戶一邊在房屋四處撒炒過的豆子，一邊喃喃唸「鬼出外，福進內！鬼出外，福進內！」（Oni wa soto! Fuku wa uchi!）

據說豆子是用來打鬼眼的，傷了眼的鬼無法抵抗人，只好逃出屋外。那時節走在巷弄中，偶聽大把大把豆子落地「嘩沙沙沙——嘩沙沙沙——」，好像冰冷空氣裡眞有天羅地網撒下，很是肅殺，但見前面忽奔出個被孩子追打狼狽的「鬼」爸爸，又覺得好玩起來。

神社寺廟裡，也有打鬼消災的熱鬧，請來屬當年生肖的男女信徒撒豆，據說撿起散落的豆子，年紀幾歲吃幾顆，即可一年平安。近來也有以糖果代豆的，大夥兒歡歡喜喜邊打邊吃，最該感謝眾鬼老實，年年回來挨打，成全這個傳統節日。

日文中還有另一名稱「お化け」（obake），似中國的精怪，乃天上神祇因故落入凡間，以各種不同形態出現：獨眼僧、長脖鬼、燈籠精、雨傘怪、雪女，與山共存的天狗，與水不分的河童等，計五百多種。他們介於神鬼間，樣子奇異，行爲恐怖（如長相半人半獸的河童，有趁人出恭時由肛門把肝臟扯出來吃掉的惡名），卻也有的幽默愛捉弄人，能聚財驅病除邪……

oni和obake都不是中國鬼——我研究半天才知道，那由死人變的中國厲鬼，日文裡叫做「幽靈」（yurei）。

良子有日本人少見的爽直脾氣，連她的鬼也乾脆，出場時不用風吹門吱呀響等老套。她說，夏夜，尤其是雨夜，「幽靈」會直直站在井旁河邊的Yanagi樹下。

「Yanagi是什麼樹？」「很多，這裡很多。」良子探看窗外，高興地「哈！」一聲「妳有，妳有一棵！」

柳樹！可不是嗎，後鄰的那一棵飽滿娉婷，彎彎垂條正掃著兩家間的矮牆。我估一估距離，心想每夜當我坐在背對落地窗的沙發中吃安寧豆腐時，他們大概就直直站在那樹下，和我一起看鬼節目。

良子興奮地說幽靈都是死不瞑目，回陽界報仇的，故總以被謀害時的恐怖模樣出現。它們沒腳，深夜人們卻會在空曠路上，聽到不斷的木屐聲……

我自幼膽小，兒時對異於常態的一切人都起懼心。那個年代的夜裡，街上常有按摩的盲

每夜當我坐在背對落地窗的沙發中吃安寧豆腐時，他們大概就直直站在那棵柳樹下，
和我一起看鬼節目。

者行走，他們吹的幽怨笛音，或拐杖探路的「喀喀」聲只要一在巷中響起，家人說僅兩三歲大的我，就會嚇得爬滾桌下，用什麼好吃好玩的都引不出來。

稍長看樂蒂演的《倩女幽魂》，那鬼怪從腳底吸人血的鏡頭，使我多年睡覺不敢把腳伸到被外。日片《怪談》轟動台灣時，我躲避惟恐不及，對《怪談》在談什麼毫無興趣，直到幾十年後，良子爲我張羅來了錄影帶——

良子的熱心不可負，我只好半抱棉被半蒙眼，獨自看起《怪談》來，不料愈看愈不能停，發現它除了嚇人外，編導、畫面處理都極完美，難怪成爲鬼片經典。但最令我驚訝的是，《怪談》一書，竟不是日本人寫的！

「KWAIDAN」（日文「怪談」音譯）的作者爲「拉夫卡迪歐．哈恩」（Lafcadio Hearn）。他生於希臘，長於愛爾蘭，幼時母親棄家他去，父親亦早逝。少年時意外受傷致一眼失明，寄人籬下，生活困苦。成長後獨自輾轉到美國，換過許多工作，曾爲記者，終因深愛寫作而以寫譯爲業。

哈恩在一次博覽會中看到日本展覽品，印象深刻。後來又讀《古事紀》英文譯本，更爲其中的神話和傳說吸引，漸漸開始嚮往神祕的「東方」，尤其是日本。

一八九〇年四月，哈恩受某雜誌聘用而乘船赴日，預定完成一本遊記即返美。但當船緩緩駛入東京灣，成排藍瓦木屋入眼，富士山頭於遠處若隱若現時，哈恩就覺得，自己離不開這個地方了。

他對日本的一切著迷，寫下許多讚歎文章。但與美國雜誌的合約不久即發生變化，金援斷絕。爲了生活，只好接下島根縣「松江」（Matsue）中學的英文教職。

島根縣（Shimane Prefecture），一向以當地的「出雲大社」（Izumo Taisha）聞名，自古代起那兒就是一個祭拜日本眾神的地方，也是流傳著各種奇妙故事的「神話之國」。

或是命運的安排，哈恩初抵松江鄉下，就逢「盆祭禮」熱鬧，樸素村民祭祖拜天，在黑夜裡點紅燈籠、燒火把，圍圈子歌舞不歇的迷離景象震撼著哈恩，他開始對出雲地方的鄉野傳說感興趣，有空就與村人談鬼論怪。

一八九一年哈恩與日本人「小泉節子」（Koizumi Setsuko）結婚後，歸化日籍，改名爲「小泉八雲」（Koizumi Yakumo，連自取的新名字都與「出雲地方」有關）。他常請節子講古代中國、日本的神鬼故事給他聽，再用英文寫成一篇篇典雅的文學作品。他沉溺在冥幻世界裡，也因眞實生活中，痛苦矛盾太多——日本人待客有禮，但「外人」永遠是外人。在松江，好奇的鄉民尙尊敬小泉八雲，搬到熊本、東京等大城任教時，外國面孔不再稀罕，即使他剖心掏肺地想與日本人事親近，仍處處受防被拒。

這個矮小眇目、愛恨分明、憎厭日本西化、只愛東方古事的洋人，從未眞正被排外的日本社會接納過，而他和自己的西洋背景又漸行漸遠，終再銜接不上。

沒有歸屬感，帶著不東不西的抑鬱，小泉八雲在五十四歲時（1904）病逝東京，留下居日十四年間所寫的《怪談》、《骨畫》、《日本雜記》等十二本書和無數信札，這些寶貴文字，後來成爲西方世界研究日本的重要門路。

或許因爲我也過著不東不西、長年在國外的生活，讀小泉八雲，感觸良多。

據說多年後，仍有人見到他——雨夜裡，徘徊在日本某荒涼墓園的樹下。生不能做眞日本人，死後卻是十足日本鬼。小泉八雲投入自己的創作中，從此與日本幽靈精怪永不分離。

良子，見我看完《怪談》沒嚇死，還四處找尋作者的資料，認爲我的膽子變大，就慫恿我再看《東海道四谷怪談》、《牡丹燈籠》等其他幽靈故事。其實我仍嘀咕著後院的柳樹，推說太多看不完，她毫不氣餒拍著手說：來年（明年）！來年夏夜！

二〇〇三、十一、二十於舊金山

夏日模樣

看朝顏

天微亮，我輕手輕腳掩了身後的門，散步去。

空氣迎面清涼，洗得人耳聰目明，看遠山深刻，近樹青翠，心裡忍不住要高興。

繞完例行的路，太陽正出來，斜照在路旁一排排矮屋頂上。我大步走著，走著，眼角忽然閃過一抹紫——是什麼那麼好看？

往回走，才轉進巷子就看呆了，大剌剌敞在眼前的，是一扇又高又寬的紫花簾幕！二十幾個瓦缽，沿著老屋暗褐色的木板牆，整齊排列。每個缽裡都繫了塑膠繩上接房樑，不仔細還看不出來。缽口綠葉茂密，然後一朵、一朵殷紫的花，清清爽爽嵌在葉間，附著繩向上開、向上開……直攀屋簷。

記憶裡同樣的紫花，叫「牽牛」，叫「喇叭」。那是見面都說「吃飽了沒？」不講晨跑、不知瘦身的年代，迎接朝陽的早起人都有不得已的苦衷，譬如走路上學的我，和挑著扁擔糞桶，往田中施肥的赤足老農，和由老農的兒子牽著，愛在池塘裡泡泥湯，一犁田就哼哼叫的大水牛……全魚貫行在小路上，紫花總出現於同一畫面，胡亂爬生在野地做背景。或者，一夥兒鄰居小玩伴，在廚房偷了鹽，對準破籬笆上優哉游哉的肥蝸牛，像灑痱子粉似地每個來一點，蝸牛驚跌滿地，再也爬不回纏著整巷籬笆的紫花後頭了。

其實巷中不乏愛花人，李伯伯的茶花紅豔，張媽媽的玉蘭飄香……但那些處處可見的紫花，即便短短一輪生老病死全攤在籬笆上，也沒人多看幾眼。

不想在日本潔淨的曲巷中，她們成了精緻盆栽，叫做優雅的「朝顏」（asagao），連氣質都變了。

眼前的日本朝顏，像是成群穿著絲絨紫裙、戴著露珠首飾的貴婦，正遊行過黑木窗櫺，驕傲地往藍瓦屋頂上辦大事。

晨光中，小巷裡只有我和花兒們陌生對立，我前傾、後退、細瞧、凝望……最後盯著一朵圓滿的朝顏，好像看到奧黛麗赫本在《窈窕淑女》裡，由賣花孃變成名媛——不自覺掩上嘴，半聲「啊」還是從指縫中洩出。

人說日本夏天的代表花，首推朝顏。

浮世繪裡那些大頭細眼的「美人」，髮間插著、身上和服織著、手中紙扇畫著的，的確常見朝顏。她來自承平繁華的江戶時代，許多貴族賞愛，小老百姓也普遍栽種，人稱「江戶の子」花。大家欣賞之餘，還有閒情逸致去改良品種，研發新秀。甚至有專業的「朝顏師」

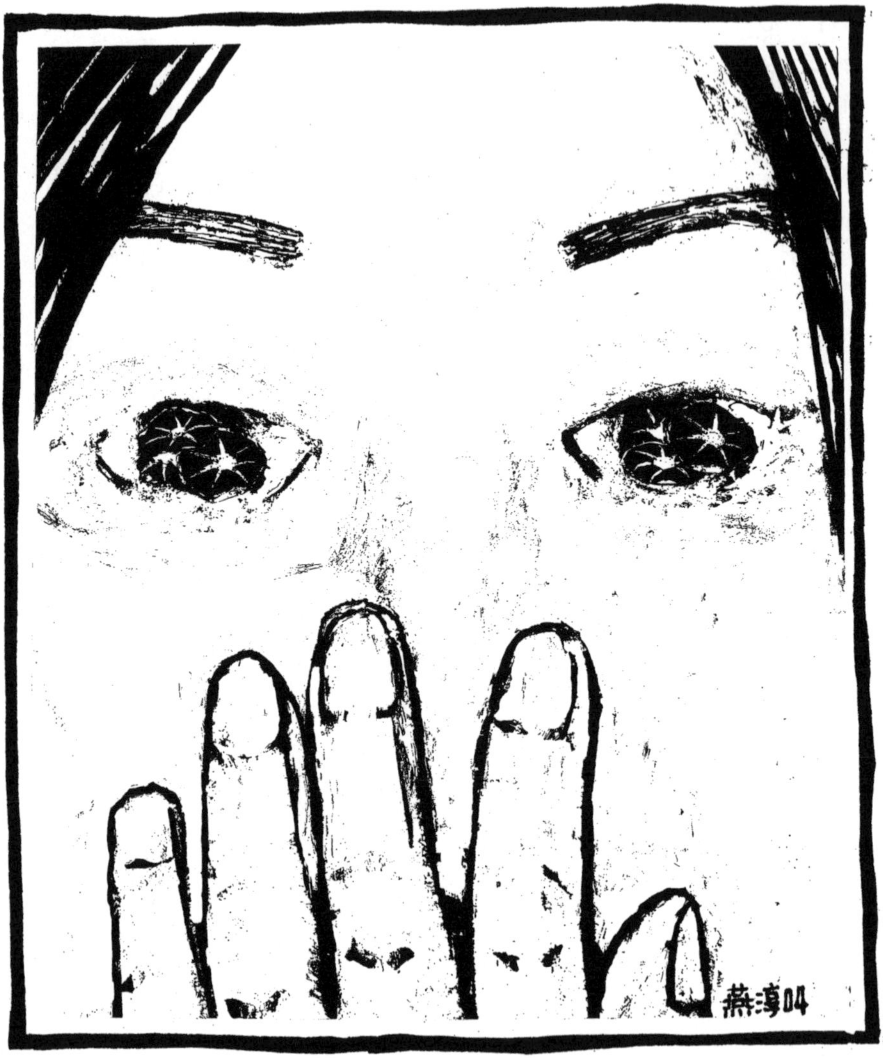

我好像看到奧黛麗赫本在《窈窕淑女》裡，由賣花孃變成名媛……

（asagaoshi），無限投入，帶著自己的精心花作經常去參賽、選美、買賣。到一八四〇年左右，這些集會漸漸形成固定在江戶淺草區舉行的「朝顏市」（asagao-ichi），百多年來不斷，至今東京七月的「朝顏市」，仍是夏季盛事一樁。

在日本許多地方，我看過各色各樣的朝顏，但印象最深的，還是家附近那小巷裡的大片花幕。記得老屋牆角，總乾淨立著小掃帚、竹畚箕和濕漉漉的灑水壺。雖然一直無緣見到花主，由這些工具的整潔，我幾乎可以想像他（她？）每晨細心顧花的樣子。他的朝顏特別精神，葉無敗葉，花皆好花，連綁花附繩的結都打成一個式樣，一個尺寸，一個方向，處處費力用心，只差沒叫花兒橫直全排隊報數……

據說眞正的日本品種，盛開於清晨四時，過了上午九時就全凋萎休息了。

在花幕主人堅持的日式「完美秀」裡，我從未見過一朵殘花。那些朝顏，舊去新來又比其他朝顏更匆忙，每晨所見的繁花盛況，都是他們下台前的搏命演出。

日本人喜歡朝顏的道理，竟和喜歡櫻花瞬間消逝的悲情一樣。

聽風鈴

在峇里島的某蒸熱下午，我獨自逛土產街。太陽曬得肩頭皮膚發疼，進店出店看東看西，辛苦走了三小時，拎回一個大塑膠袋。

袋裡是難包難紮、難提難帶，形狀圓滾長尖，又零零落落的一個風鈴。圓滾的是大半個椰殼。長尖零落的，是殼下六根竹管，管口都有手腕粗，未加工的竹子原味原色……但我就喜歡它的大與土，想到旅途中將面對的困難，理性猶豫，感性卻要帶它回家。結果上上下下飛機火車汽車，眞讓我提回日本，掛在榻榻米房外的矮簷下。

原以爲人到了日本，都該住個有假山魚池、松竹花徑的房子。沒想到搬進西式小屋，窄院裡兩棵矮樹幾塊禿石，屋中也僅有一間「和室」，鋪了榻榻米，裝著紙糊門窗。紙窗兩邊，我掛上大學時期雅農老師教我寫的行書對聯：

茶簾清與鶴同夢　竹榻靜聽琴所言

我們住在城市人避暑的山中，當東京的千萬個電扇冷氣都奮力加工時，小城早晚仍然涼爽。清晨送走上班上課的大大小小，屋子忽然空曠了、舒展了，桌椅間流蕩著新鮮的輕風陽光，窗外偶過的腳踏車聲嘰軋、鳥聲啁啾，更顯出整幢房屋、整條巷子、整個社區安閑寧靜。

理完家務，我端杯冰茶移步和室，傍矮几坐在榻榻米上，難得享受這樣的閑靜。只是看著對聯，一直覺得屋裡還少了什麼。

多年前，雅農老師台北的家，也在郊外山上。

暑假的太陽，即在晨間也是烈的，我一路爬坡，到老師家時已滿身大汗。八十多歲的老人總是灰布長衫，在門口蔭下，和藹迎我。

屋裡架上的書、桌上的墨硯、傢俱擺設……一切沉靜，只有掛了畫的白牆上，搖著樹影。

我忙鋪紙磨墨，說假期中的閒雜趣事，老師悠緩讀帖，不在意我帶去的年輕浮躁、絮絮叨叨。我說老師家怎這麼涼快舒服，他只是指我臨帖寫的「惠風和暢」說：「風好。」

我請老師教我寫副對聯，他不猶豫，提筆揮灑即成。聯裡雖無季節，卻與夏景貼切，其間若有境界，當時我未必懂得，只喜歡那字好詞美，學寫一遍又一遍，並將最滿意的裝裱起來，日後跟著我大洋東西四處遷徙。年歲增了，讀聯心情漸漸不同，想念老師，再見已是不能。

由峇里島回來後，每起風，那新掛的竹管就琤琤琮琮，由於它們粗大，聲音厚實悅耳，我聽著聽著，常忍不住拉開紙門，看外頭澄明的樹石藍天，看風，如何拂過樹，拂過石，來到門前。

靜—聽—琴—所—言——老師！老師！這就是我的琴了，您聽得到嗎？

擁有峇里島竹鈴後不久，兒子又從幼稚園帶回一個傳統的日本風鈴（furin），鈴舌下繫

日本風鈴下繫著紙片，上面寫了個「涼」字。

著一張狹長紙片，紙片上是個「涼」字。

我學得那紙片叫「短冊」（tanzaku），通常上面都寫著清麗的俳句（haiku）或短歌（tanka），輕巧隨風飄蕩。

日本俳句詞彙，每個季節都有些特定的「季語」（kigo）。「風鈴」，正是夏的「季語」——如此鈴中有詩、詩中有鈴，兩者親睦的歷史久矣。

詩之外，紙片上單寫「涼」字的也很多。這是心理戰術，夏天家家戶戶掛風鈴，處處見

「涼」，時時見「涼」，好像眞會涼快一些。又日式風鈴小巧精緻，多用玻璃、陶瓷或金屬做成，鈴聲細高尖銳，或許聽了令人毛孔緊縮，自然就能抗熱存涼吧。

兒子要將新風鈴掛在竹鈴旁，我說不好看，他卻高興又堅持：「多麼大氣！多麼大氣！」他是說日文 tomodachi，「朋友」的意思。

看那二鈴並排，確像七爺八爺般的朋友。風來，大的沉穩相迎，莊嚴如敲暮鼓晨鐘；小的激亢以對，加上那紙片亂舞，與奮似談一場生死戀愛。

新鮮幾天後，兒子不再來簷下看鈴，賸我一個人聽他們竹說竹語，瓷說瓷話，外人難懂的交談頻繁，我聽得太習慣，漸漸失去最初的感動。只有在最熱的幾天裡，太陽烤得什麼都趴下不動了，閉嘴不吭聲了，我悶坐炎炎屋中，才想起那鈴的存在，風的好。

坐緣側

大暑日，龍安寺，蟬聲唧唧。

一排人坐在廊前，對著大片石頭發呆。

有的聚眉，有的托腮，有的輕搧摺扇，有的頻頻拭額，有的不知是在打坐還是打盹兒……其實大概很多人都像我一樣，看石頭看不出什麼名堂，卻不願離開。京都火傘高張，能汗濕濕遊覽到此已夠折騰，坐在簷底那被無數腳步磨亮的木廊上歇會兒，喘口氣，吹吹廟間涼風，眞是什麼「宗」都比不上的大慈悲、大解脫。

也許有一天，孩子們長到我這年紀時，會想起日本的夏夜，
記得嗎？媽媽老坐在engawa上看我們……

眼前是富禪意的「石庭」（sekitei），所謂的枯山水，大石塊爲山，被耙出波紋狀的碎石爲水。大家都慕這些石名而來，我卻悄悄愛上了那供我們坐息的木廊台。「緣側」（engawa）這個名字，是後來去朋友芳子家才學會的。芳子和公婆同住在家傳老屋裡，她一邊客氣迎我，一邊謙說屋子過於老舊。我倒眞喜歡這種已不多見的純和式屋，外頭粗黑的木料，裡面淡色紙門、榻榻米，質樸親切。這三代同堂的大屋深廣，芳子引我往裡走，開闔幾回紙門，竟能看到後院的花樹。臨院一面，紙門全被卸下，垂掛著編得極細密的竹簾。

陽光金亮，但刺眼和炙熱的部分被濾在簾外，清風徐來。

幼時夏日傍晚的巷弄中，總有些大叔大嬸坐在籐椅上乘涼。長大後到熱帶地方旅行，亦看過人們乾脆擺張床躺在門口樹下。他們想把自己大方投入自然中，卻還拉著床椅不放，不如東洋人本事大——據說蓋和式屋的傳統理論，是把房子外面的一切，放進裡面；不離家，把自然請進屋來。

而這屋，似乎沒有中心或重點，房間的四面都可以是紙門：糊著薄紙可採光的叫「障子」（shoji），糊著繪了花的厚紙，純具掩蔽作用的叫「襖」（fusuma），把這兩種門全拉開，屋子就是個大統艙，再敞開對後院的紙門，就幾乎是個大涼亭，空氣四下流通，坐在家裡可看四季風景，而屋子伸向四季的甲板，「外面」進入「裡面」的橋路，就是那長長的木板廊台「engawa」。

我透過垂簾，看院中的假山魚池、高矮綠樹，即是人造和縮小了的自然，仍然好看。簾這邊，房裡除了矮几、几上插的時花，四個藍麻布座墊外，別無一物。我嘖嘖讚美：好像畫報上幽靜的「茶屋」呢。

正談笑，紙門「嘎——」地緩緩被拉開，芳子的婆婆鞠著躬，捧著茶盤進來，她身材瘦小，一雙亮眼卻顯出花道茶道老師的身分和氣質，我望著她想：房子眞看什麼人住，細緻慣了的人，端出來的西瓜，連哪片站哪片躺都擺得講究，盛在精緻玻璃碗中的夏菓子，看起來也是透心清涼。

知道我對那木廊感興趣，婆婆仔細為我說明：engawa，寫成漢字是「緣側」，曝在屋外承受雨雪的純陽台，是「濡れ緣」（nure-en）。外頭多加一層「障子」，夾在裡外障子間，冬天可充小日光室的稱「広緣」（hiro-en）。

還有——那簾、麻布墊和緣側的組合，是夏日最寧靜的造景……

我聽著，心裡一陣感慨，啊，日本人啊——無怪人說他們最擅經營觸動感官、心靈的環境和氣氛。

拜訪完芳子家的那個傍晚，我學著打開了緣側對後院的全部「障子」——風自在來去，屋裡屋外忽然沒了界限。

坐在屋裡緣側邊上，地板比庭園高一截，我的兩腿在屋外愉快地晃盪，啊——是童年滋味！

想叫孩子們和我排排坐，可邊吃涼粉，邊從新視點看美好夕陽，但他們先趴在緣側上，把頭伸出去看地上的螞蟻，不久感覺到新的方便，索性爬上翻下，來回家中拿盆拿鏟去院裡玩泥巴。

在夏的長日盡處，天決定要黑的時候，是以不講情面的快速變黑的，才一下子就萬物黝暗，草叢中螢光飛舞。我沒開燈，「障子」仍敞著，也沒蚊蠅，倒是飛進幾隻螢火蟲，引得孩子哇哇高興，跳下小院四處撲趕不斷向他們打暗號的閃光。

嬉鬧聲掩蓋了一切。感官享受，其實可以原始又簡單。

難怪孩子們坐不住，能靜嚼的童年滋味，總要童年過後才有體會吧。也許有一天，孩子們長到我這年紀時，會想起日本的夏夜，記得嗎？媽媽老坐在engawa上看我們……

舞盆踊

電視上金髮碧眼的美國男子，用柔和的聲音，唱著一首動人的日本歌，聽得我忘了手上的工作，緊盯螢幕……最後，他以那首〈少年時代〉獲得日本歌謠大賽首獎。

打電話問惠子〈少年時代〉。美麗的惠子，是我的日文家教，早已約好要來爲我解說即將到來的「盆」祭（obon）。

兩天後，坐在我家廚房窗邊，惠子放著〈少年時代〉的錄音帶，逐字教我那難譯的、詩般的歌詞。

……夢方醒　夜當中
長冬關上了所有窗門……
夏祭熱鬧　似我急促心跳
八月夜空　花火如幻夢
我的心啊　仍是夏日模樣……

我簡直愛上了這個叫「井上陽水」的作者，而惠子，卻亮著眼睛說：「眞的，夏天就是熱鬧的『盆』，要跳了『盆踊』才算過了夏天！」這個盡職的老師，起身就要教我跳舞。

惠子如多數的日本人，平時從來不提宗教信仰，一到年節，卻變得又信神道又信佛教，他們喜歡那些繁複的典禮儀式及花花綠綠道具服裝，遠勝過宗教本身。

而「正月」（新年），和「盆」（盂蘭盆會），是一年中最重要的兩大節慶。神道慶祝「生」，「正月」是神道的節日，要往神社祈福。佛教超渡「死」，「盆」屬佛教的祭禮，得去祭祖掃墓。

全家人聚在墓前談笑野餐，是報紙上常見的掃墓照片。我不明白這個處於任何樂境都能不勝悲戚的民族，為何掃墓時如此愉快，之後還跳舞呢。

惠子說：經過喪禮、七七等儀式，已與「先祖」一再告別，可以安心走出傷痛。在「盆」祭期間，陰陽家族大團圓是重點，也是喜事。

為了團圓，八月十三至十五的陰陽界都相當忙碌，個人或小家庭紛紛走上返鄉路，造成全國人口大移動，交通大紊亂。但自顧不暇的人們，仍體貼地在大門邊及街口，點起火盆、燈籠，引導先祖，來去都不致迷路。十三晚上點起迎火（mukaebi），請和尚來家中頌經做法事，祭禮完成之後，十五晚上再點起「送火」（okuribi），更列著長隊跳舞，敬送先祖靈魂出村界。也有些地方請先祖們走水路，將載著亡靈的燈籠放入流水中，叫「燈籠流し」（toro nagashi），大家靜立岸邊，看著它們明明滅滅逐一飄向遠方。

如此陸上水上，入夜處處燈火，故「盆」也是日本的「燈節」。還有許多源自「盆」的慶典，如秋田的竿燈祭、京都用火排字的大文字祭等，都是燈燦燦火熊熊，燒得夏夜激烈活潑。

但惠子堅決認定：為先祖而跳的「盆踊」（bon odori），才是沸騰的壓軸。「盆踊」，對熱愛跳舞的我來說，實在奇怪。

它完全否定我以爲美的英挺和優雅舞姿，若芭蕾等西舞的技巧和精神是「向上提昇」，我想盆踊就是「向下鑽研」；芭蕾直著腿彈跳，往高空飛揚，惠子卻降低重心、曲著膝、腳前前後後與地廝磨。

我忍下笑跟在惠子後頭舞著，她的手左招右搖，拍一拍又搓麻將似地和一和……我們從廚房拍拍和和進客廳、和室、玄關，興致大好的老師煞不住車，似乎很想這麼一路踊出門外。

「盆」之日。

微暮裡，人們身上染著「夕燒」（夕陽），但尚辨得出衣色——綁了鮮豔腰帶的白底藍花夏和服、或背後印著一個大「祭」字的寶藍「法披」（happi）。

從前在台灣看「祭」字，很難往好處想。到了日本，這個字，由古代的謝神儀式，演變成歡樂節慶，歌舞遊行滿街跑，看多了不再覺得晦氣，漸漸它還好像有鼻子有眼，長出一副笑臉來。

這些笑臉衫、藍白和服，一波波由大街小巷流向城中廣場，流向長排紅白燈籠下，賣各種花炮童玩小吃的「夜店」。

天黑了，棉花糖、烤章魚丸釀著甜香的夜氣氛。

臨時築的高台上架了巨型太鼓，綁著白頭巾的鼓手，向天掄棒——澎澎！澎澎！澎澎澎澎！

大夥兒繞著高台舞了起來，惠子、鄰居、豆腐店老闆、孩子的老師……紛紛招呼我加入。鼓聲長在他們有勁的腳上，起、落、起、落，不變的軌道、愚拙的動作，卻沒人嫌單調，人輪愉快運轉。這些共跳「盆踊」的人，不管認不認識，全變得像一家人般親切，氣氛熱烘烘：今夜咱們要舞個過癮、鬧個痛快，人不醉不歸，腿不斷不歇！

我聽著漸漸壯大的步聲想：此刻，整個日本，整個日本都放開了在跳盆踊呢，還有些地方是萬人通宵達旦地跳……或許「先祖」確實愛看盆踊，但真正高興得不行的，是這些平日拘束緊張的人。我想像著把視點向後推，往上提，看整個景，看所有人：藍花布隨鼓笛搖擺，紅腰帶上升下降，一張張臉都隱沒在熱情的隊伍裡。

鼓聲強又響，我也感覺興奮，但舞跳得生疏可笑，跟前跟後，有些不知在慶祝什麼的尷尬。

一群少女擠攘著在冰攤上買紅豆刨冰，她們手上的團扇搖啊搖，腳下的木屐喀哩喀啦，那正是我幼時在台灣常聽的脆響、搧過的扇和愛吃的冰。

孩子們興奮地各處跑跳，拿紙網網金魚、擲竹圈套禮物，手裡的小炮嘶嘶噴出焰星，我又想起從前在台灣過年，新棉襖或手套，總會被焰火燒出幾個可惡的小黑洞，而在這裡，卻是穿著夏衣玩炮。

鼓正勁，舞正酣，天邊「咻——」地出現第一響「花火」（hanabi），焰頭直沖上天、迸放、火星灑落，另一個又沖天——大家仰頭哇哇叫好，衣服上都是花火的顏色。乾杯！乾杯！積蓄一夏的熱情也要這樣迸放！

一片燦爛花火，兩個糾纏文化，我目不暇給，澎澎澎澎……

都會名勝的祭慶常流於觀光形式，鄉下則是自給自足的眞歡喜。尤其「盆」時節，小城正是遊子歸處，團圓所在。老婆婆忙做家鄉菜，巷中停著許多外來汽車，大小幾代人嘈雜進出，共鬧酒同舞踊……我喜歡那家家團圓的好氣氛，不過「外人」和「先祖」差不多，跳完舞、喝完酒、做完客，總要離去。

人很奇怪，那舞踊當時，明明覺得自己是個看熱鬧的旁觀者，日後回憶，卻親密地成了一切有份的當事人。只是回憶禁不起時間磨，愈來愈薄。

幸好還有惠子給的那卷錄音帶，後來一直放在車中，伴我日本美國行路無數，我愛聽它，尤其在芝加哥的冰雪路上。

八月十五夜，
整個日本都放開了在跳「盆踊」，
還有的地方是萬人通宵達旦地跳。

小小帶子，同時載著歌者和我的過去，他唱慢四拍悠揚的歌，我腦子裡卻舞著一幕幕快節奏的盆踊。

……夏祭熱鬧　似我急促心跳
八月夜空　花火如幻夢
我的心啊　仍是夏日模樣……

二〇〇四、七、十九於舊金山

日本姓名樂

記不清楚是在民國幾年，台北某報出了一個標題爲「姓名之累」的專欄，由各地讀者投書，敘述自身所受的姓名之累，內容相當有趣。有人姓水，有人姓火，大男人名爲嫣妹，嬌嬌女叫做武雄等妙事層出不窮，高潮迭起。我每天都和兄姊們爭著看當日之「累」，視爲要事。其中，最令人難忘的一位投書人，大名是「王巴淡」！

從來沒想過在那個專欄之後，姓和名字還能在我的生活中掀起任何漣漪，遑論高潮，直到搬至日本，在所住的社區裡散步，看家家門外都掛著一個名牌，少數單寫著姓，大都還列上一家老小的名字，長幼順序，清清楚楚。本著久居紐約練就出來的小人之心，覺得如此不重隱私和安全頗不可思議。日子久了，發現日本鄉下地方，確實純樸安寧，也就見怪不怪，並慶幸多了些探究日本姓名的機會。

先是看到右鄰姓「五味」，覺得挺好玩。繼而發現斜對門兒有位荒井先生，再往前走幾步，還有個仙波家族，仙波隔壁，名牌上大剌剌地寫著「犬養」兩個字。我的興致被越引越高。有一天在電視上，居然看見一位節目助理是爲牛腸小姐，這下眞按捺不住，買了筆記本，決定記下每一個奇名妙姓。

在中學學日本歷史時，老師曾半開玩笑地提過，日本人從前沒有姓，住哪兒，做什麼營生，就以地方或工作互相稱呼。我腦中遂有如此畫面：古時候的日本，小老百姓們謙卑質樸，種田的、賣魚的，大家都頭纏布巾，腳踩木屐，啪答啪答東奔西走，日夜操作，爲生活忙。姓誰名啥無關緊要。那些住在大松樹下的，就叫他松下吧。住在舊房子裡的，就姓古屋吧。還有個地方，半夜自天外飛來的隕石，在地上砸了一個大洞，小老百姓個個稱奇，一傳十，十傳百，沒有多久，這個地方的人們就都稀奇巴拉姓起大洞了。

這些儘管是想像，檢視資料日漸豐富的筆記本，發現與事實亦相去不遠。抄錄的名單愈來愈長，我甚至可以玩一些統計分析的遊戲。

地方名稱 組合變化繁

先說與「地方」相關的姓，大約不出：山、岡、平、原、田、野、村、谷、坂、塚、崎、垣、木、林、森、井、泉、池、澤、沼、津、河、川、江、島、橋、宅、屋、宮……把這些字集在一塊兒，隨便排列組合一下，就產生許多常見的日本姓：池田、野村、塚原。

除了互相組合之外，還可加其他的形容詞譬如——

■ 數字：三浦、五井、十河、千田、萬江。切腹自殺的名作家三島由紀夫。

■ 方位：東山、西川、南原、北澤、上野、下島、中村。名歌星中森明菜。

■ 季節：春原、夏山、秋田、冬木。與「春」字相聯的姓，有一個春宮，每回讀著都難

日本明治維新時，規定老百姓都得有「姓」(以往為貴族專利)，至今約有十四萬個姓，
出處典故雜而多，由中國眼睛看來多新鮮有趣。

免彆扭，好在稱呼春宮小姐或先生時，是以日語發音，不那麼尷尬。

■ 顏色：青山、赤沼、白井、綠川。世界級電影導演黑澤明不姓黑而是黑澤。

■ 表尺寸或狀態的形容詞：大洞、小池、深山、淺井、高橋、廣瀨、肥田。老牌影星小林旭的小林並非暱稱。

■ 確切指明地點所在者：田邊、竹中、松下、山內、門前。在台灣曾盛極一時的五燈獎、田邊俱樂部就是由日本田邊製藥而來，還有松下電氣等。

■ 與動物相關：陸上跑的有猿田、熊谷、牛山、鹿島。水裡游的有鴨沢、蟹江、鰐川、龜原。天空飛的有鷹野、鶴岡、鳩居、蝶野。早年曾風靡台灣的摔角名將馬場、猪木正是好例子。不過這猪木先生的猪字與中文「豬」寫法不同。日文中稱豬爲「豚」，「猪」字則是指長了大尖牙的凶猛野豬，差別很大。某回一位舉止嫻雅的日本女士來訪，我以台灣的豬肉乾殷勤招待，並強調這在台灣是人人愛吃的高級零食。女士小心翼翼，極有禮地捧著紙盒，細讀其上中文漢字，看到與「猪」字近似的「豬肉乾」三個大字，嘴巴久久閉不起來。日本藝界還有一位已逝的作曲家，叫做猪俁公章。這個姓，究竟是來自豬猴呢，還是與諸侯有關，在中文裡可相差十萬八千里。事實上，中國人也有牛姓、馬姓，但是有朱無豬，所以猪候看來刺眼，更別提前面說的牛腸和猪股啦。

祖宗行業　影響萬代久

再談因工作職守而來的姓。我經常努力揣測某某氏的祖先是從事哪一行業：刑部、兵部、織部等，據說都是朝廷命官之後，稱呼起來堂皇神氣。劍持、帶刀大約跟武士有關，工作和我們包青天的王朝、馬漢差不多。降旗、降幡負責升降旗幟。押鐘司敲鐘，計時報信。守矢是管箭的，守屋是看家的，都還一目了然。還有土取、石割等，相信是做些搬沙運土的活兒。

布施、眞道都是常見的姓，我大膽假設他們都是和尚的後代，因爲日本有些宗派的和尚是可以結婚生子的。

五味也是普通姓，我卻苦思不得其解，直到遇著了一位五味正宗先生，我才想到他們的先祖，大概是賣小吃或開飯店的吧。有一回和一位高雅的芭蕾舞女伶交換名片，赫見其姓爲御廚，忍不住猜這一家的先人是爲天皇燒菜的。離我們家不遠處有根大電線桿（若我們是古時候的日本人，現在就姓電線桿啦），上頭經年累月都貼滿了日本共產黨的標語、海報。沒有公德心的話且不提，不破哲三這個名字因此強迫性地常入眼簾。此君乃日本共產黨委員長之類人物，姓爲「不破」，彷彿眞經打耐摔，倒是政治人物的好名字，只不知其祖先是否是賣陶磁碗盤的。類似的姓，還有眞鍋和藥師丸，是賣鍋和賣藥的嗎？

曾令我大吃一驚的怪姓「犬養」後來在各處看多了：犬飼、鵜飼、鴨狩、猪飼……慢慢

INK PUBLISHING

讀者服務卡

您買的書是：＿＿＿＿＿＿＿＿＿＿＿＿＿＿＿＿＿＿＿＿

生日：　　年　　月　　日

學歷：□國中　□高中　□大專　□研究所（含以上）

職業：□學生　□軍警公教　□服務業

□工　□商　□大眾傳播

□SOHO族　□學生　□其他＿＿＿＿＿＿

購書方式：□門市＿＿＿書店　□網路書店　□親友贈送　□其他＿＿＿

購書原因：□題材吸引　□價格實在　□力挺作者　□設計新穎

□就愛印刻　□其他＿＿＿＿＿＿＿＿（可複選）

購買日期：＿＿＿＿年＿＿＿＿月＿＿＿＿日

你從哪裡得知本書：□書店　□報紙　□雜誌　□網路　□親友介紹

□DM傳單　□廣播　□電視　□其他

你對本書的評價：（請填代號　1.非常滿意　2.滿意　3.普通　4.不滿意）

書名＿＿＿　內容＿＿＿　封面設計＿＿＿　版面設計＿＿＿

讀完本書後您覺得：

1.□非常喜歡　2.□喜歡　3.□普通　4.□不喜歡　5.□非常不喜歡

您對於本書建議：

感謝您的惠顧，為了提供更好的服務，請填妥各欄資料，將讀者服務卡直接寄回或傳真本社，我們將隨時提供最新的出版、活動等相關訊息。

讀者服務專線：（02）2228-1626　讀者傳真專線：（02）2228-1598

廣 告 回 信	
板橋郵局登記證	
板橋廣字第83號	
免 貼 郵 票	

235-62

新北市中和區中正路800號13樓之3

印刻文學生活雜誌出版有限公司　收

讀者服務部

姓名：＿＿＿＿＿＿＿＿ 性別：□男　□女

郵遞區號：＿＿＿＿＿＿＿＿

地址：＿＿＿＿＿＿＿＿

電話：（日）＿＿＿＿＿＿＿＿（夜）＿＿＿＿＿＿＿＿

傳真：＿＿＿＿＿＿＿＿

e-mail：＿＿＿＿＿＿＿＿

INK

琢磨出來，原來這個姓得倒著解釋，慣用中文的我們才能明白。譬如犬養不是中文裡「狗養的」，而是「養狗的」。鴨狩是獵鴨子的，豬飼是餵豬的，其他還有龜割、鴨打等，生下來就得姓這個姓，眞是打鴨子上架，跟我們受「姓名之累」的王先生有得比。

十四萬姓　眞無所不有

據說「日本姓氏大辭典」中，共列有十三萬三千七百多個姓，並且日日有新的姓氏被發現，所以說日本姓有十四萬個亦不爲過。這十四萬姓，出處雜而多，前述的「地方」、「工作」只占一部分。

有些書上記載著，在明治維新之前，一般平民百姓是不准擁有姓的。這位明治天皇大概是爲求戶籍明白，徵兵方便，規定人人必須有姓。消息發布，小老百姓們奔走相告，無不雀躍萬分。不過苦於智識貧乏，大字也認不得幾個，要找一個好姓，天天使用，代代相傳，可是件了不得的大事。於是村夫村婦們多跑到寺廟中，向讀過書的住持求援。可能事情起初，住持們還挖空心思，引經據點地找些好姓。優美又具詩情畫意者，如春日、秋葉、星野、日暮、仙波、望月、丹羽、錦織等大約就是這樣產生的。

後來，天天寺外大排長龍，住持們早起遲睡還窮於應付。漸漸油盡燈枯，腦袋空空，思路所至，目光所及，全來充數。於是窗外街市建築：神社、鬼塚、市場、冰室、油井、米倉，屋內器皿食物：大壺、三瓶、清水、鹽入、胡桃都派上用場。可能有時住持心血來潮，想起那天是個拜神祈福的特別日子，所以有人就姓了七夕，還有人姓八月一日。

妙招使盡，住持看著來人們著急。排第一的是位白鬍子老先生，就叫白髭好了。後面跟著一位眼小了點兒，算是細目吧。相貌器官統統管用：竹鼻、大手、小足、王腰、肝付。反正不論雅俗，每人都能捧個「姓」歡歡喜喜回家，就是圓滿。

單姓少見　人地同名多

在掛著「丸の屋」、「吳竹鮨」招牌的街上走，看到「林內科」三字，彷彿回到了台北，不過這個日本姓發音爲「哈呀洗」，聽來缺了原有的親切。

與中國人相反，日本的單姓平常較爲少見：原、濱、關、黛、森、所、幅、柴，信不信由你，還有姓轟的，姓乱的，姓鴇的。

日本姓與所住地名相同的情形相當普遍，以我們住的小城茅野爲例，電話本上有好幾排茅野先生。緊鄰的古城諏訪，姓諏訪的人也不少。有住在名古屋的名古屋先生，也有住奈良的奈良小姐。最妙的是還有人姓「日本」，據說在鹿兒島一帶最多。想想介紹姓名時多麼方便好記：「這位是從日本來的日本先生。」

奇妙搭配　日本姓名樂

小時候上國語課，學了生字還得學造詞、造句。因為單字能表達的意思有限，但幾個字擺在一起，花樣就多了。對日本人來說，「姓」只是生活中使用的一個符號而已，沒什麼特殊意義。像是我們自幼說「肥皂」慣了，從不認為肥皂該與「肥」有關係，馬桶不是給馬用的，天花板上也沒長天花……相信學中文的外國朋友們也曾滿頭霧水，或捧腹大笑。我們用中國眼看日本姓名，四五個字的組合，常有意想不到的樂趣。

天地在日本不是稀有的姓，以眞理為名的日本女子也很多，但是我從未想到這姓和名字湊在一起時，竟有摩西捧著十誡走下聖山的氣勢。這個名字屬於一位過去走紅、現在已入中年的女演員，第一次在電視上看到她的節目時，眞不相信自己的眼睛，「天地眞理」，怎麼會有這麼好的名字。

在我每天散步的路上，有一幢漂亮的大房子，外型具歐洲風味，屋前也經常花團錦簇氣象新，和四周式樣古舊、小門小戶的日式房屋不大相稱。有一回我走近了些，看到這家門牌上密密麻麻寫了一大堆名字。頭一個字體粗大的想必是男主人，叫做田邊富貴雄。看得我忍不住猛點頭，就是這個名字取好了，所以現在傍著稻田的房子美輪美奐。不過要是能叫東京富貴雄，甚至去紐約富貴雄一下，不就上財經雜誌了。

看起來可以添福添祿的好姓名不少：姓金子名豐，姓米倉名滿……但是我看過最周到的一位，姓大家，名保祐。

布施袈裟雄、帶刀武尊、名取千秋，都帶著些光宗耀祖的神氣。稻田耕夫、守屋育子，也還名正姓順，勤勤懇懇。鬼塚千尋、深山一笑，都似乎有著詭譎的武俠氣氛。降旗忠臣、古屋今朝男、眞道一二三等則各有不同趣味。

「英雄」是流行的名字，只是不一定適用於每個姓，我曾在電視上看過一位床尾英雄先生，可以和他配對的名字是春宮君子。

初抵日本時，在東京某個小亭子旁看到「吾妻橋」三字，覺得有趣，硬要照相留念。後來才知道自己土包子，「吾妻」是個尋常日本姓。不知日本以前是否是多妻制，但姓氏中，除了吾妻，還有我妻、新妻、古妻、小妻、高妻、朝妻等等，或許有人身受多妻之苦，既不能改姓，就給兒子取個好名字吧！我確實認識一位吾妻先生，大名爲忠夫。

自從擁有「日本姓名」筆記本後，看電視都不敢輕鬆，就怕妙姓名驚鴻一瞥，遂無覓處。有一回螢光幕上打出旁白配音人姓名爲「乱一世」，我想自己一定看走了眼。後來卻不止一次看到乱先生的大名，都是爲影片做旁白工作。我多事地想：不知他結婚了沒有？哪一個女人願意做乱太太呢？還不只乱一時，硬得乱上一世。生了孩子還可取名二世、三世……乱他個地老天荒。

筆記本上橫七豎八愈來愈豐富，有些是新識的朋友，有些得自電視、電話簿。想要整理爲文，亂寫不得，跑到小鎮的圖書館裡，用結結巴巴的日語向管理員解釋半天，借得《姓氏の知識一〇〇》（能板利雄著）、《苗字百科・家紋百科》（丹羽基二著）、《信州の苗字》

（世部武安著）做參考。

我的日文程度讀起書來問題多，隔桌一位先生，看我搔頭弄耳，面露難色，大約也聽到了我與管理員的對話，竟動了惻隱之心，笑眯眯地走向我，用與我的日文半斤八兩的英語說，可以幫我找書、翻譯……我感謝之餘，請教大名。

遞過來的名片上印著「有我　仁人」。

一九九九、五、一於芝加哥

浮柿繪

靜物

在日本的果菜攤上，第一回見柿子（kaki），我就被吸引住了。

「偶依西（oishii，好吃嗎）？」指著柿子問老闆。

他本來正忙著擺貨，客氣地停了工：「啊——固斗（good），固斗固斗！」突然又轉身，笑嘻嘻指著拆了一半的大紙盒：「謀，謀固斗（more good）！」好像多用個英文more字，令他很得意。紙盒上印著大大的「富有柿」，標價最高。

我看這些柿子親切可愛，但素昧平生，不知好感從哪兒來。從攤子這頭走到那頭，我把排排柿子巡閱一遍，忽憶起字帖上顏眞卿的廟碑楷書，是了是了，個個方裡帶圓，敦敦實實，坐哪兒都四平八穩，不正是這個「富有」柿子相嘛！

歐几桑以爲他的英語推銷法奏效，怎知我是爲自己聯想的才氣絕倒，提了整籃圓頭胖腦的顏眞卿，不畏沉重，一路唱歌回家。

幼時在台灣確是吃過柿子的，但它不像西瓜橘子那樣普遍，似乎也不特別好吃。後來在美國東北部的十餘年裡，沒見過幾回柿子，幸虧本來不愛，無所謂想念，更不會費勁找尋。

於是，一直到我們日本小屋小廚房小飯桌中央的大果盤上，有了堆著像山似的東洋柿子後，我才認眞地想：這柿子，究竟怎麼吃？

買來剛出的柿子是黃橙色、硬的，削皮去蒂切成大塊，吃起來嘎吱嘎吱響，脆甜有水分。擺上幾天，柿皮漸透嫣紅，光看著都舒服，拿起整個去皮的柿子一口口咬著吃，每口都硬中帶軟，在齒頰中滑溜兜轉，光爲這奇妙的感覺就會上癮。再數日，柿皮更紅豔，緊繃繃吹彈可破，柿肉全軟到心裡了，毫不費力就可掀開柿蒂，這會兒削不了皮，將柿子擱進小碗，用調羹舀著漿狀汁肉吃，再不然，索性把嘴湊在柿蒂口，吸著如蜜濃漿，顧不得什麼吃相了。

人說吃的喜好與年齡有關，少時愛甘與脆，中年喜歡有嚼勁兒，老人則偏好軟膩。那麼，柿子還眞是普「肚」眾生，在不同時期造不同人的口福。我愈發愛它，愛得連臉色都像它，後來在賞秋葉的郊遊照片裡，遍尋不著葉間自己時，也不以吃成了黃臉婆而後悔驚惶。

有一天，請幾位日本女友來家裡喝茶。知道她們做事細緻講究，我特別費心準備茶點，忙前忙後不得休息。就在諸事齊全，客人隨時會上門的當兒，讀小學一年級的兒子，捧了幾個紅柿笑盈盈走來：「媽媽，妳看啊！妳看我好能幹——」不看還好，一看下巴快掉到膝蓋上，那盤我在水果店裡精選出來，花不少時間心血，把它們選美般擺齊：豔紅身軀都六十度斜倚，頭上蒂結全朝同一方向迎賓的紅柿，竟七零八落滾散桌面，連兒子手中的一起，個個被捏擠得傷痕累累，完全失了原來的富有模樣，唉呀呀——我苦心經營的東洋展示法啊！氣極敗壞，我慌忙在地上來回撿柿：「你怎麼——怎麼把柿子——柿子都捏成這樣——這樣——這樣——這樣稀巴爛！」急得話也不會講了。兒子欲邀「捏柿助歡」之功，又聽媽媽結巴有趣，臉上竟是笑容燦爛，看得我怒火中燒——「啪！」一掌重重摑在那張笑臉上。門鈴大作。

茶會圓滿結束，茶食果品都還有剩，並不少一盤柿子。

那夜，我幾回走到兒子熟睡的床前，察看他半邊臉上的紅印，比爛柿子教我懊惱多了。回美國後，兒子像大部分的小ABC，對於果類複雜的中文名稱，如李子栗子荔枝梨等，常常張冠李戴分不清，惟有極少見的柿子出現時，他會迅速標準，毫不猶豫指著說：「柿子！」

那一巴掌還是打出了點兒名堂來。

風景

搭早上七點零三分的火車去東京。

我對這個「零三分」很感興趣，緊盯著車窗外的電子鐘等待。「3」字跳出的剎那間，一聲長哨，椅晃窗搖，月台節節倒退。

沒人在最後一刻，喘著衝上來找位子，沒人拎大包小包，拖兒帶女，邊踮著腳塞行李邊喝叱小孩，沒人高聲嚷嚷，甚至——沒人講話。大約他們全把去東京當件大事，早早準備，嚴肅上路。

我打量著四下井然之序，竟感覺清冷得很。隔壁穿灰黑西裝、打過時領帶的中年男子，一直閉眼假寐。這車裡還有一些人與他的年齡打扮相仿，他們是日本人口中的「傻拉哩曼」（salaryman），典型上班族。或出差，或遠地通勤，全爲「会社」勞碌打拚，睡眠時常不足，得在各種車輛上補充。

對面座位上是一位少婦帶著約六、七歲大的男孩，孩子極有興味地看著漫畫書，媽媽則疊著兩人才脫下的外套。

她一絲不苟扣上每個釦子，對準每條縫線，衣服摺呀摺成了扎實的方塊，分別裝入兩個像是原廠包裝的塑膠袋，乍看與新貨無異，才滿意地擺進座下提袋裡。

孩子翻完漫畫，開始東張西望坐不住，媽媽俐落地收書進袋，又掏出一個布包和保溫水壺來，不用說，那是她清晨趕做的便當。儘管她爲取物的窸窣聲，習慣性地向四方頻頻點頭致歉，隔壁上班族還是睜開了眼，正正身，在窄位上伸著不敢全伸開的懶腰，用餘勁擠出個長長的哈欠，抹抹臉、搓搓手，從公事包裡拿出產經新聞，摺成八分之一，夾著胳臂讀起來。

窗外的赭黃禿田、藍瓦民屋倏倏閃逝。

火車左右搖擺。重複單調的轟隆轟隆，聽久了比無聲還沉靜。對面母子倆謹慎地小口吃著飯糰。上班族，專心讀報。走道另一邊，同樣面對面坐著四位乘客，一人闔著眼，另三個都把手盤在胸前，皺著眉凝視膝頭，像在努力思索：這條破褲子，究竟是哪年哪月哪日在哪裡買的呢？

車中，一切平和到幾乎靜止的狀態，只有年輕媽媽倒的熱茶，生著幾縷白煙，既不拘謹又不多禮地四下游動。

忽然，「卡桑（媽媽）！卡桑！」尖亮的童音來自對座「卡桑！卡桑——」我緊張地看小男孩和也被嚇一跳的年輕媽媽，鄰座紛紛投來驚疑目光，上班族的報紙擱下，大家全順著男孩告狀似的小手望出窗外——

「史——巴拉系以——」年輕媽媽擁住孩子，半掩著嘴卻掩不住呼聲，她說的是日本人愛用的形容詞「素晴らしい」，意思是了不起、極美、偉大！

男孩指著收割後的田野，遠遠農舍旁，一棵特別、特別、特別高大的柿子樹。

那樹，以完美的身形，立向朝陽。

大幹褐黑，頂上小枝簇簇金黃。葉全落盡，本應枯槁，卻結滿一樹活潑愉悅的紅柿。

在無雲晴天的襯托下，它醒目得霸道，把其他蕭颯秋景全踩到腳底。

那些柿子在無雲晴天的
襯托下，醒目得霸道，
把其他蕭颯秋景全踩到
腳底。

果子那麼豔，分布那麼勻稱，像精心布置了的聖誕樹被錯置田間，在車窗隱隱震動的玻璃裡，顯得不大像眞的，看得人人發楞，眼光心思都收不回來。

「史——巴——拉——系——以——」我也忍不住歎道，忍不住想找人分享。

「So——ne!」（可不是嘛！）年輕媽媽誠意地接腔，第一次，我倆目光相會，交換了笑容。

我以爲，依日本四季的道理，秋天的樹，就該有秋天的殘樣，這柿子是棵不守團體規則的異「樹」，卻如此神氣討喜。日本自古的俳句、和歌、民間故事裡都曾描寫柿樹，或許，當以「相同」爲和諧之道的日本人，歌頌「朱柿映青空」時，他們不只讚美風景，還在羨慕柿樹與眾不同、自由奔放呢。

身邊忽起了倒骨牌似的騷動，人人急著忙著都要看大柿樹——有的引頸，有的回頭，有的起立換座，有的前後轉，左右挪，有的趴上了椅背，有的把眼鼻貼近車窗，間雜著彼此指示方向、點頭道謝、嘖嘖稱奇：「史巴拉系以！」「史巴拉系以！」「史巴拉系以！」「史巴拉系……」只短短數秒，在這個誰不認識誰，誰也不打算認識誰的車廂裡，竟然莫名其妙地產生了一場全面大溝通。

車窗像一排巨畫的畫框，柿樹出現又消失在壁上每幅畫裡。此刻所有人的心境，大約都與小男孩一般單純，姿勢個個不同，但頭頸劃一地轉動角度，追送漸行漸遠的萬點柿紅，直至無蹤。

微微悵然，轉回原來方向。但大自然已做了奇妙的工——

「我，小時候住在和歌山，那兒的柿子也這麼好看……」身旁的上班族，對著同座的我們說起話來。

「……去年，沒這麼多……」

「……大概家裡人手不夠，怎麼還不摘……」

「……我們院裡……陽光好……秋天奈良……」

椅背前後，同時另有交談的聲音，像幼嫩枝芽，自每個座位，徐徐往上升長，高越椅背後又左右交叉——隨著每人開口說話，枝上就一個一個結起紅柿：和歌山的、新潟的、奈良的、福岡的，我禁不住抬頭仰望，彷佛大夥兒正被罩在那枝繁果茂的大柿樹下。

於是，一車人，全成了柿子親戚，和它攀著各種關係，以它爲題，笑聲話語不斷，直入東京。

人像

中午探完朋友，想試一條新路回家。

走著走著竟失了方向，好在知道離家不遠，並不眞緊張。路邊農家種有幾棵柿樹，一位戴了破草帽的老人，正用長竿搆著柿子。我遠遠看得起勁，不覺趨前，自己明白，問路是

老婆婆拉起草繩開始串柿，她的眼睛不管用，摸摸索索太花時間，串到第五、六個時，我已著急起來……

假，心底其實想湊湊摘果子的熱鬧。

才說了兩句起碼的問候語，就被聽出來是個「外人」（外國人）。外人也好，行事奇怪用不著另找藉口，童年時未盡的好奇、貪玩都可以出來放肆。

老人仰著頭，一邊熟練地摘採，一邊嘰哩呱啦大聲講話，語調是鄉下人的粗裡粗氣，憨厚親切，但急速又含混，我實在跟不上。

「瓦卡魯（wakaru，懂嗎）？」也許是看我沒什麼反應，他忽然停下來問。

「史咪嗎慎，瓦卡哩嗎慎（Sumimasen, wakarimasen，對不起，不懂）！」我禮貌地鞠躬回答，依舊專心看他在藍天中取柿。

老人既不掃興也不氣餒，口沫橫飛，對著天空像發高射炮般地再講。

懂了，就不再需要多解釋了。

言語障礙，竟成爲我們繼續溝通的橋樑。

把老人的長話短說，古時由中國傳來的柿子，大致分甘、澀兩種，後者新鮮時太澀不能吃，去澀最簡單的方法就是削皮吊曬一個月，做成「干柿」（hoshigaki）。

我的確被附近一些人家，把串串柿子掛在屋簷下，排著像扇「柿簾」的獨特風情吸引著，現在經老人講解，更覺有趣。笑容必浮現在我臉上，老人也有著朽木竟能雕成的興奮：「瓦卡魯？瓦卡魯！」他連連點頭，笑得露出稀疏的幾顆黃板牙，呼呼漏風。

斜背在身的竹籃半滿時，老人將長竿交給我，比手勢要我等候。他搖搖擺擺爬上身後土坡，帶著柿子進了舊屋，又帶著他彎腰駝背的老妻出來。兩人都瘦都矮，站在坡頭，向我召喚。

沒想到貪玩採柿竟採出個發展來。如此不知身在何處，相與何人的境況少有，慣住都會養成的戒心，令我猶豫，但見他倆身影謙卑，又爲這念頭慚愧——健步邁上土坡，挾帶的餘風似能把這一對老人吹退幾步，再看自己手裡長竿晃動，我想明明是我打劫他們比他們危害我的機會大些。

我和只有半個人高的老婆婆互相行禮，她上身保持前傾，嚴肅地歪著頭看我背完一串應酬話，深深又對我一鞠躬，笑瞇瞇指自己的耳朵說：「寸波（tsunbo，聾）！」

舊屋朝南的一面，在土坡下看不見，這會兒我眼睛一亮：沿著矮屋簷，可不正掛著幾串柿子嘛。屋前一方黃土小院，無花無草，靠牆零落堆著黑黝黝的農具雜物，倒是有輛豔黃簇新玩具三輪車夾在中間，和紅柿一樣顯眼。

老人不知從哪兒拖了張破籐椅來，安頓我坐在廊間柿簾下，那兒有裝新柿的竹籃，盛去皮柿子的鐵盆、削皮刀，成綑草繩和供跪坐的蒲團。老人興奮地來回移動什物，挪出位置迎客，婆婆緩慢跪定。兩老，鄭鄭重重要教「外人」做干柿。

第一課，婆婆點著一個個橙紅鮮柿大聲重複：「洗—布—以—（shibui，澀的），洗—布

—以—，洗布以！洗布以！洗……」好像聾的是我不是她，我拚命點頭，她才得意地閉上嘴，安心削柿子。婆婆掌握不了聲音，聲音，可更拿她沒辦法。

和她矮小身量比，那雙筋脈糾結的老手顯得特別大又有力，她用拇指壓著刀背，斜貼柿頭，旋著旋著就褪下一層柿衣，連綿未斷，是和母親一樣的優美刀法，我自小看到大，從沒耐心學，只會用新式削刀，唰唰唰地刨出一堆急躁零碎。

我發現婆婆不只耳朵太老，眼睛也不大管用，跟前看不清楚的東西，她就摸摸碰碰，把手當觸角一樣使，我旁觀黯然，念起千里外的人。

父親老來仍耳聰目明，病痛折磨的是他的四肢。所有他清晰聽到、明白看見的事物，都因手腳不靈活，咫尺天涯。扣不了鈕扣、拿不穩碗筷令他發火，坐下站不起來、站著邁不出步子教他沮喪，可他知道，大家都知道，情況只會愈來愈差。

在我難得回家的短短時間裡，父親經常靠臥在床，不分晨昏，是睡或醒，任屋裡電視螢光閃動，或床頭小錄音機一遍又一遍放著相聲。深夜裡前去關機，立在乍靜下來的屋裡，尤其覺得氣氛寂寞無奈。

我曾賣力地為父親按摩手腿，妄想能傳送自己的血氣，添他幾分力量，父親總靜坐不語，眼角人中愈見濕潤。遠方歸來，又將倏忽離去的女兒，觸到的不是他的掌、他的膝，是他被桎梏的、在訴苦的靈魂。

老婆婆拉起草繩開始串柿。她將連著柿蒂的一段T型小枝，巧妙地插進繩中央兩股支繩間隙裡，靠支繩緊絞的力量，柿子牢牢掛著，隔一段距離掛上一個。婆婆的動作熟練，但其間摸摸索索，又拿每件東西貼在鼻前看仔細的枝節太花時間，串到第五、六個柿子時，我已著急起來：我是那麼忙，家裡還有千百樣事等著，卻坐在這兒看老人和柿子。

然而，我如何能說走就走，拂逆兩老的勃勃興致和誠意？更何況，對著半瞎全聾婆婆，看錶作態、忙碌說辭全是枉然……我決定把干柿做到底，讓「慢」慢慢磨我的爭、搶、追、趕，就像慢坐在候診室裡，陪父親等六十個病號，慢走在人行道上，陪父親步履艱難，最後發現，我慢坐慢走，世界並沒有減損縮小，萬事照舊運行。

老人過來牽婆婆進屋，似說要燒開水，留我懵懂理著段段草繩，串柿子並不像看起來那樣簡單。

我也在想，婆婆手腳活動，但失聰失明，父親眼耳靈敏，卻肢體衰弱，如果，如果——有一天我老了，我會選擇什麼？眼、耳、手、腳，我願意放棄哪一樣？還是願意有個小康身體，卻可能成為別人餘生的倚靠？像老人，做婆婆日夜耳目；像母親，是一輩子剛強高傲的父親，暮年離不開的拐杖。

婆婆拾起串了七、八個柿子的一段草繩，在倒了滾開水的大鍋裡燙一下拉出來，老人說這樣「殺菌」以後，柿子就不會壞了。鍋子熱氣騰騰，大家手忙腳亂，三人中我最健壯高大，沒理由看老人們搬凳子爬上爬下，所以由我踮起腳來掛淌著水的串柿。

邊掛邊問老人，這些濕柿子什麼時候才會成「干柿」呢？老人也覺得好笑：掛一個月吧，掛到看起來像婆婆一樣皺時，就可以收了。

我又問，干柿拿去賣嗎？

不賣不賣！他猛搖手。等新年時，如果孫子帶曾孫回來，就有甜點心吃，很好吃的。妳也來吃！妳也來吃！

他們都住東京嗎？

有住東京的，有住大阪的，新年時大概會回來，新年時——大概會回來。

我像女兒般甘心勤快地幫著收拾殘局，然後和老婆婆一起，坐在院中石頭上小憩。老人蹲在不遠處，悠哉抽著菸。秋陽曬上背脊溫暖舒服，望著簷底新掛的柿簾，除了幾許成就感外，還有另種情愫環繞。我們都沒有講話，三個人，在和風裡，靜靜享受借來的天倫。

終於過年了，卻失約未去嘗干柿。

因爲我回到該回的地方，執父親母親的手，漫說一年來的變遷。像哄孩子似地哄著父親，開沒大沒小的玩笑，父親又何嘗不在哄著我，配合著呵呵應答。每句不及義的話語底下，其實都包藏一顆戒懼的愛心。

年節裡，大家總說父親的氣色好，身子也硬朗些。

可惜年節不久長。

後來，我再也沒有去看老人和婆婆，不知他們可曾等我。

事隔多年，我們返美後曾又一次回到日本舊居，在探看各方友人、緊湊得難以喘氣的行程裡，我實在想著他們，但向丈夫和孩子，一時又說不上來，這對無名無姓無地址電話的老夫婦，究竟有什麼重要，得另花時間去找尋。

我只能在想像中，登上土坡，穿過矮簷，敲著舊門問：「您們好嗎？還有干柿嗎？洗布以，洗布以，瓦卡魯……」

或許，他們像父親一樣，已不在人世。

那麼，那一個串柿子的下午，和許多串不完的、澀中帶甘的回憶，將只存在我一人心中，彌足珍貴。

二〇〇一、二、十一於芝加哥

紅葉狩

我凝視著桌燈下的一片紅葉，是幾日前「紅葉狩」（momiji-gari）之獲。葉已半乾，表面細密的網紋和殘餘油潤，使他看起來竟有皮革的柔韌。葉心凹陷，葉緣全向上翹、往裡捲，摸摸已經硬得定了型，像個小碟，盛著赭紅的秋天。

那日溫和晴朗，佳代子一大早就來接我，說難得能抽空，要帶我去看山看湖。她在我的筆記本裡寫下「紅葉狩」三個漢字時，我還眞驚奇，多新鮮，用「狩」字——我以爲這個字只能拿來抓野獸，怎麼會用來找靜靜不動的紅葉呢？妙的是，就因爲這一個字，使我眼裡的葉子忽然變得都想講話，都有表情；使我看到靜靜不動的姿態後頭，藏著活潑生命。

車開向佳代子熟悉的「白樺湖」（shirakababako）山區，平地一片金黃，田間是農人曬的稻草，遠處有橙色樹林，愈往高走，紅葉愈多。山路旁幾家民宿，傳統式樣的藍瓦木牆，反而成了紅中點綴。

佳代子一邊開車，一邊爲我介紹山景。我倆投緣，本是爲練習英、日語而安排一月一聚，但見了面，常常比手畫腳談心而完全忘記「語文」這回事。

佳代子是我所見過、最符合世人心中典型的「日本女人」。她話不多，總是微笑。不誇耀富裕的環境，凡事自己來，照顧四個孩子和公婆、幫先生經營生意，纖瘦的身子駕著一部大車，接接送送四處辦事不停。我想她必有疲倦和忿怒的時候，但她的微笑，和她的衣裝一樣，時刻整整齊齊。

我認爲佳代子有老一輩日本女人的各樣美德，而無新世紀日本太太隱性的跋扈，她的時間，她的活動，都繞著別人轉，她簡短的話句，都是別人做主詞——我聽著、看著和順的她，常想：妳呢？妳自己呢？妳的日子呢？

我們在某處特別紅豔的楓林旁停車，跨出車門，就是「葉世界」，天上、地下、空氣裡，都是葉。

枝上的葉，紅、黃中都帶粉色和杏色，嬌而不焦，太陽一照，反射出的紅光可以把人從老遠吸引來，張著大嘴，站在樹前搖頭：怎麼會這樣好看！

但更有意思的是落葉，別看他們在樹下雜沓一片，走近瞧，七零八落中，葉葉各有神態。

那些「倒栽」而下的新落葉，面全貼著地，不堪回首！不堪回首！葉梗一根根直立在空氣中，像戰場上的敗兵殘將，仍豎著千百枝拒掛白旗的旗杆，又像他們要牢記自己是用哪一部分跟大樹分手——捨不得稍微移動。

新落葉旁還有老油條似的舊落葉，葉角或折或捲，好像正撐著胳膊翹著腿，躺在樹下瞧上頭未落的葉子不順眼……怨也沒用，梗漸歪斜，葉更扭曲，後葉不斷壓前葉，日曬雨淋，他們在世上的形象愈來愈模糊，終成我們腳底厚軟的路墊……

佳代子地方熟，引的是遊客罕至的路，沒有任何腳步痕跡，整片葉原，覆著不知多少層乾葉，在鞋下新鮮鬆脆作響。

天那麼藍，空氣那麼新鮮，葉那麼紅，孩子和家事那麼遠，一路「喀嚓喀嚓」的聲音和踩踏下去時的感覺那麼美妙，連佳代子都忍不住用腳去挑去鏟去掃，愈掃愈好玩，兩人索性跳前跳後轉著大圈樂不可支，葉子四起翻飛，他們必也喜歡離地瘋狂瘋狂。

鬧夠了，佳代子興奮不減快步在前頭領路，跑到一處坡頂，停下來指著山谷——我望過去，竟發現谷底有個隱蔽的小湖，陽光下，澄亮如鏡。

鏡裡映有天藍、雲白，幾抹嫣紅，一點翠綠。

佳代子歪著頭看我，似乎很得意地在等評語。

眞沒想到，能在日本這個不知名的山谷小湖中，看到如此特別的紅葉風景，而且所有顏

兩人跳前跳後轉著大圈樂不可支，葉子四起翻飛，他們必也喜歡離地瘋狂瘋狂。

色都像剛從顏料管裡擠出來般地純淨，我呆了半晌才小聲說：好看哪——

「來問候問候！」佳代子變爽氣了，我還沒來得及反應，她已將兩手圈成喇叭圍上嘴：

「He — ll — o ——」

「He～ll～o～～～」「lo～～～lo～～」山熱情回答。

佳代子拉我向前：「你試！你試！」

我喊出：「Ko——ni——chi——wa——」（日安）。

小湖毫不猶豫：「Ko～ni～chi～wa～～～」「wa～wa～～～～～」

佳代子和我面對面，一起側耳聽，一起大笑。

「再來！」她用英文，我用日語，比著嘹亮。

「How——are——you——」

「How～are～～～～」「U～U～～～～」

「Genki——desu——ga——」（你好嗎）

「Genki～desu～～～～」「ga～～～a～a～～～～」

「……」

「～～～～」

不知那天附近有沒有人聽到，但兩個放情叫喊的女人，驚動了滿山紅葉。聲音若眞有翅

膀，我們早已飛出山谷，飛向天外。

佳代子說最後要趕去一個好地方喝茶。

車子開到了楓葉濃密的山凹處，遠遠就看見木造的茶屋。

老板娘原來住東京，一向喜歡用花草製茶，爲收尋原料方便而搬到鄉下，把興趣發展成生意，買下兩棟破舊的小屋存茶賣茶，做出了名氣，就在舊屋旁蓋了這幢結實敞亮的大木屋。

木屋的前半賣茶葉和自然食品。裝了花草茶的玻璃罐布滿整面牆，像一張大壁畫。因爲花草都已乾燥，又隔著玻璃，五彩原色淡去許多，使壁畫的調子看來溫柔，討人喜歡。

茶室在木屋的後半部，長排落地窗引進暖暖陽光，木製傢俱質樸親切，一牆書架，列了許多藝術書籍，還有輕緩的鋼琴音樂入耳，在這兒喝茶眞是享受。

我們坐在陽光和音樂裡，你看我，我看你，又共看窗外紅葉喧鬧，都掩不住高興。我一一數著見過的歐美出名楓景，結論是方才小湖中的倒影紅葉最清秀……佳代子爲我形容東京與京都的紅葉，講從前和朋友們賞葉的許多趣事，眼眉帶笑……

那時候並沒有想到，兩人偷閑坐在紅葉圍繞的木屋中曬太陽喝茶說話，恰恰是在接著編織日後屬於葉的回憶。

佳代子看錶，兩人才驚覺已過了該去學校接孩子的時間，慌忙收拾皮包，收拾解放了一天的自己，我感覺佳代子又變回隨時準備鞠躬的模樣，眞正的她，不知收到哪兒去了。

車子彎轉下山，歸心似箭的車行快，窗外紅葉樹一列列閃過，我回頭看，他們也顯得著急，後面的追著前面的，正不斷往高處升，往山裡奔。

二〇〇五、三、十三於舊金山

運動大會

十月，本該秋高氣爽，萬里無雲。

但這個大清早，許多人不斷地從屋裡探出頭來，望著灰天禱告。

日本長野縣茅野市某幼稚園一年一度的運動會就要開始。

九點差十分，孩子們穿好了白淨的運動服，整齊排在出場口。

小操場的各處紮花繞彩帶，桿柱間掛了一行行紙萬國旗。

黃土地上，是才畫好的，還散著白煙的跑道線。

臨時搭的觀眾席間，有祖父母和爸爸們，但以媽媽人數最多，她們穿著名牌的淺色運動衣和裙褲，背著便當水壺，尋人占位置、聒噪寒暄……

灰天，看起來像四周掛了秤砣，沉沉下降，我真擔心它隨時就要蓋住眼前的一切生動熱鬧。

幼稚園園長、「母の会」會長，還有一些其他「長」，在司令台前，圍成小圈嚴肅地說著話。

九點十二分，四、五歲的小腦袋不明白爲什麼要「等」，練了一個月的大會操都快給等忘了。

原本整齊的隊伍漸漸鬆散：玩道具紙花的、推擠同伴的、跑出隊伍——跑去別班打人的……老師們來回吹哨子管秩序，尖銳的哨聲，卻像戳破了什麼，頭頂上的灰幕開始漏下絲絲細雨。

表演跳舞的女生，看旁人頭上的紙花被雨打濕變色，都趕緊縮起脖子，圈著雙手護花。男生不打架了，調皮地用嘴巴去接雨，一個學一個，大夥兒全仰面朝天張著大嘴，像一池久旱的青蛙。

雨不見停，孩子們被帶到教室前的長廊下列隊蹲著。我懷抱熟睡的幼兒，也被引到廊間。

大家一起等，不知道在等什麼。

雨大了，四面山景已完全被烏雲烏雨遮掩。場外花花綠綠的傘一把接著一把撐開，場中間也有了動靜，那「母の会」會長，離開小組會議，跑到觀眾席前，對擁上來的媽媽們急急說了些話，她們凝神聽完，踩著小跑步四散傳播，得了消息的人，全拎起包兒，頭也不回地走了。

我不明白究竟，也不知道自己該去該留，回頭看大兒子仍蹲在孩子群中，平時照顧我的幾位「母の会」太太們不知去向。雨重重打著廊簷「噠噠噠噠噠……」，廊下另兩位抱幼兒的媽媽，來回講著急切的日語。

擴音機，突然放出一串話「……Gam-ba-de!」是老園長委婉的語調，但我只懂末尾的那個Gam-ba-de——「別放棄」、「加油」的意思。

一八七四年東京海軍學校在校中舉行「競鬥遊戲會」，極受好評，各級學校紛紛模仿，並將名稱簡化爲「運動會」（undokai）。一九六四年東京奧運後，日本人將十月十日訂爲「體育の日」（taikuno-hi）。十月間，學校、機關會社、大小城鎮社區，都自行舉辦「運動會」，一時全國人的運動細胞超速分裂，意氣激昂，到處都聽得到Gam-ba-de！Gam-ba-de！

雨已濕了廊下大半的水泥地，孩子們在冷颼颼的風裡靠牆擠成一堆。

我想，要是在美國，或在台灣，這運動會老早就取消了——卻見遠處模糊風雨中，現出個人影，一路光著腳丫跑進操場，眾人的目光全被吸引了——是，是會長！是「母の会」會長！她兩手各拎一個水桶，正大步跑向司令台。

同時操場東面，我的朋友藤田太太拎著水桶出現。

這邊西面，嬌小的細川太太也帶著三個水桶來了，南面、北面，一時八方四面……回家取水桶的媽媽們一個個跑進操場。

老天爺，我知道你要下雨，可我就要一塊乾地，你給也好，不給也好，我拚命擦就是！

她們全脫了鞋襪，無視大雨滂沱，聚攏了商量完什麼，立刻編出好幾小隊。會長首先跪落泥地，由桶裡拿出抹布，擦吸腳前水窪，抹布擰出的黃泥水，不一會兒就裝滿一桶，馬上有人搶了去倒入水溝。

眾媽媽們學會長樣，由司令台起，橫隊排開，地氈式的一路向操場後方擦去。雨力未減，媽媽們卻矢志抵擋，場外排出第二、第三橫隊負責守住已擦過的窪地，不讓它們有再積水的機會。

我簡直不能相信自己的眼睛啊——不能相信！

但忽然，雨瘋狂地變大起來，一陣又一陣掃過操場，媽媽們，像那些紙花萬國旗，被打得七零八落，她們的努力，看來幾乎是完全絕望的。

身旁的兩個媽媽停了話，一個衝進雨陣加入隊伍，另一個接管了被丟下哇哇哭叫的孩子。

還有人陸續跑進操場支援……

衣服濕透了的媽媽們無暇講話，但發出的固執聲音比風聲雨聲都大：老天爺！我知道你要下雨，可我就要一塊乾地，一塊乾地！你給也好，不給也好，我拚命擦就是，拚命擦！Gam-ba-de！擦呀！Gam-ba-de！Gam-ba-de！

冷風挾雨刺在我的臉上身上，摟緊孩子，我渾身起著雞皮疙瘩。眼前的，不是婆婆媽媽擦地，是「神風特攻隊」出征啊。

老天爺，大概也看傻了，急風驟雨的動作，竟慢下來。

老天爺讓了步，日本媽媽們卻是絕不讓步的，倒去一桶桶混水，擰著一塊塊抹布，整個土操場，竟然被蹲著跪著和幾乎趴著的她們，擦吸乾了。又提來沙石，填補窪洞，掩蓋黃泥。

雨眞的小了……不僅小了，漸漸停了，幼稚園正上方的灰幕，還好像開了個藍色天窗，有暖暖的陽光流瀉。

操場內外一陣歡呼！

接下來，沒人敢浪費一分鐘，原已東倒西歪的孩子們，雖失去衣飾光鮮，卻被嗶嗶哨聲吹回了精神，像群鼓舞的小雞，跑跳著上場。

我注意到一個特別嬌嫩可愛的小女孩，一邊跳著大會舞，一邊不斷地用手去攏她已散亂的小辮子、扶正頭頂紙花、拍著白衣褲上蹭的灰土……當這個顯然愛漂亮乾淨的小女孩，跳到要伏在地上打滾兒的動作時，面對雖無積水卻仍有些濕泥的地，我看到了她的「遲疑」——小頭轉前轉後地張望，只見示範老師們，全貼著濕地手舞足蹈如無事一般，「砰」地她也臥下了。

遠處的天仍是黑灰色的，不知陽光還能停留多久，所以，大會操、大會舞、綁著紅白頭帶（hachimaki）分兩隊騎馬打仗、蜈蚣賽跑、二人三腳、滾大球、疊羅漢、拔河……這些對台灣生長的我熟悉不過的節目，一個接一個，全速戰速決。

身後的走廊教室，熱鬧不亞於操場，媽媽們裡裡外外賢慧地遞乾毛巾、點心熱茶，又為滑跤的孩子們上藥、安慰打氣……方才她們與天地拚鬥的樣子，彷彿只有我一人記得。

我還陷在先前的驚訝裡回不過神來，對這場「擦地勝天」的見證，不知該哭該笑、該敬該畏。

也不知唯「團體至上」的教育，對這些稚嫩孩子的將來有什麼影響……

童聲混唱著「明年再見……」運動會就要結束，山邊的烏雲又漸向這邊移動——我只能收好這段記憶，等以後的大雨天裡，再拿出來慢慢講給人聽。

二〇〇四、十、二十於舊金山

木曾

我們去「木曾」（Kiso），爲的是買漆器。

車子經過小鎮「塩尻」（Shiojiri），路邊盡是葡萄園，還有酒廠的廣告牌……「尻」字，日文意爲「臀、後」，我在中文裡沒用過，也不會唸（後來查出音kau），一路談笑這地方怎麼叫「鹽屁股」云云，不覺山路彎來轉去，已把我們帶進木曾谷地。

大名行列

大山在遠方靛藍沉穩；小山則於近處左右分列，夾著我們正走的路和與路平行的木曾川，山上秋葉黃中帶紅、紅中帶綠，在粼粼川水裡，活了似地流動不停。

路旁泛苔的石碑上，刻著「是より南　木曾路」（自此以南　木曾路）。

這路，是古驛道「中山道」的一段。古驛道共五條，叫「五街道」（Gokaido），其中「東海道」因浮世繪名家「歌川廣重」（Utagawa Hiroshige）畫過「東海道五十三次」，描繪東海道上五十三個驛站的風光，而留芳至今。「中山道」名氣較小，但廣重也曾作「木曾街道六十九次」風景畫。對於喜歡「浮世絵」的我來說，「木曾」這個名字早已熟悉，如今能去畫裡走走，怎不教人興奮。

車輪軋著這條歷史小道前行，我好像看到舊日本電影裡，小民戴斗笠踩草鞋，背著包袱四周來往穿梭……那是十六、七世紀的事，小老百姓爲免地方上惡霸欺壓，紛紛依附那些揮劍如電、走路有風的武士，武士有了勢力，向更大的武士「大名」（daimyo）靠邊，形成幾股強權，經過電影裡那種披盔甲、插旌旗，萬人在山野中的決命大戰後，產生一個超級武士，由有名無實的天皇封爲「征夷大將軍」——他，就成了眞正統治日本的人。

比起中國，日本的歷史雖短，打打殺殺仍很複雜，我從沒想搞懂過，幼時在「永和戲院」最前排仰頭看得糊裡糊塗卻津津有味的「三船敏郎」電影，已很夠用——可是手上介紹漆器名產地「木曾」的小冊子，頁頁講史事史蹟，我隨便翻翻，倒還挺有意思。

話說「大將軍」德川家康（Ieyasu Tokugawa）建立「德川幕府」（1603－1867），以「江戶」（Edo，今東京）爲都，也稱「江戶幕府」，以後的兩三百年即是常聽人講的「江戶時代」。

幕府爲控制擁有地方兵政權的兩百五十位「大名」，特別設計了一個「參覲交代」（Sankin Kotai）制度，規定凡大名都必須在江戶置宅，並留下親人看管，實爲人質。大名每

古畫上的「大名行列」就是從這樣的地方經過，那些嘈嘈雜雜，似乎還在眼前的空街上迴盪。

隔一年就得回江戶住一陣子，同時參加幕府將軍召開的會議，以示忠誠。

這來往於故鄉與江戶間的旅行，實在勞民傷財，但對許多大名來說，也是一個炫耀富貴的機會，他們排出幾千名展示各樣武器的「武士」，抬著華麗轎子和箱籠器具的「轎夫」，執扇打傘抬便當茶藥的「家丁」等等，龐大的隊伍可延伸一兩里路長，在村鎮間熱熱鬧鬧像馬戲團遊行……稱爲「大名行列」（Daimyo Gyoretsu）。

古時候在日本旅行多是徒步與坐轎，沒有馬車，大名行列每天趕路，家鄉偏遠的，要走上三五星期才能抵達江戶。一路的食宿問題需要解決，飯館旅店聚集的「驛站」應運而生，遍布主要驛道上。江戶時代雖是鎖國期，對外封閉，內部卻商業繁盛、民生興旺。託大名的福，這些驛站便利又安全，所以各種旅客、小販、信差、僧侶、朝聖的教徒等都紛紛住用，維持了它們兩百五十年生意不衰。

我的手指沿著地圖上的河流，一個個摸索木曾路上的十一個「宿」（驛站）：奈良井宿、福島宿、野尻宿、妻籠宿、馬籠宿……多麼奇怪的名字啊，正數著，車窗外出現一座叫人驚喜的木橋，虹般跨躍川上，橋底面粗大的木料橫直交錯，造成一種複雜奇妙的圖案。橋的另一頭，是依山傍水、青紅屋頂疊疊的村落——那必是「奈良井宿」（Narai），那麼，產漆器的「平沢」（Hirasawa）該就在附近了。

鄉下地方，重要的街道經常只有一條，長而彎曲，我們站在中央，左看右看。路旁兩排黑褐低矮的二層樓木屋，間間相連，向街面全是細木條長窗，日本人稱「格子屋」，千百根垂直黑線，組成了老街街景，眞與「浮世絵」裡畫的一樣。

天不知何時由晴轉陰，冷風直往衣裡鑽，我們慢慢走著，好像走入灰色的上個世紀。滿街掛的木招牌、藍布帘上都寫著「御宿」、「御泊」，還有高大的石碑立在屋前，刻著「明治天皇　奈良井　行在所」。處處是旅館，但裡頭黑闃闃不見人影。

宣傳小冊中列有木曾地方的一年行事：冬與春是滑雪活動，夏有地方祭慶和漆器市集，我們全趕不上了，已是秋末，行事欄中是空的，街上也是空的，只有一部銀亮的新式旅行車停在老街邊，像是走錯了時光隧道。

欸欸，漆器在哪兒呢？

兵分兩路——我往這頭，你往那頭，等一下在這個石碑前見。

我哪頭也不去，偷懶坐在一家旅館門口鋪了紅墊的長板凳上，張望四周寂靜——直到有隻灰貓忽然從巷裡竄出，我倆同時一驚，他縮腳弓背，直豎起尾巴活像個武士秉劍，半天不見敵人（我）有動靜，才鬆懈下來，慢步過街。街對面，門帘上寫了大大的「煙草」，但沒人做生意。二樓小陽台上有垂簾似的十來串乾柿，我發現由黑木簷襯托的紅柿，特別顯眼。古畫上，「大名行列」，就是從這樣的地方經過——那些縫了「家紋」（kamon）的旌幔在風中噠噠飄響，大名從顛動的轎中掀布帘，見木屋、紅柿、圍看熱鬧的村夫村婦、追著隊伍叫嚷的孩子……一聲令下，蜈蚣般的行列就在街上某處停止，轎夫放下轎，武士卸了甲，家丁取茶水、覓食堂，各個旅館的生意大開張……

那些嘈嘈雜雜，似乎還在眼前的空街上迴盪。我想得太入神，不自覺傾身往街的盡頭望，卻見那老貓，悄悄又走了回來。

「兵分兩路」的結果，聽說另一頭確實有幾家漆器店，卻因是淡季，全關著門。只有簇新的「木曾工藝館」開放。工藝館、楢川小學，還有附近一些新建物，都用原色木料築成。外頭的天陰而冷，走進工藝館，像是進了一棵明亮暖和的大樹肚子裡，木料的輪紋疤結都看得見，用手摸摸，凹凸中好像還可以摸到生命的溫度。

這些木料樹，原來都長在「森林王國：信州木曾」境內的大山上，往日蓋過供「大名」歇腳的熱鬧驛站，現在蓋著深秋裡只有兩小名客人來參觀的工藝館。

國寶

我一眼看中櫥窗裡展覽的朱漆大鉢，它比臉盆大，朱色極正，漆勻亮而不油氣，相貌堂堂坐在那兒說：你好愛我！

在小村子裡打聽人不難，館裡的小姐掛了幾通電話，東指西指南指北指，就爲我們指出尋訪路來。

那是一間半住宅半工坊，但絕非商店模樣的小屋，屋旁散堆著許多筒罐。我們找到了要找的人，是位白髮老師傅，鞠著躬迎我們進屋。

屋裡頭，住家的一邊整齊，工作的一邊紊亂，見不著桌面地面，到處是大小漆罐、試漆的陶盆磁盤，各種刷了不知幾道漆，晾在舊報紙上等乾的木盒木碗……

牆上倒是清爽，只有兩個鏡框，框著什麼金光閃閃的榮譽證書。

在日本，若製造傳統工藝品的「職人」（shokunin）工作超過二十年，又通過專業檢定考試，可得到政府頒發的「伝統工藝士」稱號和勳章（木曾地區有四十多位）。若經驗技藝更長久精湛，甚至會被封爲「人間國寶」，重要無形文化財。

「人間國寶」雖是至高榮譽，但也像把藝術家框個鏡框掛在牆上——臏下的這種寶貝已不多，展覽著吧。缺少有志趣的接班人，藝術家雖被褒揚了，但他們最看重的藝術生命，卻難延續。

我也不大喜歡「無形文化財」這個名稱，好像把人當財物計算，雖用「無形」似超越一切，但這兩字也礙眼，你看人家老師傅，除了兩手粗糙、長年滲入指甲縫裡的漆污洗不掉外，樣子明明是個斯文內斂的讀書人（長得眞像老照片裡的沈從文），他是有形又有型啊。

住家那頭的拉門開了，老太太端著茶與點心出來，啥話不說，只謙卑地笑。老先生一一

工作室裡是暗的，只有桌上一盞小燈放光，老師傅的身影也是暗的，但靠燈的頭、手、木鉢同圍在一圈柔和的黃暈中。

移開桌上滿堆的黑漆碗，解說盤中的「朴葉卷」是木曾名產。一根朴枝在枝尾扇狀生著六七片大葉，每片葉包裹著攙了紅豆餡的米粉點心，蒸熟後提起枝子就似一串迷你粽，拆開裹繩，蒸氣帶著葉的清香，在眼鼻前飄晃……我們幾乎忘了是爲什麼來，好看，好吃，好吃。

老師傅拿出各樣未上漆的木碗鉢給我們看，說木曾漆器有名，首先得謝山謝樹，因它們供應了別處比不上、質好量豐的木胎料。問出我們是中國人，他又笑說也要謝中國，因爲日本漆太貴，現在多向中國買漆——我同時想到japan這個字在英文裡的另一解釋爲「漆器」，雖然這門手藝據說也是從古中國傳到日本的。

老師傅又拿出不同的成品做例，說製漆器的技法很多，他一樣樣用漢字寫在紙上：這是「堆朱」，這是「蒔繪」，這是「木曾春慶」……我們開了眼界，問東問西，老師傅看有好聽眾，也健談起來，又講昔日製漆器繁複的十幾個步驟……啊，上漆的毛刷是用女人頭髮特製的，要慢慢地漆，那個時候，很忙很忙，但是做漆器得靜下來，再忙也不能急，不然就前功盡棄。現在的人不行，很多步驟都是用機器趕著做，不一樣的——說著說著，話被一部衝入後院的重機車聲打斷——老師傅無奈地笑笑：kodomo desu（是我的孩子）。那「孩子」，在都市打工，不做漆器。

木曾在室町期即產漆器，到了江戶時代，因位在重要驛道上，來往於京都、大阪、江戶間的旅客，都愛買漆器做紀念品或送人，於是形成興旺的地方工業，「木曾」的名聲也隨器物傳遍全國，風光一時。

但近代「新幹線」等重要交通網築成，都不經此處，驛道、驛站漸沒落。雖然幾個較大的驛站，還常舉辦穿戴古裝、模仿古「大名行列」的祭慶，招徠觀光客，但事實明白，木曾路上老式的輝煌已過去了。

再說附近雖設有「漆藝學院」，日本政府也早在一九七四年就頒訂了「伝產法」（與振興傳統工藝品產業相關的法律），有助此業發展，但現在的年輕人，很少願意耐下性子學古老的技藝，把青春塗在一層又一層的漆上。

老師傅說村裡的下一代人多半走出谷地，往大城找別的營生。

機車聲停止，老太太匆匆往屋後走去。話題回到漆器，回到我要的朱紅大鉢。

老師傅說訂做一個最快要六個星期，怕不能趕在我們返美前交貨，而且一「趕」就做不出好漆器。他搔搔頭想著——

他各處尋找，眞找出一個朱鉢，與工藝館裡的那一個極像，價格也極高。他撫摩著鉢，說是幾年前精心做的，全是上等手工，本想爲自己留下，但，他又笑笑：你們眞的喜歡，就帶他去「阿美利加」吧。

我喜歡買藝品，而且見了東西的製作者就想交朋友，老覺得自己勉強算是同行，了解他們灌注在作品上的一切。也因此，對著這些藝術家，我還不了價。想著自己工作時費的氣力，如何值這點兒錢？十塊八塊換哪一部分的心血？

我照著老師傅開的高價買下朱鉢，並請他在鉢底簽名留念。要離開旅居數年的日本，我確實想帶一兩件有意義的東西走，現在這個朱鉢，比我出門時想買的漆器，又多些重量。

老師傅在書桌旁坐下，他的椅後，有一扇木框小窗，往外可看到木曾川、川岸大片卵石、遠方木橋、對面滿山的紅黃葉。他在一桌雜亂中翻找……找出裝顏料的舊木盒，慢慢研製好金漆，拿出毛筆，帶上老花眼鏡，全神貫注，在翻過來的木鉢底上，手微微顫抖，一筆一劃寫自己的名字……

工作室裡是暗的，只有桌上一盞小燈放光，老師傅的身影在沿窗處也是暗的，但靠燈的頭、手、鉢同圍在一圈柔和的黃暈中。

桌上的舊收音機播著日本民謠，我默默看著老人抱著朱鉢，也看著他背後，木曾的秋天。

二〇〇五、二、二十於舊金山

鞠躬盡瘁

住日本，難免會做些日本事。

有些事做多了，竟成反射動作，其中最嚴重的是：一講話就「哈─伊！」「哈─伊！」個不停，還有，在「挨拶」時，哈腰彎背，沒完沒了。

初見日文「挨拶」（aisatsu）這兩個字是怎麼看它怎樣像「挨揍」。本來「挨」在中文裡就不似善字，挨打挨罵、挨餓挨耳光全是它。後頭的這「拶」字也從沒見過，好奇地去查中文字典，上面竟然明明白白寫著──

拶：ㄗㄢˇ，夾、擠。

並且還有──「拶指」，就是用器具夾指甲的一種酷刑。

不知怎麼這字移到東洋，就給夾擠出毫不相干的意思來。向人打招呼，表示歡迎、致謝，道歉、說再見等，統統都是「挨拶」。大約等於中文的「行禮致意」，而所行之禮，最普遍的就是鞠躬。

大和民族性較拘謹，社交場合中不流行握手，更少見親吻擁抱。「鞠躬」不需身體接觸，你鞠你的，我鞠我的，界限分明。並且不論男女老幼，貴賤尊卑，都可相互行之，是最簡便的致意方式。

像茶道花道書道許多道一樣，中國人開始鞠的躬，由日本人發揚光大，好比西班牙的鬥牛動作，夏威夷的呼拉舞步，已成其文化特色、一國之姿。行「日本禮」，在世界各地都被人模仿，大夥兒努力彎腰垂頭，以為頭埋得愈低，愈具日本相。

我也這般自以為是地鞠了很多躬，直到漸漸發現周圍日本人的姿勢，和我的頗有出入。一、他們的雙手併攏貼在大腿正前，不垂在腿的兩側。二、脖子好像賭氣似地常挺直著。三、身體自臀部以上前彎，上身傾斜到一個程度時，會「停」一下才慢慢復原。

暗中觀察半天，我認為「低」字不是重點，那隱約的「停」處才是模仿日本禮的祕訣。為表明客居日本後的好學心態，我幾乎為自己取個東洋名字叫「凡事問子」。不用說，鞠躬挨拶一事，我也尋尋覓覓，找著了老師。

行禮有輕重

和博學多禮的紀子女士約好在小學的停車場見，老遠就看她站在車旁等候。

「Konichiwa（日安），張桑，這些書請過目。」柔聲細氣，紀子女士迎面先是一鞠躬，雙手奉上兩本「礼法入門」。裡頭全是照片說明，正合需要，我索性當場演練起來。禮法書

行日本禮的身體彎度是以中國書法來命名的，「真」要達九十度，
「行」四十五度，「草」最簡慢，也得有三十度。

上說，行禮時講究三口氣：

一、深吸一口氣，背頸伸直，是爲預備。

二、徐徐吐氣並彎腰，到適當斜度時打住，將餘氣吐盡（敢情那「停」處就在這兒）。

三、靜靜再吸一口氣，同時緩緩平身。

這有什麼難？我一高興就對前面一排車子鞠了好幾個躬。

紀子看了很歡喜，翻一頁講得更起勁。

原來日本禮和中國禮確有不同。中國人鞠躬是普通禮，再虔敬些就得跪拜、叩首。日本人似乎沒有磕頭的動作，行禮通稱爲「お辞儀」（ojigi），分「立礼」和「座礼」兩種，同等重要。「立礼」就是鞠躬，「座礼」形似跪拜，卻與中國人行大禮的「跪」意稍有出入。只因日本人常在榻榻米上跪坐，客氣起來自然就跪著拜了。

我問，什麼才算彎腰時「適當的斜度」？日本人又用什麼方法來區分行禮的大小輕重呢？

別急，且看來自中國的書法——

書法？它跟行禮有什麼關係呢？（明明風馬牛不相及嘛。）

紀子女士沒理會我滿臉訝異，專注地講風馬牛。

書法裡的「眞」、「行」、「草」，可代表行「日本礼」時，背脊前彎的三種角度。這套規矩，不論是「立礼」或「座礼」都可依循。「眞」最虔敬，依古禮必須將上身彎到九十度，稱爲「磬折」。但現代人好逸惡勞，腰腿沒有前人靈活，鞠不了這種近似特技的躬，所以彎到七十五度也馬馬虎虎過關。

「行」乃中等恭敬，折衷取四十五度。

「草」是簡慢的了，也得彎個三十度才算數。不過，世風日下，近年還演變出更隨意的十五度、五度……

我沒料到名堂這麼多——這樣一度一度算下去可傷腦筋。日本人曉不曉得還有懷素的「狂草」？那禮行起來，不知是個什麼樣子？

巧妙各不同

讀了禮法書，再受教於日本老師，「求諸野」求出心得後，我鞠起躬來，愈發裝模作樣。但是，過不久又發現——日本人雖然個個鞠躬，卻能見機行禮，超越法則，靈活變化。

譬如書上說，鞠躬時，兩人應相距三步，卑者不可擋尊者去路，故相距三步時，卑者還得向左或右橫移一步再行禮……其實，不讀繁文縟節，依常理也知，和人面對面鞠躬時，要有足夠的空間，才不至於彼此撞頭。

只是在日本的現代生活裡，路狹人擠又匆忙的時候多。上下班時，提著公事包的人潮洶湧而來，迎面遇著該挨拶的對象，那三步距離、左挪右移的規矩全不管用。經常見兩人腳步不減不停，在即將擦身而過的刹那，各朝自己正前方彎腰，脖子九十度側轉，鞠個側面躬，鼻子對鼻子，眼睛看嘴巴，目光來不及交會，彈頭般的腦袋已領著仍躬著的身體，追隨人潮趕車去。

穿越馬路時，那些拉著拽著、抱著背著孩子們的家庭主婦，遇有汽車相讓，雖處於交通要道、馬路虎口，仍能上半身不斷鞠躬，下半身小跑步過街。拉扯背負的三四個小傢伙，也都訓練有素，像舊日有種木製的學步推車，一排小雞啄米般地輪番點頭，謝謝謝謝謝。一行多禮人搖搖晃晃、跌跌撞撞，浩浩蕩蕩。

年長的歐几桑歐巴桑，最是固執。老遠見了熟人，即使中間有馬路汽車人物建築阻隔，仍遙對鞠躬，並且你來我往不停，彷彿正吵架的夫妻，總要搶著罵上最後一句才甘心。到雙方漸行漸遠，都成了豆子大小，身影模糊，還不時回頭欠身，讓禮貌由空氣傳送。

坐在新幹線的電車廂中，車子一啓動，窗外常會閃過長長一排只見頭頂的腦袋。別怕，那是月台上爲前面某車廂中某人送行的隊伍。車行快，鞠躬慢，當他們禮畢抬頭時，車子早已出站。整列電車，倒是都領受了他們恭送的盛情。

車外講禮，車內也不差。那些推推車賣便當的小姐，在每入一節車廂時，會先向大家鞠個躬。沿座叫賣到車廂另一盡頭，她得費番力氣，把笨重的推車，推至廂門外搖搖晃晃的接駁地帶，再回轉身來，面對著多半在看報睡覺的乘客們，極恭敬地，再一鞠躬，悄悄退出，闔上車門。行這個禮，眞像劇終謝幕般地完整美麗。

百貨公司那些穿花稍制服，戴小圓帽和白手套的電梯小姐，每到一層樓，都得走出電梯迎送顧客，算算她們一天要向陌生人鞠好幾百個躬，就難再挑剔她們老是對電梯按鈕講話的機器表情、木偶動作。

新開張的商店，店長率領全體店員在門口列隊挨拶，鞠團體躬，聲勢壯大。日本朋友說，「鞠躬」是進入服務業的必修功課，這些「礼」僅存形式，不涉感情，全商業化了，所以不必回禮。顧客可踩著大王閱兵的步子進門，什麼都不買，全店的人還衝著你鞠躬道謝。

優雅富韻律

挨拶，也不一定都站著挨。

在美國或台灣的電視上，新聞主播都以亮麗的正面對著鏡頭，頂上頭髮是白是禿，後面是抓髻還是紮馬尾，觀眾是看不大清楚的。在日本就難說了，記者報完新聞，都端正地挨拶道再見，他們的手掌壓著檯面，有人低頭低到鼻尖快貼著新聞紙，後腦勺出現在螢光幕上，才算禮成。

去聽演講，看表演，參加會議等等，台上人鞠躬，台下人必定還禮，只不過他們全都安穩坐著，一齊彎腰頷首。遇到較大場面，看著眾人回禮動作劃一，聽椅子整齊的傾軋聲響，竟有種隱隱的震撼力。

有位極重禮數的松村太太來家裡玩，臨走時在門口道別，我陪她一再互相鞠七十五度的躬——到她坐進車裡，我想改成揮手說撒油那拉，卻見她另有高招，坐在駕駛座上，臉轉向我，側面鞠躬頻頻，耳朵一直碰到方向盤，虧她竟能保持這個姿勢，把車子安全開到巷口。

松村太太並非異數。日本人即使在車裡致意，仍然少用手，多用頭。凡車子起步前行時，駕駛者的頭頸會受衝力影響，微向後仰，但爲保持平衡，身體會再稍稍前俯，這一仰一俯，正是鞠躬的雛形。日本人，尤其是太太小姐們，開車時若遇到別人禮讓，多能順著車子前行之勢，把這個躬鞠得優雅又富韻律感。我入境隨俗，常常陶醉在自己俯仰的美姿中，不能專心開車。

小鎮上有家專賣日本甜餅「太鼓燒」的小店。我愛在颼寒風的冬天午後，去買熱騰騰的紅豆餅。老闆、老闆娘都和氣不說，算帳的櫃檯旁，有一對胖嘟嘟的男女陶偶最是可愛。他們的臉、頭都深埋在跪坐的雙膝之中，使整個人成了圓不隆咚的球狀。那種謙卑至極，十二萬分感謝大家光顧的模樣，的確讓我付錢付得舒服，出了店門，覺得餘「礼」猶存，溫溫熱熱。

去探望朋友年邁的父母。主人聞聲出迎，一露面就急著行禮，在窄小玄關前的地板上，八十多歲老太太，抖抖顫顫地對著我屈膝、伏地——雖然我了解那是日本慣有的「座礼」，但中國腦筋可受不起老人家這麼一拜。撒下手中禮物，趕緊也跪下回禮。老太太沒料到這外國人挺機伶，忙

不迭再行禮一遍。就這樣你起我落拜了好幾回合，要不是屋裡老先生催著要茶，我看她是意猶未盡。

老人跪下不易，站起來更難。於是我攙扶她，她拉拔我，忙亂半天，兩人才搖晃著爬起來。老太太搗著沒上假牙的嘴，笑得開心。這齣開場戲，後來每次見面都得演一回。

挨撈三年，不知不覺已挨成自然。由眾人身上，我看了行禮百態，也學會各種變通之道，對多彎三度五度不再計較，覺得竟有見山又是山的快樂。

盡在不言中

回美國後，有很長的一段日子，我改不了過街時向讓路車輛鞠躬的習慣。也常回憶起田中老太太趴在地上爬不起來時的笑容，松村太太耳貼方向盤的憨樣……難忘這些尋常百姓對「礼」的堅持。或許，「鞠躬盡瘁」四個字到了東洋也能被夾擠出另一層意思？

盡以說笑態度來看日本人行禮，其實對自己的心情描述並不完全，對日本人也有失公平。日前讀報，日本援台九二一震災救難隊，在某災區搜尋無獲，不能再多救出一些生還者，任務無奈地結束。離去前，整隊人一字排開，向苦候在旁、希望落空的受難人家屬，深深地，一鞠躬。是致哀，也是道歉。

我盯著照片，彷彿可以感覺到那一鞠躬的沉重。

這個時候，連握手、擁抱的力量都不夠了，這個時候，接觸不到的接觸，才叫椎心。

一九九九、十一、三十於芝加哥

千枚「手裏劍」

日本小男孩在一起，少不了要玩玩「忍者」（ninja）遊戲，武藝精湛的兩人，跳遠爬高，飛床走椅，打殺一陣難分勝負，前頭的快跑，後面的緊追，逼到無處可逃，前頭的還會回手「咻——」地擲出一枚飛鏢。

中國人叫「鏢」，日本話稱「手裏劍」（shuriken）。

兒子從幼稚園回來，告訴我別人都有滿口袋的手裡劍，隨時可打他，他沒有手裡劍，老是被打敗。

我一聽大驚，誰打你？用手裡劍打——打在哪裡了？流血了嗎？哪裡？

兒子看我嚴肅緊張也有些害怕，他一邊掏口袋，一邊說：用這個打，沒有流血。

小手裡握著一個紙摺的四角星星。

我長吁一口氣。

「媽媽，妳幫我做這個好不好？橫田君的媽媽都幫他做，做好多，這個就是他給我的，『歐里戛米』（origami）嘛。」

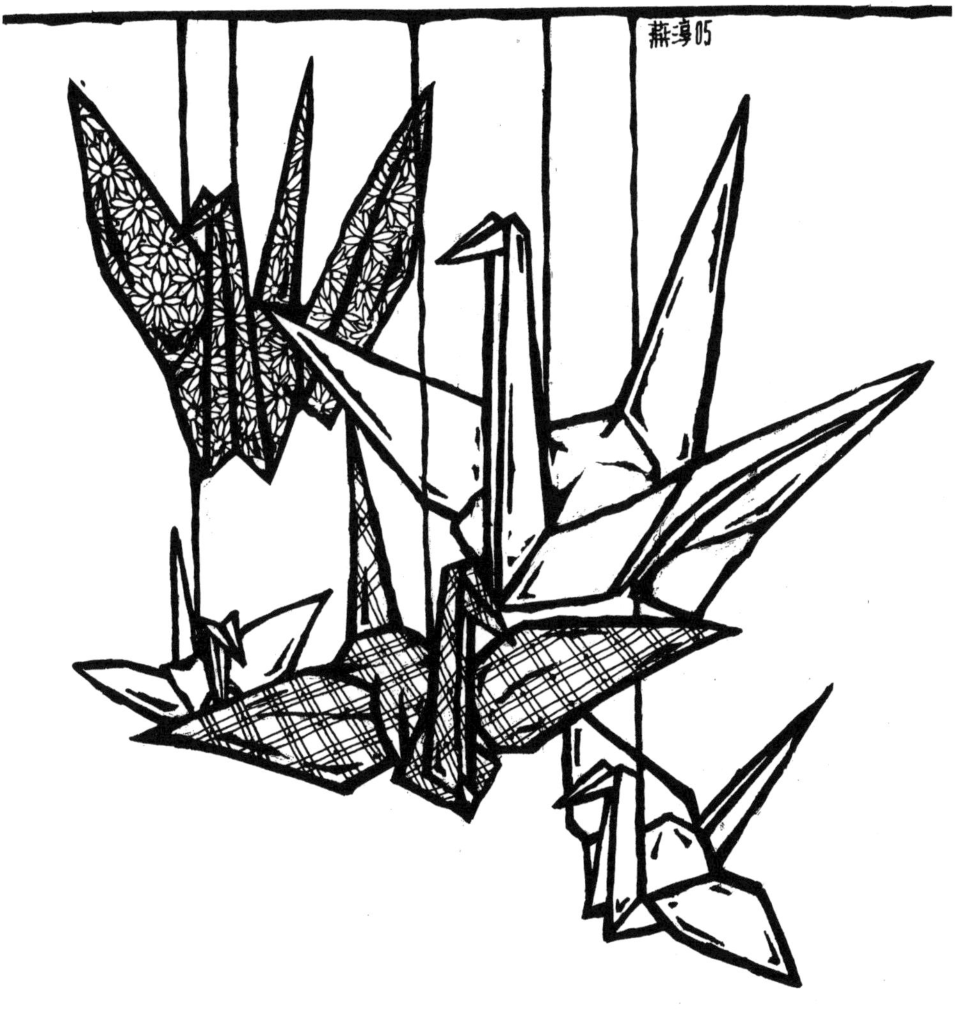

Origami 這個字已世界通用，就是折紙，日本人折出一番藝術氣象的小玩意。

origami——這個字已世界通用，就是「折紙」，日本人折出一番藝術氣象的小玩意，我們幼時不也折船折鳥折得不亦樂乎？可是現在哪行？

「媽媽沒空。」

我真是沒空，時值歲暮，列了長長一張單子的事要忙，孩子卻在這時候發起燒來，燒到四十一度，我熟練地打電話掛急診，帶著兩個孩子疾奔病院。

孩子昏睡在車椅上，小手無力垂著。街上處處已有節慶氣氛，連十字路口的紅燈都燦亮得特別久。病院門口，擺著一棵掛滿飾物的耶誕樹，病人稀少，護士談笑，醫生診完孩子的病，還要去參加院裡的「忘年會」（bonenkai）。

急診室裡只有我，抱著瞌睡的老二，望著打點滴的老大，除了點滴瓶裡徐徐下墜的水珠，一切都是靜止的。

但是——靜止畫面忽然有變動，兒子的手——兒子的手開始顫抖，然後腳、頭、全身……整個人像通了電似地不停抽搐，啊，天下沒有任何一個母親，該看到自己健康的孩子，臉上有那樣恐怖的表情，手腳扭曲成那樣可怕的姿勢，但我無法掩面不看，自己不曾聽過的叫喊一聲聲從我身上發出——

護士慌亂推走兒子，連人帶床出了我的視線。

孩子昏迷不醒。

凌晨，孩子的爸爸到病院換班，我回家該休息，卻在房裡不停踱步。貼在冰箱上，記滿待做之事的紙條仍在，事情卻不再重要、毫無意義，連「意義」兩個字此時想來都多餘可笑，心裡一片茫然，不知該做什麼，最後跪在孩子的空床邊，埋首掌中，一樣一樣想自己的錯。

大兒子兩歲起因「過敏性氣喘」，常跑醫院，搬到日本後情形更爲嚴重，醫生說是到了陌生地方抵抗力弱，新舊病原一齊來就難招架。

於是幾乎每個星期都得看病拿藥，「諏訪中央病院」成爲我們日本生活中如學校、菜場、圖書館一樣頻去的地方。

兩個孩子有時一病一健康，有時兩個皆病，總之拉著抱著去病院，都是辛苦。一回遇上大風雨，找不著車位而車停老遠，下了車，我把熟睡的老二緊抱胸前，將發高燒的老大背在背上，要他握住傘，但風雨太大、孩子太弱，傘總是倒下蓋住我的頭。不知是天冷還是負擔過重，我兩腿直抖，得不斷停下來調整三人「老背少」的姿勢，還要扶傘辨方向，一路喊：抱緊媽媽呀……蹒跚穿過大停車場，遮眼遮鼻的傘就沒能遮住雨，我們濕漉漉走進病院，覺得那兒溫暖可愛。

幼童有個大人比不上的好處，就是不會自耽痛苦，最痛或最苦的事只哇哇哭叫一陣，過了，忘了，就會張著眼各處尋樂子。生病吃藥打針，都阻不了兒子們的好奇心、好玩心，而我，因語言障礙，在某種程度上，也跟兒子們一樣幼稚，母子三人探險似地，一點一點認識著日本病院。

我們有時等診，有時等藥，坐看日本醫生護士全穿著拖鞋跑來跑去，覺得好笑。兒子們縱使病得暈頭轉向，對滿院的自動販賣機，從不失興趣，家中沒有的各種奇怪飲料，他們全在病院裡嚐過。院廊轉角會講日本話的銀行提款機，是我們共同的玩具。藥劑師、電話接線生、送病歷的歐巴桑，甚至一些老病友，都成了熟人……

我們一派天眞，對病院這樣友善，病痛卻仍不放過我的孩子。

在許多夜裡，尤其是寒冬的夜裡，連續的咳嗽聲總駭我如驚弓鳥，衝進孩子睡房——他多半已捧著床頭套了塑膠袋的小垃圾筒，一陣又一陣咳著、吐著。但也經常連床都來不及下就吐了一被子，小臉上因嘔吐太用力，微血管脹裂而布滿細密紅點。已嘔出淚來的眼裡，還有闖禍的懼色。

我心疼孩子，但也極度沮喪疲倦——從他初發氣喘，我抱著搖又晃，恨不得自己能代他呼吸，到遍試各種療法和藥物的張皇失措，到後來看多了病苦，成爲尋常，我的眼和心都漸麻痺、堅硬——只會默默準備吸藥的機器，慣性地爲他拍背。床頭微弱小燈照著煙霧昇騰的藥氣，手重重地拍或是打，我不知道，人在半睡半醒的狀態中，身上流的必定是冷血，我詛咒病痛，恨惡自己，怪怨孩子，夜復一夜。

如今，躺在加護病房裡的，是我不肯睜眼的孩子。我兒，你在哪裡？你想買的漫畫書和機器人我都答應，你還要媽媽做什麼才肯醒來呢？

幼稚園的制服攤在椅背上，口袋角插著尖尖的東西，我伸手去拉，「手裏劍」掉了出來，我想起他進病院前的要求，被我斷然拒絕的要求。

伏在孩子的小書架前，我翻找教折紙的圖畫書，我要折手裡劍。

書的封面是「折り鶴」（orizuru），那細緻的、有翅有尾、日本人人會折的紙鳥。他們相信折滿千隻就可為病人祈福消災的，不是嗎？

我怔怔看著書頁，主意堅定。

變故臨頭，我的世界完全失了軌道。但前面沒路，就是處處路，刹那之間，我覺得自己已一切無所謂，無所畏，無事不敢，無事不可，無事不能。

然而，我只要折手裏劍！

折一千枚手裏劍！

若別人是用千羽鶴把病人托起抬高，遠離病痛死亡，我就要用這千枚手裏劍，將我兒牢牢釘住，留在人世，我的身邊。

找出家中各種和紙（washi），我照著書折好第一枚，然後，每摸一張紙，每折一條線，都感覺自己在向目標前進，我不斷折，不斷回頭數：13，14，15……折出來的東西，是護衛兒子的利器也好，是天上仁慈的星星也好，26，27……沒別的方法喚醒兒子，它們是我唯一的禱告，唯一的希望。55，56……

我隨身帶著裝色紙的塑膠袋進出病房，毫不在意旁人看我奇怪的眼光，只要兩手有空，就拿出紙來折。

兒子不知道，但折好的手裏劍已夠他塞滿好幾個口袋。

醫生找我去談病情，他準備了厚重的英文醫書，還沒講什麼就在書上找英文給我看，但醫學名詞我不懂，兩人都沮喪。在支離破碎的英、日語對話中，他說如果是腦炎，即使醒來，也有腦部受創的可能，還有這個、那個……一大堆令人傷心害怕的可能。我低頭看著桌子不再言語，心裡重複：197，197，197，下一枚是198。

在我不眠不休折到四百多枚手裏劍時，孩子醒了。

護士引我走近病床，我忍下擁抱，急急伸出三根手指輕問：這是多少？

微弱的回答是「三」。

若別人是用千羽鶴把病人托起抬高，遠離病痛死亡，我就要用這千枚手裏劍，
將我兒牢牢釘住，留在人世，我的身邊。

醫生的方法比我的複雜許多，我開始推著孩子進出各個檢驗室，當大夥兒為他接線連管，查這個波那個率時，我就坐在牆角折紙，468, 469, 470……我害怕孩子又驟然離去，不敢停工，也不敢表現些微的高興。

做檢驗的技師們出出入入忙，常留我們母子獨處在一片灰白冰冷安靜中，輪椅上的小人兒形容枯槁，卻接了滿頭五顏六色捲曲熱鬧的電線——585, 586, 58——我注意到他被牆上鏡中的自己嚇一跳後，就一直垂頭躲著旁人的目光。這是那個愛趴在田溝邊看小魚，常泥手泥臉，對自己的外表毫不在意的六歲男孩嗎？我上前輕摸他的臉，「你知道——機器人都是這樣接電，接夠了，我們就回家。」

「接電」以後，他確實一點一點好起來，不久被轉到普通病房，幼稚園的老園長第一個來探病，帶來好看的圖畫書和師友們的問候。

十一月間，兒子本要在傳統「七五三」節（Shichigosan）的慶會上扮演武士，後來因感冒缺席沒能演成。老師不忍看他失望，就讓他在耶誕劇中負責旁白，已練習了幾回，可是這次又不知演得成演不成。

老園長倒是很有信心，帶來的圖畫書，正是將演出的耶穌誕生故事，她一頁頁生動唸著，兒子聽得津津有味，我坐在病床對面，愉快注視一老一小，不能專心記數：766,766,76

……

折到九百多個——我雖疲倦，卻像賽跑到最後要衝刺那樣地拚命。醫生來說孩子的血液檢查結果正常，可以無慮出院時，我正看著自己的手，不相信就快完成千枚手裏劍。

那一天極冷，陽光卻特別燦爛。

出院後沒幾天，就是幼稚園的耶誕慶祝會。兒子很興奮，要我早早帶他去學校準備。仍然衰弱的他，和其他小朋友，哆哆嗦嗦在空氣冰冷的後台換戲服。我則坐在台下最前排，等著拍照。

音樂響起，燈光暗下。

「我來——是要告訴你們一個大好的消息……」兒子的聲音自紫紅的布幔中傳出，擎著一枝蠟燭的小身影緩步台前，他穿著及膝白袍，空盪盪袍子下的兩腿特別細瘦，頂著一個銀光圈的頭臉蠟黃無神，還帶著青黑眼圈，唯有背上鮮亮的白紗翅膀，令他像個稱職的小天使。

我看著聽著，眼淚再也忍不住，簌簌流下……

神終究把他的天使，留給了我。

二〇〇五、三、五於舊金山

後記：

坐在桌前重讀以前的文字，撫摸夾在本子裡的最後幾枚「手裏劍」，原來一千總數，在孩子病癒後已無作用，家中有小客人來時多被恢復武器原身，在空中飛去飛來，最後消失在不知哪個角落。加上數次搬家，練就一副冷酷的棄物心腸：既已不足一千，留著五百一百，八十二十也沒什麼分別，於是丟了許多。直到賸下最後幾枚，裝在一個小塑膠袋裡，我才又珍惜起來，留著吧，也不懂自己想留下什麼。

文中的小病童走進書房，我把手掌張開伸向他：記得這個嗎？英挺健壯六呎高的大男孩見了「手裏劍」，明朗笑道：記得啊。摸摸我的頭，轉身出去忙他的事了。

漢字難兩立

乍搬到言語不通的日本——

我沮喪地坐在屋裡，因爲聽和說的能力盡失，新生活中，一切都像隔層紗似地猶豫模糊，什麼也把握不住，只有惶恐，最清楚實在。

數日後，當我在小鎮上走著，發現自己竟能看懂各種招貼廣告，連讀報也猜出五六成時，又不禁高興起來，忙著左瞧右看，惶恐消了大半。

我以爲：日本漢字，是我的中國救星。

換酒不換瓶的漢字

能識字，膽子壯了，我喜孜孜去市場買菜，赫然發現白蘿蔔堆上插個牌子寫：大根。好奇地尋找紅蘿蔔，想它該是「小根」吧，結果卻叫「人參」。那進補的人蔘又叫什麼？和老闆娘講不清，請她拿出櫃裡紙盒看：朝鮮人參。

蝦子叫海老，龍蝦是伊勢海老。於是有中國的朝鮮人參、美國的伊勢海老出售。人蔘、龍蝦別處也產，名字卻沒得商量。

在肉攤上看東看西，不見「豬」字，因爲日文是「豚」肉。從來不知日本人如此愛吃鳥肉，街上有很多「燒鳥」招牌，眼前肉攤牌子上也是個「鳥」字——賣肉的夥計看我是生面孔，用日語哇哇推銷起大包冷凍「鳥」來，我搖頭笑說不會日語，他新鮮地嚷嚷：「七克恩！七克恩（chicken）！」又直著脖子喔喔叫，我呆了一下才會過意來，原來這裡的「鳥」字實在是指雞。

看這許多漢字的用法有趣，我也不買菜了，乾脆順著攤架，一個個辨認改了日本名字的生張熟魏。

紅豆變成「小豆」，毛豆是「枝豆」。蔬菜全被稱作「野菜」。糖果糕點叫「菓子」，水果叫果物。雞蛋是玉子，荷包蛋是目玉燒。冷凍鍋貼，袋上寫著「燒餃子」。

似台灣清粥小菜裡，和花生同炒的細白魚，東洋名是楚楚可憐的「小女子」。粉絲，有個詩情畫意的稱呼：春雨。

轉到日用品區，吃飯的碗叫茶碗。喝湯的碗叫汁茶碗。喝茶，倒用「湯吞み」。茶壺是「急須」，酒壺叫「德利」。

那天晚飯後，我有急須，丈夫德利。兩人燈下一團「和」氣講漢字，嘻嘻哈哈到深夜。從此，每天交換各處學來的「日」說新語，成了咱們的獨家娛樂。

日本漢字，像種種其他事物，確實來自中國，但雙方經過長期變革，各具風貌，已不能混爲一談。

日文裡仍用許多中國古字詞，譬如「名刺」（名片）是唐宋時傳入日本的，國人如今已不這麼使用。「湯」（熱水）在《水滸傳》裡多處可尋，也有句「赴湯蹈火」的成語，但現在一般中文會話裡，都指吃飯喝湯的湯，只因近年日式「泡湯」風行台灣，古老用法才又上枱面。

你說這明明是中國的嘛，但被日本人用了這麼久，像「和服」源自唐朝服裝，但現在已是世界公認的日本國服，中國人只顧穿上長袍馬褂和旗袍，沒聽到什麼反對的聲音。固然很多人看「名刺」奇怪，會笑話小日本亂用漢字，其實是對自己的歷史、古文所知有限。但語言文字這東西，不只是古籍史書，也是小老百姓習慣經驗的累積，漢字入眼，我們直覺反映的，必是熟悉的現代中文解釋，不料形同意異，難免錯愕半天。

我比手畫腳問鄰居太太，上哪兒買鞋？她連連點頭，在紙上寫個「靴」，我急急搖頭：天熱，只買普通鞋，不要靴子！她大步在前面領路，我存疑追隨她穿過幾條小街，忽見遠遠一個紅招牌，寫著特大的「靴」字，進店後才明白「靴」在日本是鞋類泛稱。靴下，是襪子。靴墨，是鞋油。靴紐，是鞋帶。

其他在街上看到的東西也費疑猜，「手紙」不是衛生紙，而是寫給人的信。手袋，不是皮包是手套。財布，是皮夾子。

在家裡，「床」指的是地，我想難怪日本人都鋪張被子睡地上。「屋根」，不是指房屋的基礎，乃是高高在上的屋頂。

「屋」字本身也有商店的意思。

不過要注意——床屋不賣床，是理髮店，湯屋不售湯，是澡堂。本屋是書店，質屋是當鋪，八百屋賣果菜，吳服屋賣和服。

街上奇怪的招牌如「かれ（咖哩）專科」和「燒肉天國」，總給我上醫院或歸天的感覺，很難引起食欲。「積水房屋」是有名的「積水」建設公司所蓋的，大概也找不到幾個中國主顧。

店外掛著「營業中」的木牌，逕入無妨，若掛「準備中」，是含蓄的休息，不要想進去坐著等他準備。任何「無料」的廣告詞，都具強大吸引力，即免費！反之，有料，不是有眞才實學，乃是該付錢。

遠行的人要記住，車票爲「切符」。在車站送人，月台票卻叫「入場券」。不過不管買什麼票，常見售票亭前寫「大人五百、小人二百」，當「小人」還有不少便宜可占。

帶家裡的兩個小人去動物園，居然看到活生生的「麒麟」，但不是中國的古老傳說，是長頸鹿。

不知何故，小偷被稱爲「泥棒」。扒手，倒是名副其實的「掏摸」。

日本漢字確實來自中國，但雙方經過長期變革，各具風貌，已無法混為一談。

「輕口」是俏皮話，「惡口」是髒話，「嘘」，不是命人噤聲，而是謊話。

「色色」，跟色情的色無關，而是各式各樣的意思。

「自轉車」是腳踏車，「自動車」是汽車，「機関車」是火車頭，在買車的時候，可大有差別。

報紙是「新聞」，是可買的。中文裡一般說的新聞，不賣，只可傳講打聽，是外來語newsu（news）。廣播是「放送」，電視，亦是外來語terebi（television）。

曾在一群日本朋友中，聽他們批評某人「理屈」，光看這兩個漢字，真猜不到是在說他性喜爭執。

「自慢」是自傲，與人「喧嘩」不是吵吵鬧鬧的聲音，而是真的口角打架。

日本人送禮講究包裝，朋友帶我去文具店裡，買紮著漂亮花結的和式祝儀信封，上面多半有個大紅色的「寿」字。我原來想，必是日本人長壽，光是賀老人生日就得一天到晚買信封。經朋友解釋後才明白，日本人凡有喜慶（如結婚等），請帖、會場布置、來賓送禮的卡片信封……處處都用「寿」字，真是萬「寿」無彊！

日文中的女兒，寫出來是個「娘」字。我讀書報時，若不懂上下文，就常搞不清楚——究竟誰是誰的娘？「一人娘」，是獨生女，而不是一個孩子的媽。另外，「嫁」是媳婦，「姑」是婆婆。

東京附近有一車站名爲「我孫子」，每次經過時我都想：哪個人要住在這兒呢？還有，想念爲「見逃」，外出爲「留守」。脖子是「首」，胳臂爲「腕」。「今度」指下一次，電視上的「時代劇」，其實是梳髻武士打打殺殺的古代劇。瞧瞧這些日文漢字，古今不分，出入相反，頭頸移位，想得要逃，你娘不是你娘，我孫子也不是我孫子……如何不傷中國腦筋？

暴戾悲壯的日文

在日本，若見街上掛著「最終出血大處分」的牌子，別怕，不是槍擊要犯，是商家季末清倉，店裡必定還有許多「激安」（特別便宜）和「割引」（折扣）的字樣，鼓動買氣。郵票是「切手」，比較大張的支票卻是「小切手」。

近年來在食界地位高漲，發音爲「傻西米」的生魚片幾乎已成爲國際語言，漢字寫出是「刺身」。許多次我在極正式的宴會上，看那端上桌的鮮魚，全身的肉經過名廚一片片切下，再一片片擺回原位，又加葉添花，打扮漂亮待客。魚仍是活的，亮著大眼，嘴還動著，似有話要講，這時我總無法像別人一樣舉箸向它，只感到「刺身」兩個字扎得我特別難過。

盛夏帶著孩子去冰店，看到門旁有大幅美女吃冰的廣告，圖角寫著「腦部直擊！」

但也不是每個嚇人字眼都如字面一樣可怕，譬如「一生懸命」與上吊無關，是非常努力、拚命的意思。

男女看來性感迷人稱爲「腦殺」。蜂擁而至是「殺到」。感覺遺憾是「殘念」，帳面上的餘額叫「殘高」。

日本年輕人好飆車的，被叫做「暴走族」。

小鎮上，到處張貼的政宣標語「暴行大撲滅」，很有以牙還牙的味道。

感覺是「氣持」。正經八百、一絲不苟稱爲「眞劍」。

不論何種問題，一概叫「質問」。不論何種約會，全都是「約束」。

資料、消息通稱「情報」，有一陣子，我每個星期都去幼稚園「育兒情報交換」一回。在地下鐵中也常見「情報科専門学校」的招生廣告。

非常，寫出來是「大變」，一定、務必——竟寫作「是非」。由於這兩個詞都常用，讀信報告等，就見字裡行間充滿了「大變」和「是非」，我雖知無事，卻趨不走心裡的緊張。

有位日本朋友誇我的新衣好看，在紙條上寫了「素敵」兩字，害得我整天不安，後來才知這「敵」字並無敵意，「素」也與平素無關。讚美人、物漂亮，這個詞最普遍好用。

受傷叫「怪我」，可憐的傷者，還無奈地被稱作「怪我人」。

報上刊登某某人失蹤，用的動詞是「蒸發」。閃電結婚，在日本是「電擊結婚」，彷彿硬上極刑。

「心中」在中文裡，是再平常不過的兩個字，但對日本人來說，卻是可怕的男女殉情，或親友聯合自殺，絕對不可亂用。

朝霞、晚霞分別是「朝焼」、「夕焼」。加上「太鼓焼」、「章魚焼」、「焼鳥」等等各種吃食，「焼」字似乎很得日本人鍾愛。再說走在日本街頭，總見滿街「火災」：日本火災、大東京火災、千代田火災……這些招牌，是將其下「保險」二字捨去，言簡意不賅，觸目驚心。同理還有東京生命、日本海上等等，也似話沒講完。一九九五年阪神大地震時，所有「千代田火災」「東京生命」「日本海上」（神戶是港口）等保險公司都派上了用場，災情確實慘重。

至於到處可見的「宅急便」，雖然只是快遞服務的名稱，但又「急」又「便」，怎不教人下意識裡慌張難受。

去圖書館找「情報」，見會議室門口貼著「勉強會」的字條，我想既然勉強，爲什麼還要會？原來日文「勉強」是讀書學習的意思。「勉強做家事」在中文、日文裡的意思不一樣，好像倒分別符合中國、日本家庭主婦的心態呢。

兒子的老師在期末成績單上，寫了許多「頑張」，我擔心小孩因語言不通給人頑劣印象，急忙去詢問，才學到「頑張」乃勉人繼續努力、加油的意思。

大男人主義，似乎也可在日文中見端倪：日本女人稱自己的丈夫爲「主人」、「亭主」。時時聽到日本人說一個發音如「逮就補」的字，我也現學現賣經常用，表示小事情沒關係，

用中國眼睛看日文漢字，不能太講究「真面目」（嚴謹認真），
以輕鬆心情對待，一切就很「面白い」（有趣）。

一切沒問題。天雨沒帶傘、朋友借傘忘了還等等情況，都可拍胸脯說聲「逮就捕」！後來在書本上讀了，才知這詞的寫法是「大丈夫」。

最受日人喜愛的美國女影星奧黛麗赫本去世，日本電視播出特別製作的紀念節目，片首標題字幕赫然是：「永遠の妖精」。正在吃飯的我，看了噎得說不出話來，打聽後才知——「妖精」，是仙女。

感冒是「風邪」，在早期台灣的日本進口成藥廣告上常見，不算意外。但拜訪日本朋友，進出房舍時禮貌的寒喧語「打擾！」寫出來竟是「邪魔」二字。

我們家前往小鎮鬧區必經一地，名叫「鬼場」，初想此地甚怪異，開車經過時都格外小心。日本朋友們當它是普通地名，毫不在乎。日子久了，我也不怕，經常去「鬼場郵便局」寄信，順便翻閱檯上最人氣（流行）的雜誌，覺得很「面白い」（有趣）。

總之，用中國眼睛看日文漢字，不能太講究「眞面目」（嚴謹認眞）。即使讀到充滿尙武精神、暴戾悲壯的字詞，仍要以輕鬆心情對待。

「電擊刺身日本生命頑張暴走族」

「眞劍切手東京火災邪魔大丈夫」

少了橫批嗎？就來個「撲滅妖精宅急便」吧！

日本の台北の天空

高樓與高樓間，藍天被橫豎招牌切成許多小塊。

書店門口特大號的布幡林立，紅底白字：私の幸福祭。私の幸福祭。私の幸福祭。私の幸……

走進店裡，架上有東京の情色手冊、漂流物語、愛の幽默、美容情報、私の愛、日語大丈夫、愛の初體驗，自傳の……、私の……

髮廊推出「超人氣拉麵燙」。

咖啡店更名「珈琲店」。便利商櫥窗上連圖帶字：御飯糰、蒲燒鰻，一番新鮮！

洗車棚，頂上寫著圓圓胖胖的日式漢字「車の湯」。

房地產公司兩層樓高的廣告牌長久不換，新屋名稱天天入眼：奧の細道。

籌辦夏季活動，熱熱鬧鬧各處貼海報：夏日花火祭。

佇立台北街頭，舉目四望。

爲什麼，我們的天空很——日本？

不懂日文的人，喜歡那個「祭」字嗎？又爲什麼不用「煙火」這個詞了呢？

「私」在日文裡就是「我」，但當中國字讀：自私、私情、隱私、走私、私處等等，都有些猥瑣尷尬，私來私去，像把祕密在大街上抖落出來，不習慣啊。

「の」（音如NO）更受青睞，我の你の他の大家の，甚至有少年少女以爲那是國字，正牌的「的」字已快被擠出中文。

「奧の細道」，是日本俳諧詩人「松尾芭蕉」（Matsuo Basho）四處旅遊後的作品。是近年房地產商的文學素養高升至世界級，還是他們只對日本同胞做廣告，看懂的台北人，有幾個？

電影名爲「運轉手之戀」，我不知內容，但——什麼是「運轉手」？與中文的運轉和轉手都有什麼關係？誰猜得到它是日文「駕駛、司機」呢？

一九九三年我還在日本時，曾讀過台灣《新新聞》雜誌上的一篇文章，標題是「你嘴裡的話有很多是日本進口的」（1993.2.14，作者陳柔縉女士，以下簡稱〈陳文〉。）逐字逐句細細讀後，我幾乎跌坐在地，震驚不已。一方面得承認自己孤陋寡聞，一方面又得相信日本人對現代中文的影響可觀。

現今通用於台灣而襲自日本的專有名詞幾近五百個，國人或因長期使用而不知其所以然，其實這都源於清末民初的文明傳播過程，在便宜行事與效率的要求下，西方新知大量藉日譯文字入境，才造成中文的隱性日化。

〈陳文〉說明十九世紀末，日本設翻譯西書的「洋學所」（東京大學前身），中國也立「同文館」，日本派學生留學荷蘭，中國也派員留學美國，但日本都比中國超前約十年。甲午戰爭中國戰敗，隔年，中國首次派出十三位留日學生。據日本學者實藤惠秀研究，一九〇六年時，「搶學文明，徑赴東瀛」的中國留學生高達八千人。

「中國知識界有吃綜合維他命，不吃水果蔬菜的心理。」日本人以漢字翻譯西洋近代文明的新名詞，若字義上可理解，留日中國學生就直截引用，後來他們或譯日文原著書籍，或從西書之日譯本轉譯，將日式新名詞一個個輸入中文體系，西方文明也借著他們的譯作管道進入中土，使中國漸漸西化。

清末民初，這些日本人重組中國漢字而成的新詞，回銷原產地中國時，曾引起不少異議，但現在，我們卻視之爲當然的中文，用來得心應手，流利暢快。

〈陳文〉的附表，列出密密麻麻的名詞全是東洋舶來品：人格、人權、人生觀、反對、反應、方式、方面、方針、方程式、內容、文化、文明、文學、支援、支配、分析、手段、主義、主觀、生產、自由、交通、古典、作品、社會、空間、玩具、宗教、美術、建築、科學、時間、教育、流行、記憶、溫度、偏見、運動、散文、電話、鉛筆、選舉、銀行、廣告……就連「舶來品」這個詞也在內，總數近五百個。

我一邊讀，一邊想著自己和日本朋友們交談的情景。不知有多少回，我們以筆代口，寫出相同的漢字詞時，我都暗裡高興：又是學咱中文的！因過去從未探究「民初譯書」這段曲折細節，〈陳文〉如當頭一棒，打得我尷尬難過，自知淺陋。

然而，百年前的日本詞輸入中國，是學人引進西學，節省時力的結果，道理說得過去，目的也還純正。現在呢，拚命捨中文用日文，究竟又爲了什麼？

隨日本影視歌節目在台灣受歡迎，加上媒體文壇商場政界等一些人推波助瀾，許多日本名詞如泡湯、料理、店長、工房、物語、寫眞、繪本、人氣、情報、不倫、無料、宅急便……都成功替換了我們熟悉的字眼。

舊有中國詞無辜，敗在一個哈日旗下，由我這吃過幾年東洋米，稍稍知己知彼的人來看，是遺憾。

縱使有些字詞，可能是中國老祖先用過再傳到日本的，但繁廣深的歷史考據問題，難算清的一筆糾纏帳，留給專家們去白頭吧。

去國多年，當遊子都快成了遊老時，心願其實很簡單：只盼能再多聽多講多讀從小習慣的中文。在僑居地苦學勤用當地語文，是上進努力，也是不得已；回到人親土親的家鄉，卻見自己寶貝的中文胡摻著日語，甚至社會文化也得意洋洋地招搖日本風情時，如何能不感歎。

看那五百多個「隱性日化」名詞的前例，

我不是硬要拿老牌民族大義來對抗「世界文化村」的新潮流，

實在只擔心，有一天——

那首婉轉動聽、慰我鄉愁的歌，會變成「……台北の天空，有私の年輕の笑容，還有私

達休息と共用の角落，台北の天空，常在阿那達、私の心中，多少風雨の歲月，私只願と阿那達度過……」

二〇〇二、五、三於芝加哥

附：摘自日譯的常用漢詞一覽表〈原表附於陳柔縉女士〈你嘴裡的話有很多是日本進口的〉一文〉

一元論　二重奏　人道　人格　人權　人生觀　人格化　入口　入超　入場券　三角　三輪車　下水道　小型　大型
反映　反射　反動　反對　反應　方式　方法　方面　方針　方案　方程式　內在　內容　內分泌　文化　文明
文學　支援　支配　分子　分析　分配　手段　手續　手榴彈　公債　公開　公證人　化石　互惠　引渡　瓦斯　巨頭
主任　主席　主動　主義　主筆　主權　主觀　主體　生理　生產　出口　出版　出席　出超　出庭　代表　代理
代數　民法　目的　目標　外在　必要　必然　世紀　世界觀　佈景　古典　石油　市場　立場　失踪　申請　未知
數　交易　交流　交通　交涉　交換　交際　交響樂　自白　自由　自治　自然　共和　共同　共產主義　地主
地質　成分　有機　印刷品　刑法　行政　年度　仲裁　妄想　多元化　百貨店　劣勢　企業　光線　休戰　巡洋艦
低溫　低潮　低壓　低能兒　作用　作品　作戰　否決　否定　否認　改良　改善　投票　投資　投機　判決　判斷
身分　克服　住所　局限　助教　防空演習　系統　抗議　法人　法律　法科　法庭　表決　表現　表情　表演　社區
社團法人　社交　社會　放射　協定　協會　協議　金庫　金融　金額　直接　直覺　物質　物理　批評　拔河
服務　命題　空間　空襲警報　免除　例外　使用價值　制約　制裁　性能　治外法權　定義　初步　取消　肯定
迫害　拘留　所得稅　所有權　突擊隊　玩具　典型　注射　併發症　宗教　供給　抽象　承認　知識　事變　具體

保證　保障　保險　保釋　政府　政策　政黨　政治家　美化　美感　美術　美學　侵犯　侵害　侵略　侵蝕　要點
信用　信託　信號　軍事　軍需品　軍國主義　客觀　客體　故意　故障　宣誓　宣戰　指數　指導　思想　思潮
促進　退化　重點　派遣　派出所　版畫　革命　封建　背景　活動　前提　相對　規範　建築　科學　計劃　馬鈴
薯　消化　消防　消毒　消費　消極　特別　特約　特殊　特務　特徵　特權　高溫　高潮　高壓　高利貸　財政
財務　財閥　財團法人　原子　原則　原理　流行　通貨膨脹　神經　神經過敏　神經衰弱　展望　展開　展覽會
時間　浪漫　連絡　記憶　配給　病理學　索引　條件　乘客　倉庫　眞理　狹義　氣體　哲學　俱樂部　航空母艦
動力　動向　動脈　動產　動態　動機　動議　動員　動脈硬化　唯一　唯心　唯物　唯物史觀　現代　現金　現象
現實　理念　理性　理事　理想　理論　假定　假想　假釋　假設　進化　進步　進度　進展　基地　基準　間接
間諜　組織　教育　教授　商品　商業　偵探　停止　停戰　常識　處女作　國際　國際公法　強化　軟化　淋巴
腳本　執行　接近　細胞　偏見　規則　偶然　情報　被動　周期　專賣　距離　液體　參考書　舶來品　勞動　場合
場所　溫床　溫度　溫室　集中　集合　集團　單位　游擊隊　復員　寒流　提供　提案　運動　博士　博覽會
最惠國　最後通牒　散文　硬化　報告　道具　登記　結核　景氣　雇員　陽極　陰極　極端　過度　番號　無機
悲觀　電力　電子　電池　電波　電信　電話　電導體　意志　意味　意圖　意識　意識型態　傳票　傳統　傳播
傳染病　經理　經驗　經濟　解決　解放　解剖　會計　會話　會談　幹部　蒸氣　蒸發　蒸餾　感性　感官　債務
債權　農民　農作物　催淚彈　催眠術　新聞記者　號外　暖流　階級　義務　鉛筆　詩歌　想像　話題　微積分
對比　物件　演出　演奏　領空　概念　概括　漫畫　認可　認爲　圖書館　管制　管理　說明　數量　數學　碩士
綜合　銀行　製造　實體　輕工業　論文　論理　廣告　廣場　廣義　調整　調節　確定　確保　緊張　緊縮　請求
請願　選舉　導師　導火線　綠化

看田

從未想到日本居，出門即可看田。

幼時家住淡水河畔，記憶裡只有無盡的堤防。

成長後也一直待在大城邊緣——從台北到紐約。

能看著田，春耕夏耘秋收冬藏，隨農事腳步走一年，對五穀雜糧不分的我，是意外收穫。

春雷響後不久，翻過土的田裡，汩汩灌滿水，大地化成一片片鏡子。農人用竹簍竹筐，從翠嫩秧田中，小心地盛出苗來，再彎著腰，把它們一行一行插在鏡子裡的白雲間、遠山上。

秧苗竄高的速度極快，似乎沒有幾個星期就遮了水，遮了水裡的天。初夏有和風，在田間小路上開車，只覺得四圍都湧著青春的綠波浪，它們無意撩撥，卻引得我東張西望，目眩心旌。望到田的另一頭，老農正彎著腰，在浪裡默默去蟲、除草。

天氣漸熱，清晨散步過田邊，彷彿總聞到一股以往沒有的、甜膩濕潤的「孳生」氣味，使日漸濃密的稻田，像極了縮小的亞馬遜叢林，其中那神祕的生長力量，也「嗡嗡嗡」地四下輻射。靠近了聽，我幾乎相信稻子們都正敲著鼓鑼，扯著嗓門拚命喊：「加——油！長唷！加——油！長唷！」它們頭上的小花推擠著綻開，穗子就在這個韻律中一顆顆結成。

八月外出度假，下旬回到家，僅數週未見的稻友，高了胖了。但是綠裡摻著斑駁的黃，看來不再青翠精神。俯身細瞧，原來變黃的穗子長又沉，一枝枝彎垂著才顯憔悴。我啞然失笑：孕婦不也就這樣，專心懷孩子後，顧不得自己往日形象，或胖瘦邊幅了。

田中的綠色，漸漸稀薄。

小鎮鄰近有個出名的大湖。聽說湖水質好，所以一些精密工業如鐘錶、相機等公司都在周邊設廠，自然吸收了大批年輕的農家子弟。再說農事勞苦，守田寂寞，壯年男子也不甘願在家種田。所以日本朋友戲稱：許多農地都採行「三將」政策。「三將」指的是歐几將（暱稱祖父）、歐巴將（祖母）和歐卡將（母親）。

仔細想想，平日附近田中的農人，確實多半是三將模樣：老人多，女人多，更有高齡的老婆婆。

我常在小鎮的十字路口，握著方向盤苦等拄杖的傴僂老婦，危危顫顫過街。她們的上身低垂，幾乎與路面平行，爲了看清來往車輛，硬把頭頸撐起的吃力勁兒，全現在老人緊閉又哆嗦，深深癟進去的嘴上。

能看著田，春耕夏耘秋收冬藏，隨農事腳步走一年，對五穀雜糧不分的我，是意外收穫。

首先好奇打量和後來細細觀察她們，使我耐得住等待，更憶起報上曾印過簡短的幾行字，「營養不良、嚴重缺鈣和長期農事，使婦人背部彎曲變形……」

一日，我爲寫生走近稻田，瞧見正沿著田壟割草的老婆婆，頓時大爲詫異：老人的背醫好了嗎？眨眨眼再看半天才弄明白——種田墾地時需有的姿勢，和她駝背的身影重疊脗合。她，與常人彎著腰時並無兩樣。

那在別處顯得突兀畸形的腰背，只有在田裡，像從拼圖板上掉出來的圖塊，可以不露痕跡地嵌回，完成一幅絕美的田樂圖。痛苦，藏在圖板後，埋在田底下。

老婆婆的斗笠外面包著頭巾，身上粗布罩衫圍裙，是分不出什麼時代的農家打扮，質樸可愛。她大概感覺到近旁有人，緩緩地抬起頭來，看見我朝著她畫畫，抬起執鐮刀的手肘遮住眼，沒牙的嘴倒笑了。

纍纍稻穗經秋陽一照，竟然能發出金光。

是收成季節。

老人們的兒孫輩請假回家幫忙，駕收割機的，紮稻稈的，架木架曬穀子的……田裡十分熱鬧，我看著也爲老人高興。中午大家暫停勞動，圍坐田埂吃便當的景象，比遍野稻穫還豐碩感人。

割下並紮好的禾綑，一束束掛在田中臨時搭起的木架上，密密痲痲的穀粒倒垂著。木架一排一排相連，橫跨整個田野，遠看，像許多條黃龍，休息在布滿紅葉的秋山下。

實在抵不住夕陽的金黃誘惑，索性帶孩子們下田看收成去！老農把孩子抱上了割稻機，一老兩小擠著，以開坦克的神氣，轟隆隆夷平眼前稻作。

忽變空曠的田裡，跳著六神無主的青蛙，盤旋飛著大個兒蜻蜓，把小傢伙們樂得又四下追逐，沒個休息。

我漫步黃龍木架間，時而讚歎地握一握盈掌稻穗，時而拍一些珍貴鏡頭，生怕離去後，記不全所有的豐豐富富。

打過穀子的稻草，仍一束束在枯田中列隊，彷彿全體集合，向將逝的一年道別。進了臘月，它們也不見了，只有短禿的稻根留在地上。生命的跡象似完全消失，任憑雪來雪去，大地無動於衷。

唯偶爾看見農舍的老煙囪，在寒冬裡冒白煙時，我會想：屋裡的爐子上，不是蒸著米飯，準備做年菜壽司，就是烤著孩子們最愛的米餅，一屋子醬油香吧。閉上眼，幾乎能看到全家人圍桌享用，久不見的老農夫婦，是否也在其中？還有好幾張秋天時拍的照片要給他們。

春日太太讓她的兩個小女兒，爲我抬了一大袋米來。小姑娘們氣喘吁吁鞠了躬，放下東西就跑開了。我想起春日夫婦在農忙時，都會回婆家幫著收割，這必定是他們得意揚揚說過的，自家田裡品質最優、不沾農藥的年穫。

雪白圓潤的顆粒「唰——」地從剪開的袋口瀉出，落在我恭敬等候的米桶裡。忍不住去觸碰這道白米急湍，看米粒簌簌流過手心，再看窗外寂寥雪田，我忽然明白自己對這些米粒的感情，已超出磁碗、電鍋階段。雖有「誰知盤中飧，粒粒皆辛苦。」自小學課本裡開始提醒著，若不在田邊住，日日看田，我如何能體會：大地辛苦供應，稻作辛苦成長，農人辛苦又辛苦地耕耘……

對於收穫，我千分知足，萬分感謝。

二〇〇〇、十、二十四於芝加哥

茅野外人

第一次看到「茅野」（Chino）這個地名時，心裡是有些難過的——這就是我們要去住上幾年的日本地方嗎？這是個什麼名字啊——茅—野——又茅又野，我腦子裡出現了大片的枯草原。

搬到茅野的第二天，我忙著掃除，灰頭土臉，拉開門正要去倒垃圾，卻見隔了馬路，站著穿乾乾淨淨花邊圍裙、左右手各牽一個小女孩的鄰居太太，她們彷彿已在那兒等了一會兒，見我出來，兩三歲大的女孩嘴裡連連喊「改進！改進！」做媽媽的一邊制止，一邊羞赧笑著鞠躬，我不知如何應對，因爲唯一會講的「阿里戛豆」和「撒油那拉」都不合適。

她是對門的宮沢太太，小女孩喊的發音如「改進」的字，是「外人」（gaijin），指外國人，外來的人。

宮沢太太笑容友善地歡迎我們這家「外人」，共在「中大塩」做鄰居。

*

「中大塩」（Nakaoshio），不是一種特別的鹽，是茅野市邊上的一個「团地」（danchi，社區)。築在山間，獨門獨院的小屋，棋盤式的巷道，主街上，有掛著小招牌的米店、雜貨鋪、美容院、供孩子玩耍的公園、辦理區務的公民館等，頗爲整齊寧靜——那是我的第一個印象。

然而才住了沒幾天，清晨就被哇哩哇啦的吵聲驚醒，似乎有人在對區民廣播什麼要事，我怕是通知疏散逃生，穿著睡衣抱著孩子就急急開門探究竟——馬路兩邊都是戴帽子口罩手套的人，見了我也嚇一跳，他們在拔野草通水溝，忙著區內的初夏大掃除。

隔一段路就有個喇叭塔的強大廣播網，正一聲聲催促著還沒加入工作的鄰居趕快出門。你說誰知道你去了沒有？我不騙你，大家都知道，大家都知道。

日本國民基層組織扎實嚴密。（據說全世界只有日本、南韓和台灣有最詳實的全國戶政資料，而其他兩處都曾是日本的殖民地。）社區內有好幾個巨型看板，上面詳細畫了街圖及每戶的人名電話，以家爲單位，十家編組，數組成「丁目」，數丁目成社區，層層上推及市及縣。

我們每年都會收到一張大大的「區役員一覽表」，將區長、議會、學習部、体育部、婦人部、青少年育成會、衛生自治會、自衛消防隊、神社奉贊會、老人クラブ（club）、墓地公園管理組合……等等各組織組長組員列得清清楚楚，幾乎全社區人人有職，人人有責，辦活動誰也跑不掉。很多家庭都把這張紙像春聯般糊在牆上，一年到頭的生活、來往的人等都在其中，用它比查電話簿方便得多。

社區組織不是徒具形式，那大喇叭經常早晚嚇人，但每天夕陽下山的時候，也會唱著柔和的童歌叫孩子們快回家。各組幹事勤來家裡收「區費」，社區裡長年開著大會小會，四季活動不斷，還定期印發內容豐富的區刊。雖然我們因爲語言不通成爲免開會少管事的特殊區民，但每收一份通知，每閱一本刊物，我都有「日本人眞是穩紮穩打、勤能補拙、小螺絲釘努力造大機器」的感慨。

*

從最重隱私權的美國、只掃自家雪的紐約，搬到日本鄉下「团地」裡，與四鄰生活息息相關，一下子還眞不習慣。

「息息相關」不是形容詞，是在敘述事實。日本院小房小，木造紙糊屋的結構傳聲容易。後鄰「主人」經營居酒屋，晏起遲歸。我們兩家後院對後院，後窗對後窗，夏夜裡常可聽到他回家，掏鑰匙開門、開燈、開水洗澡、開瓦斯爐烤魚……不久就會有魚香飄進窗來。平日午飯後坐在臨院的客廳沙發中，還能聽到身後傳來「呃——」的一個大飽嗝，孩子爆笑出聲，我總來不及捂他們的嘴。

我們小屋的前門，是鑲著毛玻璃的鋁製拉門，來客身影在屋裡清楚可見。起初，看到訪者拉拉扯扯自行開門，覺得害怕，有幾次忘了上鎖，生人熟友竟都不請自進，站在玄關處衝著屋裡叫喚。原來，樸實的鄉間，大家眞的不「閉戶」，但是來客總進到玄關爲止，不會隨

「中大塩」不是一種特別的鹽，是我們所住，築在山間，一個「団地」（社區）的名字。

便脫了鞋上地板或榻榻米，他們認爲，既未登堂入室，就不算冒犯主人。

一天，玄關裡進來個彎腰駝背、極老邁的歐巴桑，費力提著一包垃圾，對我嘰呱半天振振有辭。我又不認識她，吃驚之餘，發現她手中那包垃圾是我早上才拎去垃圾站的——因爲日本垃圾袋上規定要寫姓名地址，也就靠這線索，陌生婆婆找到我家，告誡我收垃圾有特定時間：星期一收可燃物，星期三收瓶瓶罐罐，每隔一個星期六收電池等。我的垃圾，因不合時間，她就老遠提回來質問，聽我結巴解釋，知是「外人」，不懂內規，才不停說著「哪路紅豆！哪路紅豆！」（naruhodo，原來如此）離去。

自然，鄰居的關心也有柔性一面，有人送我們應景的年節禮物，有人邀我們參加各種傳統盛會，我遇上疑難問題，只要開口，多半會得到熱心幫助。某次閒談中，隨意與田中太太提到家中廁所有點兒kusai（臭），事實上，不知是下水道設備差還是別的原因，我去過的日本廁所，騷臭味是比美國的重些，試了許多漂白水清潔劑，勤爲洗刷，改變也有限。

幾天後的一個下午，田中太太捧了一棵小小的綠葉樹來給我，說「她們」先互相通電話，又聚在一起開會，商量很久，投票決定送我這種叫某某的植物，擺在馬桶旁，可以消除臭味。我看著茂盛小樹，不敢相信她們——這條街上的主婦，在過去幾天裡又討論又開會，全在爲這家「外人」的日本廁所kusai傷腦筋。

*

「外人」，這個日本字與英文的alien相似，藏著一些負面的意思。這沒什麼，我們不也「老毛子」、「紅毛蕃」什麼的叫外國人，即使住在美國，還稱美國人「老外」嘛。人不親土親的道理四海皆準，但土不親人就別提啦，世上哪個民族能不排外？但偏偏各種研究日本的書籍都強調日本人「特別」排外，分析起原因來也很有道理：日本雖是島國，卻和熱帶島嶼不同，他們不向著陽光和海洋敞開自己，而是保守的島、密閉的島，以茫茫大海與世界爲籬，即對近旁的亞洲國家，也採半孤立姿態。島嶼上幾乎全是大和民族，一種語言，同樣「料理」，相似的風俗習慣……一切自給自足。古來務農靠村民互助互賴、同心協力，衍生出強烈的團體意識，排斥團體以外之人。

經過江戶時代兩百多年的鎖國政策，日本人對島外的一切更無知，「外人」及外力，都令他們不安，愈是緊張就愈排外。

一八五三年，日本史上有名的「外人」——美國海軍艦隊司令「培利」（Matthew Perry），率領所謂的「黑船」（black ships）艦隊，抵達東京灣的浦賀港後，與日本簽定「日米和親條約」，打開了封建日本的大門。一年之內，英國、俄國、荷蘭相繼跟進，與日本訂約，就這樣，各式各樣的外人都來了。

我看過的一本書上，有在簽此和約前不久，日本人所繪的世界地圖，謬誤百出，稍遠的地方僅以傳說爲內容，還畫有都是獨眼人的「一目國」，全是女人的「女人國」，「小人國」、「長人國」等等。可想日本人對島外所知太有限。

「培利」爲洋人爭得各種好處，但也爲日本帶來槍械、電報機、手錶、照相機、可實際操作的小火車頭……以及——一雙看「世界」的眼睛。日本人忽然看到洋歌洋舞花花世界，也看到船堅砲利工業繁盛，他們在萬分驚奇的同時，開始充滿希望……今天日本摩登亮麗的新面目，可說就是從那時候起陸續撒種而得的結果。往後日西貿易來往頻繁，在神戶、橫濱等地都有規模不小的外人圈形成。

＊

許多外人迷戀東洋風味，以爲到了櫻花國，必定時時浪漫（不全指感情），處處有「禪」。十九世紀歸化日籍的西洋作家「哈恩」（Lafcardio Hearn）是此中代表，爲追求心中純美的樂園，他以日本爲家國，埋首於鄉野傳奇的蒐集與寫作中，後來卻受種種「日人排外」的鬱氣，抱憾而終。

現代西洋人到日本想看的，也常常不是眞的日本，而是遙遠年代裡的一個遙遠地方。啊！那有名的蝴蝶夫人、宮本武藏、富士山……未料同時看到擁擠的地鐵、窄小的水泥公寓、縮水的麥當勞、教人糊塗的日化英文，比歐美還先進、冰冷無情的高科技。

許多人看看表面就走了，但也有人樂於留下，因西洋人在日本，姿態和待遇總還是高的。日本人崇洋（說穿了，昔日整個「開發中的亞洲」，誰不崇洋?），大街小巷地鐵上都看得到「英語」補習班的廣告，住在日本的各國人，只要能講幾句英語，立刻備受尊敬，不管帶著澳洲或蘇格蘭腔，都可做英語老師，維生不難。

近年來，「外人」更有一條新鮮出路，就是當tarento（talent，影視名星），這些或黑或白的「太冷豆」在螢幕上用流利道地的日語，開著日式玩笑，他們了解日本社會文化，又還眞有些才藝，常由電視上英語教學起家，進而主持或參與其他娛樂節目，名利雙收、家喻戶曉。

比起tarento，旅日的西洋作家就顯得寂寞些，但他們或深入城市巷弄，或走訪鄉野古剎，擁有各種奇妙的日本經驗，繼在作品中發出疑問和批評，我讀著讀著，時贊成時反對，後來發現自己竟是站在中間，明白東西兩方的眼光與立場。

中國人在日本，其實是很不合格的「外人」，因爲揭開使西洋人ooh與ah的日本驚奇面，底下有太多東西，都來自古中國。從茶到豆腐，從文字到藝術，從節慶到風俗，從迂迴的人際關係到「犧牲小我」的團體精神，從「謙沖」「忍耐」的德性，到左右人生觀的孔孟思想，從牛郎織女到目蓮救母，從孫子兵法到三國演義……處處是如此熟悉，而正當我以爲「熟悉」時，卻發現許多中國東西已換了日本內容，奇奇怪怪。又正當我覺得「奇怪」時，竟發現許多日本內容，是保存完整的中國老老老古董——如此反來覆去，顚來倒去，我終於明白，最好少說多聽，學無止境。

*

我們請了家教，「阿伊烏哎歐」地學日本話，但基本上，我們在日本用四種「語言」。在家閒聊、罵孩子、吵架用中國話。在外，遇到愛講英文的日本人，我們講很慢的英語。遇到「no speak English」的日本人，我們講彆腳的日語。夫妻倆傳祕密，用的是中國話發音的日本漢字，譬如不速之客進門，我看著客廳呶嘴說：「滅茶苦茶（mechakucha，亂七八糟）！」丈夫回說：「平氣、平氣（heiki，甭緊張）。」日本人、中國人都聽得翻眼珠——周圍兼通中、日文的朋友少，這種密碼挺管用。

我想學做壽司的消息傳出，媽媽群很快約集了一個「寿司 party」，大夥兒帶了道具材料，嘻嘻哈哈煮出一大鍋香香米飯，又搧又拌，又捲又押，各種花樣的「寿司」出籠——她們見我吃得高興，全熱切指引我該再去學花道茶道書道陶藝舞踊……所有「外人」都感興趣的東西。然而，我始終沒有特別「經營」學習，只是老老實實過著日子，從生活中體驗日本。

而初到日本的生活，卻有一點艱苦。

毛病出在「走路」上。

我愛走路，晨間散步數十年不斷，搬到風景優美的日本鄉下，更是每天高高興興走來走去，看各家園內或籬上的紫藤、粉櫻、朝顏、向日葵……走到社區盡頭，俯視山下，有一條小路，蜿蜒田間，在我看不見的地方，它會接上公路，經過又大又新的「西友」超市，再轉入市區。

像是某篇動人文章中的主角，幼時癡看著長長鐵軌伸向遠方：不知它會去哪兒呢？長大了一定要去啊……我每天散步到社區邊，就苦苦眺望那小路：不知今天「西友」賣什麼好吃的呢？長大了一定要去啊……

走路太慢，用腳一步一步畫出來的日本版圖，太小。

＊

我們添了一部白色的小車——小到我站在外頭看了很久（眼睛已被美國慣開的旅行車給撐大了），不相信那也算是一部車。鑽進去開上路，才慶幸車子如此迷你，配日本的窄街正好。也只有小車，適合走在我最愛的田間小路上，握著方向盤左彎右轉，看路旁花樹稻禾四季變換顏色，心情飛揚，忍不住啦啦唱歌。

小白車帶我們去豐盛的「西友」超市，買了菜，吃了點心，孩子們專心一意在玩具店玩「無魯頭拉滿」（Urutoraman）機器人，我則在店前廣場上閒逛，看流動攤販賣的舊書、藍白陶磁碗盤。漸漸我們胃口大些，路熟些，小白車開進了茅野城，去圖書館借書、運動公園看櫻花、鬧區的百貨公司裡看人舂米做年糕……不多久，小白車又嗶嗶開出茅野，沿著「上川」河岸的另一條小路，顛顛簸簸到了鄰城「諏訪」（Suwa）。

＊

茅野、諏訪都在長野縣。

長野縣，是日本四島的地理中心，日本人所謂「田舍」（inaka）的地方。那兒多高山，適合避暑滑雪旅遊。多農產，蘋果、葡萄、「高原野菜」大量銷往全國。

這一帶，古稱信濃國或信州，是日本史戰國期間，打著「風林火山」旗幟的武將「武田信玄」（Takeda Shingen）的勢力範圍，發生過說不完的戰爭故事。

長野縣的地理中心，則是四面環山的諏訪盆地，盆地外有近三千公尺高的「八ヶ岳」山，內有諏訪湖（Suwako）、世界第二大「間欠泉」（Geyser、熱噴泉）和許多小溫泉。據說武田信玄訓練出的勇猛軍團，戰前休養，戰後療傷，都是靠這些溫泉。我們在湖濱街道蹓躂，三兩步就一家溫泉旅館，馬路上也有很多人夾著毛巾和換洗衣物來去。

夏日在諏訪湖上的「花火大會」，遠近馳名，大大熱鬧，但這湖平時是寧靜的，眞和假的天鵝在其中緩緩游盪（觀光小船做成笨拙的天鵝外形）。湖邊草地上，有一大群羊、一個吹笛的牧童和牧羊狗——是如眞的室外塑像。孩子們喜歡在那片草地上奔跑，好像「跑」本身就是一件極好玩的事，累了，就趴在小羊身上笑著喘氣。

往諏訪市內走，「平安堂」書店和近旁「買枯當拿路斗」（McDonalds，麥當勞）是我們最常去的地方，但其他外人到了諏訪，多會去看「諏訪大社」——日本諸神社中規模最大的一系，有五千九百多個分社散在日本各地。即使在諏訪一區，也分上社和下社兩處。而兩

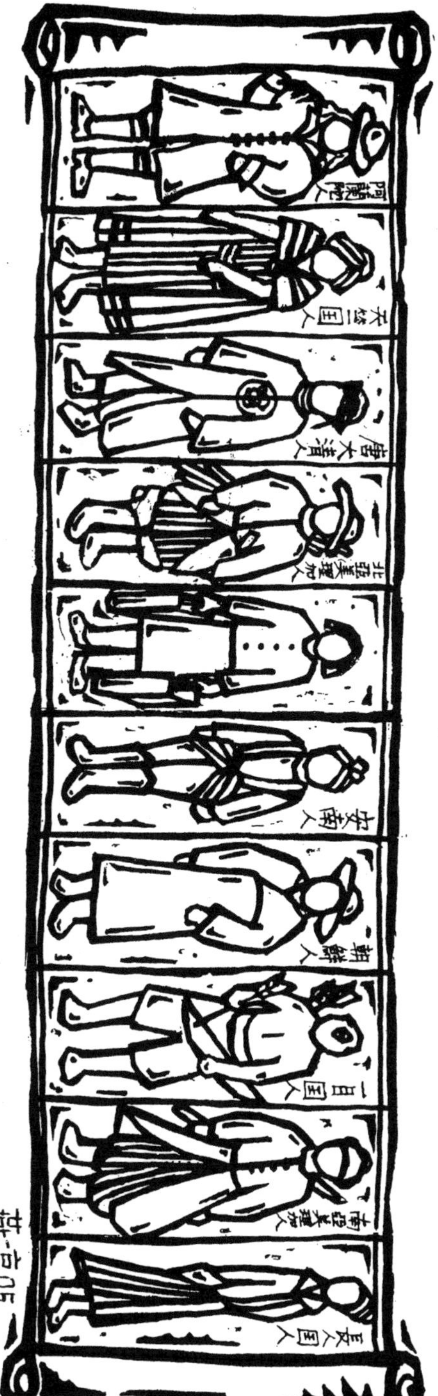

日本人特別「排外」，外人和外力，
都令他們緊張不安。

社間，還有個浪漫故事：據說上社是爲神話期「出雲國」的王子所建，下社則祭祀著天皇族裡的公主，兩人結了親，卻受家族阻撓，只能在嚴冬夜裡，穿越冰封的諏訪湖偷偷相會。每個冬天，當湖冰整齊地呈帶狀迸裂，一塊塊冰片嘎嘎響著翹起時，人們就說老天在爲他倆築路呢，名之爲「御神渡」（omiwatari）。

*

提到神社，就不能略過「御柱祭」（Ombashira Matsuri）。

諏訪「御柱祭」，人稱日本三大奇祭之一，有歷史淵源，每隔七年才舉行一次。對當地人來說，那一年裡，吃喝玩樂鬧過頭全說是『御柱祭』年嘛！」什麼重要的事都可放下，連婚禮都能提早或延後一年，因爲祭典盛大，人人參與，有太多的事要忙。

所謂「御柱」，就是立在神社社殿四隅的高柱。祭事大致分爲兩部分：市民在山上選好巨木，將樹身清成像電線杆一樣的光禿，由山頂推滑下來，是爲「山出祭」。群眾拉著巨木遊行街里，叫「里曳祭」，直到抵達神社，把御柱立起才算完成。

大家都說「山出」最精采，巨木長十幾呎，直徑三四呎，重數噸，山兩邊幫忙拉索的、觀祭的人多，遠看密密麻麻，巨木背上騎著精選出的十來個壯丁，轟隆隆自山頂衝下陡坡，萬分驚險，聽說每回都有人傷亡，但報上用的形容詞是「絢爛、勇壯」，十數萬人潮混亂至「無法狀態」。神明此時已不是主角，山間男子漢逞勇不要命的態度，才眞正令觀眾瘋狂。

「御柱祭」不止在一處舉行，每個社區的小神社也有自己的祭典，只是樹小些，危險的程度小些。我們抵日本的那年正逢御柱祭，「中大塩」全區沸沸揚揚，我帶著只顧吃棉花糖的孩子們擠在人群裡，看大隊人馬用粗索拉著新上任的「御柱」遊行，並不十分了解祭典的來由，熱鬧一晃過去，下回要再等七年。

＊

小白車愈來愈有出息，不僅爬山去附近的白樺湖、永明寺山、蓼科高原，還上了高速公路，帶我們到遠些的松本市看古城，長野市看古寺……我們像電影裡那戰事地圖上會跑的紅箭頭，一點一點向四方進展。但顧慮小車的小心臟，眞去遠地，還是決定坐火車。

進出茅野火車站的次數已多得記不清了，除了往京都大阪遊玩，搭火車都是爲去機場。離開小小的車站時，滿腔興奮，因爲要回美國、回台灣、往亞洲各處旅行，而在返茅野的火車上，卻總是心情複雜。

長途旅行後，我們經常在晚上抵達茅野。途中，窗外一片漆黑，像一面黑鏡子，映著車裡每個疲倦的旅人。看著窗外，同時正看著自己，火車搖搖擺擺穿過田野，偶爾路過燈光稀疏的村莊，或有「小鋼珠賭場」（pachinko）霓虹閃爍的城市，我的臉，與這些影像快速重疊，又分開。聽到列車長播報「Chino（茅野），Chino……」時，恍惚覺得不可思議：我的「家」——眞就在這陌生的日本小鎮上嗎？

日本話已流利，朋友一群群，去遠近各地熟門熟路，菜場郵局雜貨店學校醫院都有好關係，爲什麼仍然覺得陌生呢？

黑夜中緊閉的千門萬戶雖然無聲閃逝，卻彷彿在說：一些深層的東西是觸不到、學不來，也說不清的，這些東西總把自家人圈在一起，把外人篩出來。

＊

日本有句成語「一期一会」（ichigo — ichie），源自茶道。「一期」意爲「一生」，全句是說主人奉茶，客人喝茶，態度要像一生僅有這一次機會那樣珍惜，需絕對誠心敬意的招待與領受。簡單地說：不會再有下次了，心存感謝，盡性盡情把握吧。

教我這句成語的日文老師惠子，在我們返美前幾天，捧來一份禮物，小盒子上寫著「四季の福鈴」。拆開了看，是十二個如栗子般大的白色陶土鈴鐺，橫列在黑木座上，鈴頭結著紅線紐，正面畫彩色花卉，側面寫「花福鈴」三個字。十二陶鈴代表十二個月，畫的花分別是：梅、水仙、菜花、櫻、紫藤、菖蒲、百合、朝顏、芒草、菊、紅葉、山茶。

惠子輕輕地把這些鈴整齊排在我面前，一邊說，每星期見兩三次面，一年五十二個星期，三年多是很長的，所以許多事她都覺得不用急，有的是時間。我上課問的某些問題，也一直還沒給我找答案，不想我們說走眞要走了，上日語課喝茶縱聊天南地北的情形已不會再有——於是她急忙去選了這樣禮物，也算回答我老想知道的日本四季代表花。

四季是日本人的生活骨架，當季當月的花總是最好最盛的，惠子希望「花福鈴」帶給我們年年如這些花般的福氣。

＊

兒子最後一天上學，我早早去接他，好順便向校長老師致謝道別，我的日語已挺流利，但三年前唯一會的「阿里戛豆」和「撒油那拉」，卻是最難講。

鞠了許多躬後，才從教室裡出來。後面跟著一大堆要到校門口送行的孩子，兒子快步走在老前面，叫他，他也不回頭，我心裡有些氣，想小朋友們追出來送你，你卻這樣不理不

睬，真不像樣！沒想到就在我氣呼呼想扯開嗓子用中國話罵他時，老遠的他忽然煞住腳步，回轉身來，隔著我向仍在追他的同學們用力大喊：「boku no kao, wasurenaide——」（我的臉，不要忘記啊——）我的腳步仍在移動，心卻生了根似地留在這個日本小學的操場上。

日本電視上的連續劇，常在劇終時以全白畫面收場，我曾想，兒子回頭叫喊之後，就該是那樣的一個全白畫面，一個往事已去、前行未卜的空白。

把小車送給了有需要的朋友。在搬家的忙亂中沒心多想，等工人走光，一屋空曠，我呆坐在樓梯上，有一口沒一口吃著宮沢太太好心送來的「搬家便當」，忽然想到我出不去，我的小白車！想起它陪我走過那麼多路，坐在駕駛位子上，我曾笑過、哭過、歌過、舞過（從舞蹈班出來意猶未盡，忘了腳下有煞車油門），在窄街上進退兩難，在十字路口徬徨著急……它都在，它都在！它若有記憶，應也會同樣地捨不得我。

外頭天晴，小院裡有以前不大注意的幾株花木隨風搖曳，一切都極平靜，彷彿日子裡不該有任何改變。

人間路，「一期一会」。

往前看。明天，別了茅野——

我們就要回美國，去另一個天地裡，

繼續「改進」。

二〇〇五、三、二十六於舊金山

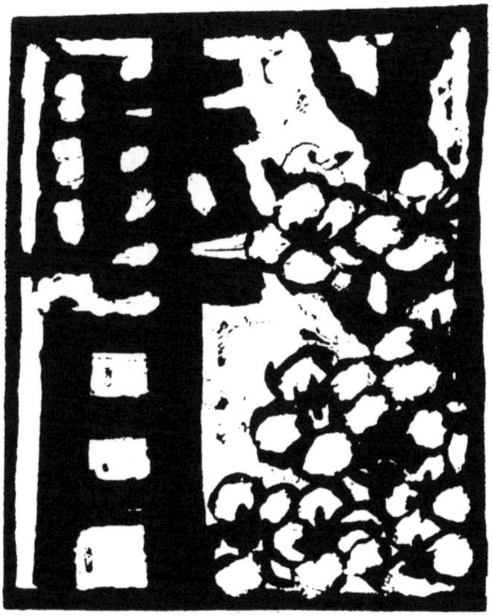

正月

日本，自明治六年（1873A.D.）起用西曆，在一月一日過年，但仍用許多源自中國，卻又改頭換面的舊曆年俗。

十二月，日語稱「師走」（shiwasu），有一說是形容人們極忙碌，連爲師者都忙得各處行走，趕在年終前完成工作：歲暮送禮、忘年會、寫「年賀狀」、做「お節料理」、大掃除……準備過「正月」的氣氛盎然。

與中文裡說的「第一個月份」意思不同，「正月」（shogatsu），就是日本人的新年，也是一年中最重要的節慶。學校放兩個星期的寒假，一般會社、商號也從十二月三十休息到一月三日。像中國人一樣，大夥兒都盼著回家過年。

我看對門宮沢太太繫著圍裙，把全家的榻榻米搬進搬出，曬了好幾天，又用和紙細細補換破舊的紙門窗，在冷冽的晴天裡，她連屋外走道都用水管嘩嘩沖淨，當我正覺得感染了那主婦忙裡忙外的喜氣，想動手做些什麼時，她笑咪咪送來一個稻草掛飾（shimekazari），上頭插了新折綠松枝、日本紅紙扇。我看鄰人每家都掛著一個，確實很有年節味道。

宮沢太太解釋，「松」與「待」字在日語裡同音，所以用松枝表示等待神明的降臨。她抬頭望望，指著我家大門頂上的牆面說：「這裡好！這裡！」我隨俗掛上了正月飾物，希望日本諸神無私，也保護我們這家外國人。

除夕，日語裡叫「大晦日」（omisoka），亦稱「除夜」。我懷念幼時在台灣，放炮玩牌守歲的闔家同樂，也懷念在紐約，時報廣場上倒數計時的狂歡刺激，對於所知不多的日本除夜，在等待中暗暗好奇。

很驚訝地發現日本人不像中國人一樣，有頓豐盛的「年夜飯」，大部分的家庭吃了普通晚餐後，就聚在電視機前看各台年終好戲。有國家級交響樂團，如火如荼演奏著貝多芬第九號交響曲，據說二次世戰結束時，戰勝的美軍曾在日本演奏該曲，從此它就成爲日本人習慣用的「結束」音樂。這首曲子在年尾時，常於各公共場所的擴音機中一遍又一遍播放，孩子們耳熟能詳，都跟著哼哼不停。

但更多家庭收看NHK台的「紅白歌合戰」，紅、白兩隊明星比唱歌，一比比了近四十年，成爲日本獨有的「年俗」，全家人對著螢幕哇哇唱和又批評，其樂融融。比賽約十一點四十五分結束，我問宮沢太太爲什麼是四十五分，她睜大眼睛，有點奇怪我會問這個問題：主婦才有時間去煮麵啊！

除夜與元旦之交，家家戶戶都會煮一種叫「年越麵」（toshikoshi soba）的淡褐色蕎麥細

孩子們看舞獅子好玩又有賞錢拿，都要加入獅子隊伍，拉著布尾不放。

麵，大家「吸」麵唏哩呼嚕，祈求未來長壽如麵。

也就在此時，電視畫面上是全國各地——從白雪鋪蓋的北海道，到九州四國的山地平野，到椰樹林立的琉球海邊……大小寺廟都開始敲起廟鐘，即所謂「除夜の鐘」（joya no kane），總共得敲一百零八下，因佛教中說人間煩惱有一百零八種，敲完這數，煩惱破除，平安自來。這些鐘如中國古鐘，沉實厚重，以垂自廟樑的橫木撞擊，發出嗡嗡低鳴，比起歐美教堂「噹噹噹」的清亮鐘聲，有一種說不出的悲切。

電視總會轉播一些名寺敲鐘的實況，像京都「知恩院」，據說擁有全日本最大的鐘，看來有二、三層樓高，光是移動那撞鐘的橫木，就得動員十幾名僧人，排隊合力完成，靠鐘最近的，拚命攀著粗纜，仰面朝天，雙腳滑稽騰空，像體操選手般盪來盪去，我初看呵呵好笑，後來見他的黑灰僧袍每次盪過，就是一響沉鐘，傳遍京都城，又藉電視傳遍日本，聲聲都是肅穆道別，壓在心頭。我不由正經起來，又想到家附近的小山廟，此刻必也敲著鐘，我用勁把已凍結的窗戶拉開一條縫，忍著寒氣，將耳朵靠近冰冷窗框——鐘聲確實已在山裡徘徊，有眞音，還有回聲。

聽除夜的鐘，回顧一年往事，辛酸苦樂百感交集。終於，那最後一響敲出，去年，不論捨得捨不得，放下放不下，就在餘音嫋嫋中退後，消逝。

而新年，沒煩沒惱地來了。

有人在除夜摸黑爬上高山，等著看「初日の出」。

也有人在家呼呼大睡，難得一天可睡遲些，是爲「寢正月」。

但大部分的日本人，會在除夜和元旦時去參拜神社、寺廟，叫做「初詣」（hatsumode）。

對宗教本不忠心執著的日本人，多半不在乎寺廟屬佛教、神社屬神道，不論信什麼，或什麼都不信，他們兩處皆參拜，只是祈個福，能教來年生意興旺、家人平安就好。除夜和元旦，大城裡的電車終夜不休，專門送人去「初詣」，有名的地方像東京淺草寺、明治神宮，京都知恩院、八阪神社等地都是水泄不通，排一兩小時隊，還站在門外乾等的是常事。

「正月」期間，人們的奉獻錢太多，平日的錢箱不敷使用，廟方還得特製一個大池般的地方接納川流不息的獻金。神社寺廟附近賣「達磨」娃娃（daruma）等吉祥物的店鋪也日進萬金，大大託神的福。

我們家中的兩個大人，本想去看「初日の出」，兩個小孩卻「寢正月」不起床，拖拖拉拉過了八點，日頭高照，只能去附近神社湊湊「初詣」的熱鬧。

正要出門，鎮上負責「國際club」事務的清水太太送來屠蘇酒和自己做的「お節料理」（osechi ryori）——色彩鮮亮的傳統菜，排列在精緻漆盒中，如中國習俗，每樣食物都有特殊意義，帶來好運。譬如鯛魚（tai）的發音與「祝福」相同，密麻成團的魚子則象徵多子多孫……清水太太用英文、日語輪流費勁地解釋，我不好意思告訴她「吉祥菜」一事，在中國極普遍。

倒是供神用的「鏡餅」（kagamimochi）挺新鮮。原來日本也有「年神」，到了年底也要家家戶戶巡訪一回，中國人給灶王爺吃糖甜嘴，求祂上天言好事，日本人則讓年神老爺吃「鏡餅」，不知是請祂照鏡子呢，還是有別的用意，清水太太也說不上來。這糯米做的白色圓形鏡餅，一小一大，架在一個多飾的小檯上，盛裝等待年神駕到。

日本家庭的主屋中，都有一凹進如壁櫥大小的開放空間，叫「床の間」（tokonoma），專用來陳設貴重字畫，年節飾物。但我一搬入小屋，就看中這塊地方可擺書架——清水太太捧著「鏡餅」，站在我的書架前發呆，我覺得好解決，把架上的書東移西挪，騰出一個空位，鏡餅就塞進去了，夾在精裝的《摩登首飾大全》和《畢卡索畫集》間。清水太太雖不以爲然，卻沒時間再做別的打算。

送清水太太到門口，看見正在舞獅的鄰居孩子，咚咚敲鼓很熱鬧。日本人不舞龍，但有所謂的「獅子舞」（shishimai），木刻或紙糊的大獅子頭和中國的很像，頭後也披一塊布做獅身，孩子們跳前跳後，搖著手中竹杖鈴鐺和長條白紙，並沒舞出什麼花樣，但鄰居們都哈哈笑著給賞錢。我家的兩個小子，看到這事好玩還有錢拿，無論如何也要加入獅子隊伍，拉著布尾咚咚咚咚出了小巷。

信箱中有幾張東京朋友寄來的「年賀狀」（nengajo）。這些明信片般的小卡，是在元旦早上發送至每家的。「郵政省」在卡上印了抽獎號碼，收到賀卡，等於擁有一張「樂透」獎券，是份帶來希望的好年禮。

看了舞獅、年賀狀，又和鄰居互相拜年……當我們終於來到社區的神社前時，已是中午。廣場上男女老幼都比平常漂亮，街坊太太們換上和服、踩著木屐，踮起碎步來風韻十足，跟圍裙打扮完全兩樣。神社其實離我們家很近，但我從未正式拜訪，也不懂參拜的規矩。看見幾位歐巴桑正在壇前行禮，我冒失地向前請教，質樸的鄉下老人們馬上搶著示範：拉繩搖鈴、投奉獻錢、拍掌兩回、禱告。

於是我，一個台灣生台灣長，美國留學做事成家的中國基督徒，在這個不中不西的新年裡，於日本長野縣山區小鎮的老舊神社粗木壇前，和一群既崇神道又信佛教的歐巴桑們，共同低頭虔敬地向老天求禱：來年萬事平安。

下午，孩子們招了許多朋友來，幼稚園中教過的「正月」遊戲，什麼「羽子板」（hanetsuki）、「獨樂」（koma，陀螺）等，都敵不過電動玩具。客廳裡乒乒乓乓玩得正激烈

時，六歲的大兒子一臉傷心地跑來：媽媽！媽媽！他們都有「歐——歐頭吸大麻」，好多money！爲什麼我沒有哩？

什麼大麻？什麼好多money？

他拉來一個小朋友，叫他拿「歐頭吸大麻」給我看。

那孩子手中縐巴巴的白色小信封上寫著「お年玉」（otoshidama），日本壓歲錢，那白色看起來有些彆扭。

我到處翻找，搜出兩個中國紅包，爲了曾答應兒子下次返美國時，他可選購自己喜愛的玩具，我在紅包裡擺了一張美金。兒子喜孜孜拿了壓歲錢去，並告訴小同伴：是中國的「歐頭吸大麻」袋子，可是，裡面是阿美利卡的money，你們都沒有！

那一夜，兒子把紅包擺在枕邊，恬然睡著。孩子啊孩子，爸爸媽媽帶到你們小生命中這許多文化衝激，不知是好是壞……

東洋社會向來喜歡「一個命令、一個動作」，現在下命令的機關公司學校全休息，正月，在日本少見的懶散氣氛下過了幾天。七日，又穿上圍裙的宮沢太太笑盈盈地來說，該把年飾撤下來了，附近每一家都把它們拿到神社的廣場上，堆成一堆，等十五日那天一起燒掉。

燒掉？那多可惜！

不會不會，很好玩，你一定要去啊。

一月十五，冷風刺骨，但是白雲藍天、太陽明亮。和幾位鄰居約好，一起去山本太太家搓年糕糰子。山本家在神社旁，遠遠就看到廣場中央，立著一個用竹竿松枝搭成的高架，架上掛滿各種年飾，還有大小不一、圓不隆咚、顏色豔紅的「達磨」娃娃。

這「達磨」，本是六世紀時的中國「達摩」高僧、禪宗祖師，不知爲何到日本就變成不倒翁玩偶了。並且在日本，他們不帶宗教色彩，純粹是幸運的象徵。店裡賣的達磨娃娃都是沒長眼睛的，買回家，許個願，用墨把一隻眼畫好，待願望實現後，再塗上另一隻眼，到了一月十五，好不容易長齊雙眼的娃娃，就被掛在高架上。我看他們全撐著大黑眼珠，你瞪我、我瞪你，可是再不服氣，晚上也得全部燒掉。宮沢太太說，這是用火消除厄運，迎新年。

天黑了，廣場上人愈來愈多。宮沢太太取了一杯甘酒（amazake）給我，粉白色的飲料像酒釀，喝了身上暖和許多，心裡的興奮也跟著發酵。山本太太給我一根與人同高、去了葉的茂枝，上頭插著許多我們早上搓的年糕糰，紅綠白黃，像結滿了七彩小果子。

有人在高架下點了火，廣場上頓時光明起來，火愈燒愈旺。

大夥兒都一手拿酒杯，一手持樹枝，圍在火邊烤著枝上年糕，和在美國露營時烤 marshmallow 的情形很像，但是火焰強烈，人多規模大。

大火張狂地伸向夜空，像是急欲掙脫所有的年俗綑綁，沖天飛去。

四圍的人，陸續摘下烤得起泡的年糕吃，「燙！燙！燙！」熱年糕在嘴，稀哩糊塗說不清又呼呼呵氣的聲音，此起彼落。神社高壇上，有人開始撒下糖果、壓歲錢袋，孩子們一窩蜂竄到壇前，推擠搶奪尖叫，熱烈不在火勢之下。同時，火堆中的竹竿爆裂，劈啪價響，高掛的一些松飾、達磨娃娃受不了熱，紛紛墜落。大火張狂地伸向夜空，像是急欲掙脫所有的年俗綑綁，沖天飛去。場上的氣氛已脫離親切溫馨，有些聚眾狂歡，豁出去不管明天的味道。

這一月十五晚上的「どんど燒き」（dondoyaki）節目，是新年最後的高潮，也是結束。燒盡了年飾和達磨，人們的生活回到例行軌道上，我也收起看熱鬧的心，平實過日子。

離開日本後，幾番遷徙，一年又一年，當異鄉與家鄉的地位，漸漸混淆不清時，年味，也就愈來愈淡。

卻偶然會憶起在日本鄉下過的鮮活「正月」，記得火中達磨瞪眼看許願眾生，記得吃烤年糕的人們啜嘴叫燙，記得自己在歐巴桑行列中默默祈福，記得兩個稚齡兒子拉著布獅尾巴不放，記得書架上的鏡餅，記得電視裡的交響樂，記得門頂的松枝，記得除夜——廟裡那些移木撞鐘的僧人，我甚至能記得鐘下他們青筋暴露的光頭和全神貫注的表情。

那山裡連續的鐘聲，也好像還聽得見——

至於當時看來嚴重，鐘聲敲去或敲不去的各種煩惱，倒全忘了。

二〇〇二、二、九於芝加哥

聽一場日本雪

我常常想著雪，覺得奇妙。

中國人說「聲勢」，很多氣勢磅礴的事物，來時都帶著極大聲響：驟雨滂沱、猛火摧枯拉朽、怒濤澎湃、萬軍人馬奔騰……聲音狂敲邊鼓，主角總在轟轟烈烈中上場。雪不同，它只是安靜地飄著，就能逼人睜不開眼睛，就能教大地變色。無聲，不損它的氣派和能力。

日本人的說法有趣，他們不止說雪無聲，還更進一步論定，正在飄落的雪，或是已沉睡大地的雪，都能夠「吸」音。如果冬天裡忽然覺得屋外有著不尋常的沉寂，推開窗看看，八成是下雪了。表現「無聲」不容易，日本傳統的歌舞伎節目中，是用慢又輕的太鼓，一聲聲敲出落雪和雪後大地的靜寂。

客居的日本小鎮，夾在山嶺之間，附近儘是滑雪勝地，離冬季奧運所在的長野，不過幾十分鐘車程。一入冬，四周大小山頭，都添了頂雪帽，並且一天天加大、變白。山上的滑雪場，捱了三季，現在全都磨屐霍霍，等著來自東京的滑雪客上門。每逢假日，山間小路上，都是一部接著一部、載著雪屐的車隊蜿蜒。車上人鮮豔的滑雪裝束、東京式的時髦笑談，感染著小鎮鎮民生活，入冬後的氣氛反而熱絡活潑。

積雪的山路兩旁，賣著野澤菜、味噌、寒天等「信州名物」的土產店，家家喜孜孜地忙著，迎客吆喝聲此起彼落。還有賣鄉土風味的鍋燒拉麵店，像蒸籠似地不斷溢出熱氣和菜香，在刺骨寒風中誘惑著人。車隊走得慢，嘈雜聲在空氣中流連，漸漸都消失在山腰轉彎的地方。

入夜，平日山天相連，漆黑一片。此時卻見黑山群間一條雪白路，是滑雪的雪道，倒比銀河還像銀河，掛在天際。沿著雪道燈火通明，染亮附近的夜空。有時候看不到山背後的滑雪場，卻可以看到山與天間，某處像有太空船降落似地，冒著一圈光亮。靜夜中，從我們的小屋窗框裡瞧，感覺特別神祕。

下了一夜的雪，清早拉開窗帘的一剎那，再老練篤定的人，也很難不驚歎。離在台灣合歡山上、捧著如刨冰似的薄雪大呼小叫的日子已遠，在美國經歷了各種嚴寒天氣，一片白茫茫的景象不是沒有見過，只是這日本小鎮的雪後景觀，有一種屬於東方的韻味，吸引著我。

在這裡，第一次看到鋪了雪的稻田。因爲土裡還有收割未盡的稻根，使雪面規律地凹凸起伏，凹凸間，是白雪特有的淡紫色陰影。整片田，瞇起眼來看，像精心設計過的圖案。田

雪能夠「吸」音，冬天裡如果忽然覺得屋外有著不尋常的沉寂，推開窗看看，八成是下雪了。

埂旁，存放農具的殘破小屋，歪歪斜斜的黑木板上罩著白雪屋頂，立在雪田當中，對比強烈，似一張未上彩的木刻版畫。

雪封了田，農人們冬天有冬天的副業。這一帶以製作「冰餅」（korimochi）出名。這項食品有點兒像中國的乾年糕，但以糯米做成後，要掛在室外風乾、冰凍多日。十二月底到三月初，下雪的季節就是做冰餅的好時候。農婦們頭上包裹著布巾，身穿厚厚的棉衣褲，加上橡皮手套、長筒膠靴。特別選天寒地凍時候，將綁了草繩的長方型冰餅，一塊塊豎掛在橫木桿上，掛滿了二十來塊，再把橫木桿一排排整齊地架列在農家附近的雪地間。看農婦們在雪中穿梭，來回架桿掛餅忙，凍得發紅的臉，是一片灰白背景裡最明豔的顏色。

小鎮上，公家掃雪的服務時有時無，下雪天出門，行車走路都得自求多福。年輕人大半開著換了雪胎、四輪傳動的車，在寒風中神勇前進。也常見到彎腰駝背的歐几桑歐巴桑，瑟縮在舊車亭一角，謙卑又耐心地等候公車。七八十個冬天，他們大概早已習慣與雪共存，有時覺得賞心悅目，有時不得不逆來順受。

日本人習慣雪、愛雪、詠雪、畫雪、寫雪。在日文裡，形容雪的詞彙有一大堆。薄薄下一層，輕敷地面的叫「淡雪」。最小如粉狀的叫「粉雪」，再大些的叫「細雪」。能成羽毛或細綿花狀飄落的叫「綿雪」。最大而不成型的，卻有個漂亮名字，叫做「牡丹雪」，落在身上，也挺詩意。下雪了，孩子們高高興興地出去打雪仗，是為「雪合戰」。男人們，看著鋪天蓋地的白雪，豪氣大發喝一杯，「雪見酒」是也。

女人和雪又如何？長久以來，心中總出現這樣的畫面：紛飛雪花中，穿和服披肩，打著油紙傘的日本女子，或在木造的老屋小巷裡，或在砌了石徑石階的古城樓下，緩慢地，踽踽而行。鏡頭對著她的背影拉遠，雪仍靜靜下著，雪白地上留了長長一道木屐印，漸漸被新雪填平。

記不得這稍嫌矯情的「淒美」印象是從哪兒拼湊來的，也沒有料到，自己有一天竟成了畫面中的女人。住日本鄉下小鎮，提筆重菜籃，打透明塑膠傘，逆著撲面風雪，走在老屋小巷中。滿腳冰雪泥濘，顧著撐傘就顧不了菜籃，顧著菜籃又顧不了鞋襪，左右手拿的東西重量不均，交換來交換去，還得斜著身子走路，好幾回險些仆倒雪泥中。如此磨磨蹭蹭、踉踉蹌蹌、走走停停、停停走走，終於自己也覺得狼狽好笑，忍不住哈哈大笑起來，雪花飛進張著的嘴裡，嘗不出什麼淒美滋味。

拉開家門，快把追來的風雪關在門外。

換下冷濕衣襪，又是幸福女子一個。幸虧生活中芝麻小事多，非得出門的大事少，提回滿籃菜安家，就不用再出去與寒天惡鬥，多麼好！下一場雪，算是賺得一天假。開了暖爐，捧杯熱茶，臨窗舒舒泰泰坐下。看雪。

「牡丹雪」大片大片地往下落。

想專心盯住一片雪花落地，卻總被旁邊交錯飛竄來的攪亂視線。看得出神之際，耳朵裡竟有太鼓輕音，接著，有轆轆車隊前行，沙沙雪屐擦雪，鏘鏘農婦掛冰餅，噗噗雪打油紙傘，哈哈孩子戲雪，噹噹酒杯輕碰……一時熱鬧開來，雪花忙得理直氣壯。

我將捣熱的雙手貼著耳朵，溫暖愉快地想，大概雪正在把吸走的聲音放出來，放給眞心想聽的人聽。

二〇〇〇、一、十九於芝加哥雪中

失味的巧克力

新年才過，大門上爲迎日本年神而掛的松枝，都還青綠著，我常去買菜的「西友」超市裡，已闢出一個大攤位，賣著各種價格、七彩包裝的情人節巧克力。該處專用的收銀機叮噹直響，人來人往生意好。吃麻糬出身的桃太郎，也要風風光光過個 Valentine's Day。

在台灣時，認定了 Valentine's Day 是爲了「情人」而設，若是男女間毫無愛慕之意，就別收送禮物，免得表錯情惹麻煩。到美國後，發現不論對同性異性、家人親友、上司屬下、舊雨新知，都可以互相寄卡送禮。孩子們的 Valentine's Day 卡片是論盒買的，全班同學，各科老師，哪個都不能少。中國人以爲的「情人節」，成了博愛的「人情節」。

不料到了日本，這份愛，竟變成一個方向的單戀——二月十四日這天，在日本，只有女人，只有女人送禮物給男人，甚至給自己不大認識，或不甚喜歡的男人。

每年二月初，Valentine（バレンタイン）的大紅招牌在百貨公司前高掛起來，日本歐巴桑買巧克力給孫子，媽媽買巧克力給兒子，太太買巧克力給丈夫，女同學買巧克力給男同學。有心上人的女子，或者買最昂貴高級的巧克力禮盒，或者乾脆買好材料，親手做巧克力送情人。我看過女友做出胖胖大大的一顆巧克力心，好不好吃不敢說，重要的是讓對方知道：你是我的「巴楞炭」（日語發音），妾心豐滿甜蜜如此，爲你訂做，獨一無二。

這種瘦了女人荷包，胖了男人，肥了牙醫的巧克力風俗，除了有些重男輕女外，倒也沒什麼不好。怪是怪在一個大家都默默遵守的不成文規定：入社會工作的女性，必須送巧克力糖給所有男性上司、同事。日文裡還給取了名字，叫做「義理CHOC.」（giri choco）。

一般來說，日本女性在工作上的職位都不高，上司、同事一大堆，有的並不熟悉，有的還愛揩油吃豆腐，挺惹人厭。但是「義理巧克」是人人都得給的，於是光買巧克力就可花掉一個月薪水，眞吃不消。後來漸漸有些公司機關，統籌向女職員們收錢，購買大批巧克力禮盒，男同仁們，自總經理至門房，公平地每人一盒，送者無愛，受者也得領這份公共情，吃糖甜甜嘴吧。

當然，天下沒有白吃的巧克力！雖然不需在情人節當天表示什麼，一個月後——三月十四日，日本人名之爲「White Day」的那天，吃過「義理巧克」的男士們，都得回禮致意。

我四下打聽White Day的起源。在美國、歐洲似乎都沒有類似節日，日本朋友被問起了，也多半一臉無辜，搖頭不知。多虧有位堀田太太，很當回事地爲我找到解答：在一九七

妳送虛情，我回假意，一盒黑巧克力換一包白棉花糖，誰也沒吃到虧。

七、一九七八年間，九州福岡地方，一位糖果點心店的老闆，爲了推銷棉花糖果（Marshmallo），想出了這個請男士們回禮的點子，不料生意大增，其他商家紛紛跟進。

一九七九年，日本糖果點心業公會宣布：三月十四日，White Day誕生。取個有顏色的洋名字是爲搭配紅粉Valentine，一紅一白，都是日本慶典顏色，喜氣洋洋。商家鼓勵男士們多多回禮，表面上是爲日本女人討個禮尚往來的公道，其實把「情人節熱」拉長一個月，可多賺不少錢。

White Day那天，男士們回送的禮物，大半選白色：花束、化妝品、手帕、圍巾、衣服、首飾……還有送內衣褲的，其中玄機，乃當事人的事。

也有些公司行號，統籌向男職員們收錢，購買大批的棉花糖，女同事一人發一包。這叫——妳送虛情，我回假意，一盒黑色巧克力換一包白色棉花糖，誰也沒吃到虧。

統統有獎的巧克力和棉花糖，義理十足，卻似乎少了些什麼——

那眞心實意的感情到哪去了？

二〇〇〇、一、十九於芝加哥

取暖季節

加油

長住美國東北部，出入冰天雪地的經驗很多，但那兒的一般住家、公共場所，都有中央系統暖氣，我已被寵壞，認爲世界處處應該如此。

初搬到日本時正値盛夏，只覺得山城空氣新鮮又涼爽。不想一過十月，就開始有寒意，即使在屋裡，也縮脖子圈腿，層層添衣。

冬天眞到了，西伯利亞來的北風徹骨，附近人家都點起燒煤油的暖爐。在鄰居頻繁的善意勸告下，我們也從電器行搬回四台暖爐，學日本家庭，大房間裡一間一個，但出了房門，不論玄關樓梯走廊，狹小的廁所、洗澡間，都是「冷感帶」，單薄木造小屋的外頭有多冷，這些地方就有多冷。

攝氏零下十幾度的天氣裡，我們從家中一室往另一室時，都如日本「忍者」練隱身功般地閃進閃出，入房隨手關門不只是好習慣，而是生存之必須。凍成固態的洗髮精，結著薄冰的磁磚地使洗澡不再是享受，但最苦的是夜裡出熱被窩進冷廁所，口呼白氣、哆哆嗦嗦，要咬緊打顫的牙一狠心才能坐上冰塊似的馬桶。

冷！冷！冷！眞是冷得太不人道了。

後來發現日本人也受不了這種苦，所以才有「熱馬桶座」的誕生。

我原來搞不懂爲什麼馬桶下，多了根帶插頭的電線，拉起來左看右瞧，就沒敢插插看，怕馬桶爆炸不可收拾。

後來弄清楚了，橢圓型的塑膠馬桶座，底下繞嵌著水管，插頭接了電，就將水管內的流水加熱，水過之處，自然暖和起來，坐上去讓人舒服感動到忍不住大大地——嘆一口氣。

可惜不能帶著馬桶座到處跑，但幸好買了暖爐。

搬回來的大暖爐，比一扇門寬，如飯桌高，有半個冰箱深，笨笨地占著已嫌窄小的日本空間。安裝時，師傅在牆上挖個小洞，拉了一條管到室外，說這樣就能把廢毒氣排出去，但屋裡仍充滿刺鼻的煤油味兒，需要經常開窗換空氣。

附近人家的院裡，都有個巨型油筒，筒身打橫，底下加四根鋼管柱，像隻截頭去尾的粗壯牡牛，在什麼東西都袖珍的日本，它看來特別礙眼。鎭裡加油站的運油車，冬天來得頻繁，它在安靜的巷中一停，灰長油管接上某家的油筒，就咕嘟咕嘟開始送油，天時常飄雪，運油工人滿不在乎，隔著廚房小窗和老主顧嘰呱聊天，小孩們不穿外套，趿著鞋出來看送油，媽媽在屋裡叫喊、工人在屋外轟趕，灰暗的雪巷中頓添聲色。

提著滿筒油回家，我有一種秋收冬藏的滿足，愈看窗外冰冷，愈感謝油火的溫暖恩惠。

每台暖爐的肚子裡都有個小油筒，油將燒盡時，暖爐會「嗶嗶嗶嗶」叫個不停，警告主人快取出小油筒，到屋外加油，免得斷熱。有些家庭多花些錢，在大油筒和家中的暖爐間，再築幾道油管，省卻出門取油之苦。我們的房東老太太不願在牆上穿孔裝管，我只好「自力輸油」。

加油不難，擰開大油筒底的龍頭，煤油就嘩啦啦洩出，既無鎖也無其他保護裝置，任何人隨時都可開關。但這龍頭的口徑大，小油筒嘴的口徑小，即使用了漏斗，我還是常常手忙腳亂，把油漏一地。那兒靠近燥熱的廚房和爐台……加油，其實很危險。

我們擁有四台暖爐，換句話說，有四個小筒經常「嗶嗶」待哺，甚至隔一天就得哺一次。嚴冬中，颳風下雪不提，有時地上還結著厚冰，滑不溜丟，拎四個油筒出門，能靠近大筒已不簡單，還得小心翼翼蹲跪冰上，餵滿這群小筒，凍僵的雙手難使喚，關不好龍頭，也扶不穩漏斗，往往弄得滿手油，油污深深沁入粗細交錯的手紋裡，我攤開手掌看，像讀一張印刷拙劣的老地圖，經寒風吹割，更覺得粗澀難過。

因向來怕冷，寒地「加油」可說是我最痛恨的一樁日本事。但是，每回吃力地提著四筒油回家，把沉沉小筒裝進暖爐，聽爐子又轟隆轟隆，彷彿續著家的脈動時，才積的委曲抱怨，全被另一種心情取代：看剛洗完澡的孩子們，換上乾淨的衛生衣褲，香胖小身軀、小腳丫，迎著爐下散出的暖流，就像吹著春風的小花。爐裡火光閃爍，孩子笑語活潑，桌上茶香，鍋裡飯甜，我有一種母雞護全了小雞的驕傲，一種秋收冬藏的滿足，愈看窗外冰冷，愈感謝油火的溫暖恩惠。

可惜兩天不到，油筒漸輕、漸空……萬事逕走下坡。我先憂心忡忡，繼而面露愁容，再來緊張易怒，孩子們在眼前不論說唱跑跳，都令我頭痛。最後，我做什麼事也無法集中精神，好像活著就只爲了等那「加油」的定時炸彈引爆。

終於！第一個小油筒揭竿響起，「嗶嗶嗶」把所有愁煩嗶到了極點，再如瀑布傾瀉——我忿忿放下手中一切，穿戴厚重，集了油筒，七七八八拎著，唉聲嘆氣，一步一步走入風雪中。

與日本油的情仇，在那些冰冷日子裡，就這樣規律循環。也眞難爲了生長在亞熱帶的我，能不癲不瘋，安度三冬。

被爐

一個酷寒下午，美知子請我去她家喝茶。

輕扣掛了「內田」名牌的木頭拉門，門才開一條縫，就有甘香茶味飄出，但旋即被寒風吹散，美知子熱情地迎我進內室，給我介紹她的公婆，兩老行禮如儀，邀我入座。

內田家的屋子，已有三代老舊，黑褐的木柱上，還有老先生幼時刻劃的痕跡，像這樣的老屋，當然不會有新式暖氣，內室牆角立著一台燒油的暖爐，可能是爐子小，空氣仍嫌冷清。我跪坐下來，打量這個房間，與一般和室無異，除了門旁立著兩個木漆斑駁、式樣古董的「簞笥」（tansu，立櫃）外，傢俱就只有榻榻米正中的矮桌了。

而這矮桌，被一條花色鮮豔的大厚棉被鋪蓋著，上頭又壓了另一個桌面，擺著徐徐生煙的熱壺和茶杯。

老人們端坐的下半身，隱在桌底柔軟大被子裡。

美知子進廚房拿點心盤碗，老太太笑著問我：「張桑不冷嗎？請快進被裡來。」

我看看老人家，再看看矮桌，要——要——一起蓋被？

她仍咧著嘴，等我回應。我象徵性揪著被子的一個小角，覆在膝上。

老太太堅持：「張桑請多蓋一點，請多蓋一點，天這麼冷啊！」

老先生也吸著嘴點頭，我只好把腿往桌底再挪一挪，被子蓋到了腰上。

「張桑暖些吧？」老太太又問。豈止暖些——進被的膝腿，像進了另一個世界。那世界裡的溫度如此宜人，本來爲了對抗寒氣而緊繃的筋骨皮肉，全喝了酒似地醺醺然，暖流如電，傳得我遍體舒暢，忘了和生人「共被」的尷尬，只哈哈笑說：好舒服！好舒服！

那是我，第一次「被爐」經驗。

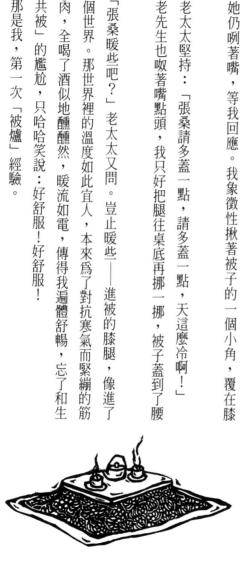

被我暫譯成「被爐」的玩意兒，日文名爲「炬燵」（kotatsu），是因應日本人席地而坐的東洋特產：一張底面裝了電熱的矮桌，上覆棉被，被上再覆一桌板，可在上面吃飯寫字讀書工作，累了甚至可躺下擁被而眠。

日本人愛用「被爐」，據一些研究日本「熱源歷史」的專家考證，此條桌上大被，還眞是「蓋有年矣」——

繩文時代，日本人在居穴中央掘洞升火，兼管炊事、照明、取暖。發展到後世，被稱爲「囲炉裏」（irori），功用如現代西方壁爐，不過爐口不在牆上，乃方方正正挖在屋中央。這類爐的頂上，多半有一支從屋樑垂掛的鐵鈎，名字取得好，叫「自在鈎」（jizaikagi），用來吊著鍋壺。鈎上樑下之間，還掛有木架，可放待烘乾的食物、木材……這種老式熱源，目前只在少數鄉下農家可見，已幾近絕跡。

室町時代末，在「囲炉裏」上方搭置桌板、蓋木籠、鋪棉被等取暖方式已具雛型。還有「火鉢」（狀如中國的燒炭陶火盆）、「火榻」（亦音kotatsu）等文字記錄。

江戶時代，因爲製木炭技術進步，及用來做「布団」（棉被）的木棉增產，「被爐」逐漸在社會上普及。知名文學家井原西鶴的代表作《好色一代男》中，不僅有詳細文字描述，還有清楚的插圖，畫出主角圍坐在蓋了華麗棉被的被爐旁。同時期的俳句詩人松尾芭蕉，也以旅途中的「被爐」入詩，留下一些傳世之句。

近代「被爐」在日本的發展，我想不出任何一樣中國傳統傢俱可與比較，傢俱公司不斷

進被的膝腿，像進了另一個世界。那世界裡的溫度是如此宜人……

推陳出新，追隨潮流，在桌面用隱蔽式電子按鍵操作，調整「爐」的冷熱，一度不差。上帶插座可燒火鍋，下裝滑屜供擺電腦鍵盤……爲迎合日漸西化的年輕人口味，被爐甚至擴展到具標準高度的西式餐桌上，廣告圖片上顯示可坐八人的長桌，上置豪華燭台，四面圍棉被如穿曳地長裙，娉娉婷婷似要去參加盛大舞會。

繼「內田」家之後，我在寒冬中訪友，都會累積一些暖爐經驗、蓋被心得。對這件沒有用過的傢俱，不知熱源爲何，一來好奇，二來擔心（被燙到），我總想撩開被子伸進頭去查個清楚，但這舉動，和我高雅的做客姿態太不相稱，只好按捺衝動，靜靜喝茶。

基本上，「被爐」是供自家人使用的，但家裡難免有客，冬天請客「入被」也是禮貌，若客人不止一位，生張熟魏，大夥兒全把腿腳伸進一個被裡，確是彆扭。尤其當主人建議大家放輕鬆隨便坐，把跪得發麻的腳伸直時，最要謹慎，小小桌子底下，不管誰踢了誰的哪裡都不是好事。

另外，許多家庭在被爐上進三餐，常吃的味噌湯、火鍋等湯湯水水，很容易弄髒棉被。有的主婦不耐清洗麻煩，在被上蓋一層塑膠布，棉被也好，塑膠布也罷，日久總有擦不去的菜味油味，黏膩熱乎地隨布和被覆在身上。

倘若對這些事都不在意，那寒冬中，除上廁所外，眞可以一天都窩在被爐裡。日本朋友的孩子，在被爐中吃了睡，睡了吃，張了眼睛就用遙控器開電視。被爐的保暖方便，轉成頹廢溫床。

種種原因，使我一直沒有養成用被爐的習慣，但每看到蓋著鬆軟大被的被爐，都會興起取暖的欲望，也覺得人生在世，確有親友圍爐的必要。不經歷酷寒的人難體會：能擁有，和分享溫暖，是一件很幸福的事。

而溫暖，好在它有各種不同的形式。一個人擁被爐，是取身體上的溫暖，一家人圍被爐，添心理上的溫暖，但一村一鎮一地的人，都厭了長長冬日，抱怨在屋裡被烘得口舌乾燥、耳目無聊，厚厚被爐成爲脫不去的束縛時，老天爺還有另一種供應溫暖的妙法。

當美知子和其他日本太太們，不約而同，清洗好被爐上的被子，疊進放有樟腦丸的大塑膠袋裡，跟所有厚被褥一起，整整齊齊收入壁櫥時——就是春天到了。

二〇〇二、二、二十四於芝加哥

日本四季

世界上，要找有「四季」的地方多得是，甲山的春花、乙島的秋葉，丙丁國的冬陽夏雨，都美都好，你問我，爲什麼提日本？

不，不，你不知道，日本的四季特別，有它自己的語言，這個無聲語言，在日本國內廣爲流傳，人們心照不宣，溝通無礙。

大家不開口，只是在各處做記號，在盆缽、在和服布角、在砧板、在茶酒杯盤；在鐘鈴、在蓆帘座墊、在蟲聲、在門楣窗檯……

這個做記號的規矩不知是從哪一代開始，起初必定很費力氣，因爲事事要顧到，後來大概長期耳濡目染，人人學成，不止在家中力行，上飯館，逛店鋪，去別的鄉鎮城市……記號與記號與記號不斷連結，組成長句，化爲文章。我們「外人」在日本，看到長篇的四季文章，而那兒的人，只是天天做記號，自然習慣。

我常常想，若是老天爺把日本的四季收回，日本人大概全能不開窗門，自己在家裡繼續過春夏秋冬。吃喝什麼、穿戴什麼，住的環境、說的話、唱的歌、看的戲、年中頻繁的行事活動，甚至生老病死……全有四季規範。

大自然給了日本美麗的四季，日本人自己又創一套，加在一起，似比別處可觀。

蔣淳 2005

（日本人多把陰曆活動放在陽曆日子裡舉行，但仍保存各種舊俗和儀式。不過現代人過節慶，常是依上一代的樣式畫葫蘆，不知其所以然。學生們得記誦十二個月的古老名稱，也不懂字後的含意。）

春

三月	彌生月——初春陽氣旺盛，草木萬物滋生
三月三日	雛祭り，女兒節，桃花盛開，媽媽擺雛壇爲女兒祈福
三月十四日	一九七九年日本人自創 White Day，男人回贈情人節禮，送女人白色的糖果禮物
三月二十一日	春分　掃墓
三月底到四月中	花見，戶外賞櫻是全國性轟轟烈烈的活動
四月	卯月——干支中十二支的第四爲卯，也是「卯花」開放的月份
四月一日	學期開始，小學一年級生的「入學式」鄭重舉行
四月八日	花祭り，佛祖生日
四月下旬	Golden week 春假，舟車擁擠，國內外旅遊人口大流動
五月	皐月——從中國經書〈爾雅．釋天〉：五月爲皐。也稱「早苗月」 新茶出
五月五日	端午，子供（兒童）日，本是男童節，掛鯉幟，家中擺武士玩偶爲兒子祈福

夏

六月　水無月——取夏季日照強烈，田中常乾涸之意（竟同時也是梅雨月！）

夏日開始。穿夏和服，家中換麻布門帘座墊

七月　文月——（不知為何）是啓讀「文書」的月份

七月一至十五日　大家互贈中元禮

七月七日　七夕祭，人們寫願望於紙條上，綁縛竹枝祈神祝福，以「仙台」一處的祭慶最熱鬧有名

七月十七日　京都「祇園祭」（與東京「山王祭」、大阪「天神祭」合稱日本三大祭），自西元九世紀開始，將神龕置於金璧輝煌的「山車」裡巡街，祇園中的藝伎、古樂團等亦組隊大規模遊行

八月　葉月——樹木綠葉繁茂至極的月份，即將入秋

八月十三至十六日　盆祭，盂蘭盆會，返鄉掃墓，盆踊大會，全國各地都有祭禮及花火大會

秋

九月	長月——秋季開始，夜逐漸變長
九月九日	菊花節，十六瓣菊花圖案是王室的「家紋」，錢幣、郵票上都印著，故多處名寺都辦菊花展
九月十五日	敬老日
九月二十三日	秋分，月見日，即中秋，賞月飲酒作詩吃月餅
十月	神無月——萬神赴「出雲大社」一年一會，各地神社呈空故曰「神無」月
十月至十一月	紅葉狩，比賞櫻較不喧鬧而富文藝氣息，京都嵐山等處紅葉有名
十月十日	體育日，學校遠足，各地辦運動大會
十一月	霜月——霜降，葉落盡，冬季將臨
十一月三日	文化日，明治天皇生日，頒獎章給傑出文化人
十一月十五日	「七五三」，年齡爲三歲、七歲的女孩，及三歲、五歲的男孩穿傳統和服，由父母帶去神社求神明保祐健康長命，是日最賺錢最高興的是照相館

冬

十二月 師走——大家準備過年，連爲師者亦失平日沉穩，走東走西辦事忙。送歲暮禮、大掃除、寫「年賀狀」，做年食，各處都辦「忘年会」，公司行號在此時酬謝員工一年來的辛苦，宴飲歌舞，忘卻這一年的不好之處，以新姿態迎接新年

十二月二十五日 Christmas，日本基督徒不多，但大家仍互贈禮物，是商家的節日

十二月三十一日 大晦日，除夜，家人一起喝屠蘇酒，吃蕎麥麵，聽除夜鐘，看「紅白歌合戰」

一月 睦月——年初親友互相拜年問候，取氣氛和睦之意

一月一日 正月，初詣，全家去神社爲新年祈福。放年假，以松竹梅裝飾房屋。吃「雜煮」年糕湯、「お節料理」盒食，孩子玩陀螺、羽子板，放風箏、「百人一首」的猜詩遊戲

一月十五日 成人日。滿二十歲的年輕人穿著傳統和服去神社祈福。各地神社築高架，火燒年飾及還願達磨娃娃

二月 如月——從中國經書〈爾雅．釋天〉：如者，隨從之意。萬物相隨而出，天地間秩序井然

二月三日 節分，冬季結束的指標，大家撒豆去厄，趕鬼迎福

二月十四日 情人日，女人送男人「義理」巧克力

〈附錄一〉

日本年代

原始時代，含舊石器、繩文、彌生時代（西元前三十萬年至西元後三百五十年）

大和時代，含飛鳥時代（350—709），大和朝廷將群小國統一

奈良時代（710—793），中國文化大量輸入

平安時代（794—1191），日本文化誕生

鎌倉時代（1192—1333），武家政治開始

室町時代（1336—1573），戰國大名各地爭權

安土桃山時代（1575—1600）

江戶時代（1603—1867），江戶幕府成立，封建社會形成

明治時代（1868—1912），明治維新，立憲政治開始

大正時代（1914—1926）政黨政治確立

昭和時代（1927—1978），戰爭的年代

平成時代（1989—）

〈附錄二〉
日文詞彙

A

aisatsu　「挨拶」——打招呼、行禮致意（鞠）

amazake　「甘酒」——似酒釀的年節飲料（正）

annai　「案内」——指南，引導，「案内所」即詢問處（五）

asagao　「朝顏」——俗稱牽牛花，一年生蔓草，花冠漏斗狀，故亦名喇叭花；日本夏季的代表花（夏）

asagaoshi　「朝顏師」——專門培養珍奇朝顏的育花師傅（夏）

asagao-ichi　「朝顏市」——江戶時期在東京淺草區舉行的「朝顏」花市，百多年來不斷，現在仍是東京每年七月裡的重要活動（夏）

B

bara　「薔薇」，ばら——乃中文裡的「玫瑰」，發音似台灣水果「芭樂」（上）

bonenkai　「忘年会」——十二月間，各行業團體舉行的年終飲宴聚會，忘卻舊事迎接新年（干）

bon odori　「盆踊」——八月中旬「盆」祭時，為迎送先祖之靈而跳的傳統舞踊（夏）

bureko　「無礼講」，ぶれいこう——日本人在某些慶會場合開懷宴飲，不論身分年齡地位，全不拘小節，甚至行為放肆無禮也被包容（花）

C

Chino　「茅野」——長野縣中部山區小城，擁有史前「尖石遺跡」，是避暑、滑雪勝地（茅）

chugen 「中元」——七月上中旬開始，原為祭祖時節，但也是日本人互相送禮，互祝暑安或表感謝的時期（大）

D

daimyo 「大名」——日本戰國時期，擁兵據地的武士（木）

daimyo gyoretsu 「大名行列」——「大名」每隔一年向江戶幕府報到，其如遊行般來回在家鄉及江戶路上，多至千人，展現兵備財富的浩蕩隊伍（木）

danchi 「団地」——社區，國民住宅（茅）

daruma 「達磨」玩偶——日本人將佛教人物「達摩」做成穿紅袍不倒翁形的祈福還願物（正）

de-pa-to department store——百貨公司（上）

dondoyaki 「どんど燒き」——一月十五日，過新年最終的慶典，焚燒許願「達磨」及年飾（正）

E

Edo 「江戶」——東京舊稱（木）

engawa 「緣側」——日式房屋紙拉門外，簷下的長廊陽台（夏）

F

fa-mi-kon family computer——家用電腦（上）

furin 「風鈴」，ふぅりん——在夏季予日本人清涼感覺的代表物，底下常綴一寫了「涼」字的紙片（夏）

furisode 「振袖」——年輕未婚的女孩在正式場合或節慶中穿著，手臂底下垂著長袖袋的和服（和）

furo或ofuro 「風呂」——洗澡（日）

furoshiki 「風呂敷」——傳統花色的大方巾，原為舊時去「湯屋」洗澡時包衣服用的布，後用來包各種物品或禮盒，不拘內含物之形狀大小，輕便好攜帶（和）

fusuma 「襖」——不透光的厚和紙貼製的紙拉門（夏）

futon 「布団」，ふとん——鋪在榻榻米上厚軟的棉墊褥和蓋被（哈）

G

gaijin 「外人」——外國人，外來的人（上）

gaman 「我慢」——忍耐、自制（米）

ganbatte 「頑張」——固守、不放棄，為別人加油打氣時用語（運）

Genji MonoGatari《源氏物語》——平安時代女作家「紫式部」之作，描寫皇子光源氏所經驗的華麗宮廷生活，共五十四帖，乃日本史上最早的長篇小說（和）

giri choco 「義理 CHOC.」——二月十四日日本女子送給男同事們的「人情」巧克力，與愛無關（失）

giri ninjo 「義理人情」——日本人崇尚講義氣重信諾，有恩必報「還債」式的社會倫理與人際關係（大）

gofukya 「呉服屋」——江戶時代始有的和服店，「呉服」據說是來自中國春秋戰國時代呉王夫差之「呉」國（和）

Gokaido 「五街道」——江戶時期聯絡著江戶、京都及其附近諸城的交通要道，共五條：日光街道、奧州街道、甲州街道、中山道、東海道（木）

H

hachimaki 「鉢巻」——鎌倉時代武士出征時戴著以固定帽盔的布條。後來成為紅白兩面的布帶，在各種競賽中用來辨識隊別和鼓舞士氣（運）

haha 「はは」——媽媽，隨音譯成中文「哈哈」（哈）

haha no kai 「母の会」——學校中學生母親們的組織（哈）

haiku 「俳句」——「和歌」之一種，由5．7．5十七音節構成的小詩歌（夏）

hanami 「花見」，はなみ——賞櫻花，是春天日本全國性的戶外大事（花）

hanabi 「花火」——煙火，十六世紀時由葡萄牙人帶入日本，遂成夏季慶會中不可少的熱鬧。東京隅田川的花

火大會最富盛名（夏）

hanayome 「花嫁」——新娘，新婦（和）

hana yori dango 「花より団子」——櫻花雖美，光看不能吃，比起不中看卻實惠飽人的麻糬糰子差些。意在勸人務實。（花）

happi 「法披」——和服中的一種寬袖上衣。江戶時代，武家、商店的工人或工匠都穿「法披」，背上寫著家族紋記或商店商標，有識別與做廣告的作用。後來成為木匠、花匠等人 的工作服。因其方便穿脫，人們常在祭典中穿著，背後漸漸都改寫成「祭」字（夏）

Harajuku 「原宿」——大東京都西南地區，以年輕人新潮前衛、奇裝異服聞名（大）

Hotaru no Hikari 「螢の光」——如中國之「驪歌」，送別歌，日本人採取蘇格蘭民謠 Auld Lang Syne 的曲調填日文歌詞而成（三）

hatsumode 「初詣」——除夕或新年時，全家老少去神社、寺廟參拜祈福（正）

heiki 「平気」——別擔心，不用緊張（茅）

hesokuri 「臍繰」，へそくり——意指和自己的肚臍算錢，絕對夠祕密，即私房錢（哈）

hidarimae 「左前」——日本人入葬時和服的穿法，左襟壓右襟（和）

hina-dan 「雛壇」——慶祝「女兒節」時，陳設全套十五布偶及用器的階梯式木檯（桃）

hina-matsuri 「雛祭り」，ひなまつり——三月三日女兒節的祭慶（桃）

Hirasawa 「平沢」——名漆器產地，區內有「木曾漆器館」，館前有「芭蕉翁」三字的大石碑，紀念古俳諧詩人「松尾芭蕉」曾寫詩頌讚木曾之秋（木）

hiroen 「広縁」——陽台（日名緣側）之一種，外頭加設紙門，成為夾在兩重門間的長廊（夏）

hiroen 「披露宴」——披露有發表的意思，即新婚夫婦向親友發表二人結連理的喜宴（哈）

hishi-mochi 「菱餅」——女兒節時放在「雛壇」上多色的菱形米餅（桃）

hina-ningyo 「雛人形」——為女兒節所做，祈福消災的布偶（桃）

hiragana 「平仮名」——「平假名」，約九世紀時，日本取中國漢字簡化而來的四十六個單音節字體（米）

hoshigaki 「干柿」——以風乾去澀法製成的柿餅（浮）

I

ichigo ichie 「一期一会」——「茶道」用語，視事如一生只有一次的機會，盡力到極至（茅）

inaka 「田舍」——鄉下地方（茅）

irori 「囲炉裏」，（いろり）——在天寒的北方常見的傳統式火爐，於榻榻米中央挖陷一方洞升火取暖並炊煮飯食（取）

itadakimasu 享用食物之前說的敬語（米）

izakaya 「居酒屋」——日式小酒館，供清酒、串燒等小菜（哈）

Izumo Taisha 「出雲大社」——在島根縣的老神社，自古為祭拜日本眾神之所，出雲地方，也是流傳著各種奇妙故事的「神話之国」（仲）

J

jan, ken, pon 「じゃん、けん、ぽん」——剪刀石頭布，西洋的「rock、paper、scissor」（上）

jidohanbaiki 「自動販売機」——日本大街小巷，各公共場合都找得到，販賣食物飲料及各種貨品的機器。二〇〇四年曾有統計全日本共有五百五十二萬台自動販賣機，年收入為六萬九千五百億日元，相等於全國便利商店的生意額（五）

jikka 「実家」——俗稱自己原來的家，對結婚的女人來說就是娘家（五）

jizaikagi 「自在鈎」——在榻榻米中央的火爐上方，由屋頂掛下鏈鈎，鈎住水壺鍋盆以利煮炊，多設計成如彎曲魚身等有趣式樣（取）

joya no kane 「除夜の鐘」——除夕十二時全日本寺廟敲鐘，共敲一百零八下，可祛除已逝一年中的所有憂煩（正）

jukunen-rikon 「熟年離婚」——中老年離婚，近年來在日本社會中比例突增（哈）

junihitoe 「十二單」——平安時代宮廷中的正式女和服，今只在特殊的祭禮儀式中得見（和）

K

kagamimochi 「鏡餅」——圓形如鏡的米餅，新年時節以干柿、昆布、苦橘、龍蝦，放在家中神壇上供奉年神用，到了一月十一「鏡開き」（kagami—biraki）之日，即可敲碎放入「雜煮」（zoni）湯中煮食，成為如年糕般的過年點心（正）

kaisha 「会社」——公司（哈）

kaki 「柿」——柿子，常在日本民俗故事中講及的水果，是秋的象徵（浮）

kamon 「家紋」——家族標記（木）

katakana 「片仮名」——即「片假名」，日本取中國漢字簡化而來的四十六個單音節字體，但多使用在「外來語」的書寫上（米）

Katsushika Hokusai 「葛飾北齋」——浮世繪名家（1760—1849），其「富嶽三十六景」是世人皆知的浮世繪代表作（花）

KWAIDAN 日文「怪談」音譯，《怪談》為日本鬼怪故事經典之作，但原作是 Lafcadio Hearn 以英文寫成（仲）

kawaiso 真可憐呢（哈）

kazenoko 「風の子」，かぜのこ——指日本的孩子受過鍛鍊，健康強壯不畏困難（上）

kekkon sangyo 「結婚產業」——與婚紗攝影喜宴，甚至婚友介紹等與結婚相關的行業（和）

kigo 「季語」——日本俳句中習慣選用特定的動、植物或傳統習俗來代表四季，譬如讀到「風鈴」即知是夏季，故「風鈴」是夏之季語（夏）

kimono 「著物」——傳統男女和服（和）

kiritsu 「起立」——起立（米）

Kiso 「木曽」——本州中部山城地名，以產檜木、漆器聞名（木）

koinobori 「鯉幟」，こいのぼり——逢五月五日男兒節，有男兒的家庭昇起的旗飾，做成鯉魚模樣，在借中國鯉魚躍龍門之涵意，求孩子強壯成長（五）

Koizumi Setsuko 「小泉節子」——《怪談》作者小泉八雲之妻（仲）

Koizumi Yakumo 「小泉八雲」——Lafcadio Hearn 採用其妻之家姓，加上得自「初雲神話国」的「雲」字，自命之名」（仲）

Kojiki 《古事紀》——由「天武天皇」下令在西元七一二年寫成，日本最古老的史書，分上中下三卷，分別寫神話傳說、巫術占卜、禮儀風俗，日本之創建、英雄事蹟及各天皇的宮廷記事，此書與《日本書紀》是研究古日本最好的材料（仲）

koma 「獨樂」——陀螺玩具（正）

korimochi 「冰餅」，冰もち——如冰凍年糕的「諏訪」地區土產（聽）

kotatsu 「炬燵」，こたつ——日本人依「榻榻米」作息而設計出的矮几，几面底下裝置暖爐，上覆棉被以儲熱，冬天人們將腿腳伸入桌下保暖（取）

kumon 「公文教室」——日本人「公文公」（1914—1995）創立的公文式教育補習班。此人姓公文名公，相信幼童能自不斷反覆練習中進步，「公文教室」就是提供大量習題給學生，教導他們勤奮「自學」的地方。人們對「公文教室」有褒有貶，但它確實已成了國際化的補習企業（哈）

kun 「君」——日本人對男孩或男學生、平輩或小輩的稱呼（上）

kusai 「臭い」——臭的（茅）

kyoiku-mama 「教育ママ」——教育媽媽，指用各種方法使孩子學業成功，習十八般文武技藝，入一流學校的日本媽媽（哈）

L

Lafcadio Hearn 作家「哈恩」（1850—1904），喜蒐尋探討東方鬼怪傳說，取日本妻子後歸化日籍，最後病逝日本。有《怪談》等十餘本著作（仲）

M

mankitsu 「滿喫」——飽食、飽享，非常滿足愉快（花）

Matsue 「松江」——島根縣府所在小城，該縣以古老的神社「出雲大社」聞名（仲）

Matsuo Basho「松尾芭蕉」（1644－1694），江戶時代喜好旅遊四方的俳諧詩人，「奧の細道」為代表作

Matthew Perry「ぺりー」——美國海軍艦隊司令（1794－1858），一八五三年以「黑船」艦隊打開了封建日本鎖了兩百多年的大門，一八五四年訂「日米和親條約」，開日本通商口岸（茅）

mezurashii「珍らしい」——珍貴稀罕（大）

momijigari「紅葉狩」——在秋天裡去郊外賞紅葉（紅）

Momotaro San「桃太郎」——日本童話中，帶著飯糰、狗、猴子、野雞去鬼島打鬼的小英雄（仲）

mukaebi「迎え火」——「盆」祭時，家家戶戶為迎接先祖亡靈而點的導路火（夏）

mulo「室」——包圍、環繞、房間（日）

Murasaki Shiki Bu「紫式部」——平安時代女作家（978?—1016），作《源氏物語》（和）

N

Nakaooshio「中大塩」——茅野市附近社區名。含「塩」字的地名在這一帶常見，據說與日本史上戰國期武將「武田信玄」在其山間領土上輸鹽存鹽有關（茅）

nani「何に」——什麼？（大）

Narai「奈良井宿」——木曾十一宿（驛站）中最熱鬧繁華的一宿，全以三百多年樹齡的檜木蓋成的木曾大橋在其境內。每年六月的第一個週末，都舉行「奈良井宿場祭」，仿古「大名行列」街頭遊行（木）

naruhodo 原來如此（茅）

nengajo「年賀狀」——賀年片。明治初年「明信片」開始發行，人們互寄明信片賀年，於十二月十五到二十八日間，將賀年片放在郵局裡特定的信箱中，至新年初一的早上，請郵差或學生義工們發送（正）

Nihonshoki《日本書紀》——日本最早的編年史書，用中國漢字在西元七二〇年寫成，與《古事紀》是研究古日本最好的參考書（仲）

ninja「忍者」——專習傳統「忍術」的人。「忍術」源自中國孫子兵法，日本人精研後自成間諜奇術，在日本戰國時期極盛行，忍者多過集團式生活，受各種易容、武術及心理戰的訓練，伊賀及甲賀地區最多（干）

nure-en	「濡れ縁」——曝在屋外承受雨雪的和式屋陽台（夏）

O

obake	「お化け」——精怪，據說是天上落下的神祇，有的身形怪異，有的附在人間某些物件上，如雨傘、燈籠等，在傍晚或半夜，出現於特定的山、水、樹石旁，捉弄人或嚇人（仲）
obi	「帯」——和服的腰帶，男女裝皆有，室町期開始成為和服的一部分，至江戶時期，女裝的「帯」由原來簡單細窄，演變為寬大華麗，並打飾結於身後，裝飾性大於固定的作用。為了紮出繁美花樣，今日的「帯」平均約十二呎長（和）
obon	「盆」祭——八月十三到十五日，與「新年」並稱的日本兩大節慶。源自中國的盂蘭盆會。屆時家家戶戶打掃清潔，擺好供品，在門口路口點上「迎火」，請僧人來家中做法事，迎接先祖的亡靈歸來。十五之夜，大家點了「送火」，聚在廣場上跳傳統的日本踊來歡送先祖。如今這段時間常用在返鄉團圓祭祖或夏季旅行，故交通多擁擠紊亂（夏）
oishii	美味的、好的（大）（浮）
ojigi	「お辞儀」——敬禮，鞠躬或跪拜，表示問候、敬意、請求、感謝、道歉等意（鞠）
okuribi	「送り火」——「盆」祭時為歡送先祖亡靈所點的導路火（夏）
okuri mono	「贈物」——禮物（大）
Ombashira Matsuri	「御柱祭」——「諏訪」地區有名的傳統祭典，每七年辦一次（茅）
omedeto	おめでとう——恭喜（五）
omisoka	「大晦日」——除夕。「晦日」為每個月的最後一日，十二月三十一日即最大的晦日（正）
omiwatari	「御神渡」——「諏訪湖」冬季湖冰呈規律迸裂的景象，其間有一動人神話故事（茅）
omiyage	「土產」——旅行者自外地帶回家送人的禮物，多是食物飾品（大）
onaji	「同じ」，おなじ——相同（米）
oni	「鬼」——神話中象徵邪惡的妖怪，頭上有角和獠牙，拿著一個大金（屬）棒，專門吞吃人。（仲）

onigiri 「お握り」——飯糰，以米飯拌作料，用手握壓，再包上乾海苔做成，關東區多呈三角形，關西區則做成圓柱狀，是日本人外出郊遊時最常攜帶的食物（米）

Oni wa soto!Fuku wa uchi! 「鬼出外、福進內！鬼出外，福進內！」二月三日「節分」撒豆趕鬼時用語（仲）

origami 「折り紙」——折疊西洋色紙、「和紙」（又稱千代紙，chiyogami），最早只用在宗教祭典中的飾物上，至室町期成為一種自娛娛人手藝，可折疊玩偶或一般裝飾，至江戶期盛行普遍，現今為日本幼稚園的必備教材（千）

orizuru 「折り鶴」——鶴形折紙，集千隻為「千羽鶴」，攜去探病，可為病人祛病求安康（千）

washi 「和紙」，依七世紀時由中國經朝鮮傳至日本的製紙古法，手工製出的精美紙張（千）

osechi ryori 「お節料理」——專為過年前三天準備的傳統和食。因過年期間商店多休息，主婦們年前即將年菜做好，盛在叫做「重箱」（jubako）的數層精美漆盒中，如中國習俗，這些年菜也有各種吉祥寓意，如魚子象徵多子孫，家業興旺（正）

otoshidama 「お年玉」——新年時給孩子的壓歲錢（正）

oya 「大家」——有父母長輩祖先等多重意思，此處則是指「房東」（大）

P

pachinko パチンコ——中文音譯為「柏青哥」，小鋼珠賭博遊戲（哈）

pa-so-kon personal computer——個人電腦（上）

pato 「パト」——打工、兼差。來自 part-time job 中的 part（哈）

R

rei 「禮」——學生團體鞠躬行禮時的口令（米）

re-mo-kon，remote control 遙控器（上）
ringo 「林檎」，リンゴ——蘋果（米）
Ruth Benedict 美籍人類學家（1887—1948）。研究日本民族文化之經典名作《菊花與劍》（1946）作者（大）

S

sakura 「桜」，さくら——櫻花（花）
sakura-mochi 「桜餅」——用鹽漬櫻葉包捲糯米糰的春令甜點（花）
sakura-yu 「桜湯」——開水泡鹽漬櫻花，喜慶場合喝的飲品（花）
sakura-zensen 「桜前線」——將櫻花正開放的地點連成一線，此線會在日本列島上因氣候變化而逐日北移，是賞花人出遊前必查詢的消息（花）
salaryman 「サラリーマン」——上班族，由英文演變而來的日文（浮）
sankin kotai 「參覲交代」——江戶幕府為控制地方「大名」所訂的制度，大名每隔一年要赴江戶參加幕府會議（木）
seibo 「歲暮」——十二月中下旬，是年終互送年禮時期（大）
seijin no hi 「成人の日」——一月的第二個星期日，該年年滿二十歲的青年聚在各地方的公民館，一起慶祝長大「成人」（和）
sekitei 「石庭」——反映室町時代「禪」學的庭園設計，以砂石為材料創造山水縮影，亦稱「枯山水」（kare-sansui），京都竜安寺、大德寺最為知名（夏）
sensei 「先生」——指老師或醫生（上）
sento 「錢湯」——江戶時代開始普遍的收費公共澡堂（日）
setsubun 「節分」——立春的前一天，常在陽曆二月三、四日（仲）
shibui しぶい——澀（浮）
shichigosan 「七五三」——十一月十五日，三歲、五歲的男孩，和三歲、七歲的女孩，穿上傳統和服，由父母親帶

到神社祝禱祈福，並收到長條紙信封包裹的糖果，叫做「千歲飴」（chitoseame），盼能長命千歲（千）

shidare-zakura「枝垂桜」——櫻之一種，花開如瀑布往下傾瀉（花）

shikki「漆器」——漆器（木）

Shimane Prefecture「島根縣」——位於日本列島西南地區，面對日本海，是古「出雲神話」的舞台，以「出雲大社」（Izumo Taisha）最有名，松江市為首邑（仲）

shimekazari 稻草紮的新年掛飾，上頭插有綠松枝與摺紙，新年期間掛放在大門口，也有人紮在車頭，以去邪辟凶（正）

shincha「新茶」——立春後第八十八日時採的幼嫩茶葉，通常落在五月初，據說是年中最優的茶產，也叫「一番茶」（哈）

shin-satsu「新札」——新鈔票（大）

Shio-jiri「塩尻」——長野縣地名，產葡萄出名（木）

Shirakabako「白樺湖」——長野縣山區名風景地，以白樺樹多而名（紅）

shiromuku「白無垢」——新娘穿的全白和服（和）

shiro zake「白酒」——如酒釀般的日本酒（桃）

shishimai「獅子舞」——隨佛教由中國傳來，獅子是守護天國淨土的靈獸，祈雨、慶豐收或鬧新年時皆會舞獅，由木刻或硬紙糊製的獅頭狀凶猛，傳可辟邪（正）

shitsuke「仕付」——管教、教育（米）

shiwasu「師走」——十二月，據說是大家都忙碌準備過年，連穩重為師者都在急忙奔走（正）

shobu「菖蒲」——五月盛開的鳶尾花，發音與「尚武」同，又有如劍的長葉，故在「男兒節」多用其葉來泡湯沐浴，求男孩勇敢健壯（五）

shogatsu「正月」——新年（正）

shoji「障子」——糊以透光的薄和紙的拉門，同時有隔間的門和採光的窗雙重功用。六呎高，三呎寬的尺寸與榻榻米相同（夏）

shokunin 「職人」——工匠汎稱（木）

shuriken 「手裏劍」——忍者用的飛鏢（千）

sobetsukai 「送別会」——送別或歡送會（花）

sodaigomi 「粗大垃圾」，そうだいごみ——諷指僅為公司工作的日本男人，在家中的無知無用（哈）

Sumimasen, wakarimasen 對不起，不明白（浮）

su-pa, supermarket 超級市場（上）

Suwa 「諏訪」——長野縣中部大城，以諏訪湖及諏訪大社聞名。（茅）

Suwako 「諏訪湖」——長野縣最大的湖，位於諏訪市內（茅）

T

tabi 「足袋」——和式棉或絲布襪，搭配和服穿，大姆趾部分和其他腳趾分開，以便穿夾木屐上的屐帶，襪內側以金屬小扣扣緊。男式為黑或藍，女用則多白色（和）

tai 「鯛」，たい此魚形圓，色紅吉祥，又與「恭喜」押韻，故成為節慶用魚（正）

taiiku-no-hi 「體育の日」——十月十日，為紀念一九六四年東京奧運而訂的國民「祝日」，全國各地都舉辦規模不一的運動會（運）

Takeda Shingen 「武田信玄」——日本戰國期間的驍勇武將（1521—1573），甲斐國的（今山梨縣）「大名」，以打著「風林火山」旗幟的強大家臣團、英勇兵將著稱（茅）

tamago 「玉子」——雞蛋（大）

tanka 「短歌」——「和歌」之一種，採5・7・5—7・7形式，共三十一音節的抒情小詩，著重在詩外的「余（餘）情」（夏）

tanren 「鍛鍊」，たんれん——鍛造、鍛鍊（上）

tansu 「簞笥」——帶抽屜的立櫃（取）

tanzaku 「短冊」——寫了抒情短詩或許願文字，掛在風鈴下或七夕時節竹枝上的狹長紙片（夏）

te-re-bi television，電視（上）

tofu 「豆腐」——八世紀奈良時代自中國傳入日本，原為貴族與僧侶的食物，到室町時代漸在民間普遍，但此時豆腐是由女販在街上行走，四處向人家兜售的。直到十七世紀，日本第一家「豆腐店」才正式開張（大）

tokonoma 「床の間」——日式客廳中置字畫、花瓶等重要飾物的特殊空間，自鎌倉、室町時代家中禮佛的神龕處演變而來，現在多已不具宗教意義，僅存美化裝飾的功用（正）

Tokugawa Ieyasu 「徳川家康」——戰國時期武將（1542—1616），於一六〇〇年「関ヶ原」戰役中得天下，一六〇三年創「徳川幕府」（木）

tomodachi 「友達」——朋友們（夏）

toro nagashi 「燈籠流し」——盆祭中將載著祖先亡靈的燈籠放入流水中，衆人立水邊送其明明滅滅飄逝遠方（夏）

toshikoshi soba 「越年しそば」——除夕時家家戶戶吃的蕎麥麵（正）

tsunbo 耳聾（浮）

U

uchikake 「打挂け」——日本傳統式新娘禮服，以金銀線繡花飾，精美昂貴（和）

uchiwa 「団扇」——團扇，正式場合穿正式和服時用折扇，穿輕便夏和服「浴衣」時則配以団扇，故其亦為夏之象徵（夏）

undokai 「運動會」——運動會，由學校開始舉辦，傳至社會各層的競技活動（運）

Urutoraman 來自英文 ultraman——日本電視節目中的機器人，日語發音正如「無魯頭拉滿」（茅）

Utagawa Hiroshige「歌川廣重」——浮世繪名家（1797—1858）亦名安藤廣重，作品有「東海道五十三次」、「江戶名所百景」等（木）

V

Valentine　（バレンタイン）——情人節，日語發音似「八楞炭」（失）

W

wa　「和」——和平、和氣（大）
wakaru　「解る」——了解、明白（浮）
wa-pu-ro, word processor　文字處理機（上）
waruii　「惡い」——低劣、壞的、不禮貌（大）
White Day　三月十四日，日本糖果商人發明的「情人節」後續節日，男士們還贈情人節禮物的日子（失）

Y

yakidori　「燒鳥」，やきとり——沾了醬油的和風烤雞串（日）
yanagi　やなぎ——柳樹（仲）
yatsugatake　「八ケ岳」——日本中部山岳（上）
Yoshiiku　一惠齋芳幾——浮世繪畫家（1833—1904）（日）
Yubi　「指」——指或趾（大）
yukata　「浴衣」——夏季薄棉和服（夏）（和）
yurei　「幽靈」——日本人指由死人變成的惡鬼（仲）
yuya　「湯屋」——江戶時代的公共澡堂（日）

Z

zori　「草履」——搭配正式和服穿的屐（和）

INK PUBLISHING 文學叢書 96
日本四季

作　　者　張燕淳
總 編 輯　初安民
責任編輯　施淑清
美術編輯　張薰芳
校　　對　施淑清　張燕淳

發 行 人　張書銘
出　　版　INK印刻文學生活雜誌出版有限公司
新北市中和區中正路800號13樓之3
電話：02-22281626
傳真：02-22281598
e-mail : ink.book@msa.hinet.net
網　　址　舒讀網http://www.sudu.cc

法律顧問　漢廷法律事務所
劉大正律師
總 代 理　成陽出版股份有限公司
電話：03-3589000（代表號）
傳真：03-3556521
郵政劃撥　19000691　成陽出版股份有限公司
印　　刷　海王印刷事業股份有限公司

港澳總經銷　泛華發行代理有限公司
地　　址　香港筲箕灣東旺道3號星島新聞集團大廈3樓
電　　話　852-27982220
傳　　眞　852-27965471
網　　址　www.gccd.com.hk

出版日期　2005年 7 月　初版
2012年 10 月15 日　初版四刷
ISBN　978-986-7420-71-8

定價　350元

國家圖書館出版品預行編目資料

日本四季 / 張燕淳 圖文.－－初版,
－－新北市中和區： INK印刻,
2005〔民94〕面；　公分（文學叢書：96）

ISBN 978-986-7420-71-8（平裝）

855　　94009588